Re:제로
Re: Life in a different world from zero
부터 시작하는 이세계 생활

「어째서……?」

「소녀의 몸종이나 빤히 쳐다보고.
무슨 일이 있었느나,
반편인.」
「무슨……!
떠, 떨어져!
에밀리아땅에게 오해 받아!」

페리스

Ferris

로즈월 저택을 방문한
왕도에서 온 사자.
야옹이 귀.

빌헬름

Wilhelm

페리스와 함께 로즈월 저택을 방문한
용차의 몰이꾼.

Characters

Re: Life in a different world
from zero
The only ability I got in a different world "Returns by Death"
I die again and again to save her.

크루쉬

Crusch

칼스텐 공작가 당주로
남장미인.
기사는 페리스.

Anastasia
아나스타시아
Anastasia
카라라기의 일대 세력,
호신 상회의 회장.
기사는 율리우스.
Juli
율리우스
Julius
루그니카 왕국
근위기사단 소속의 기사.
『가장 뛰어난 기사』.

프리실라

Priscilla

스바루가 왕도에서 만난 소녀.
호화로운 의복과 거만한 태도가 특징적.
기사는 알.

알

Al

칠흑의 풀헬름에
산적 같은 의복이라는
기발한 패션을
갖춰 입은 남자.

Re: Life in a different world from zero

The only ability I got in a different world "Returns by Death"
I die again and again to save her.

CONTENTS

부터 시작하는 이세계 생활

나가츠키 탓페이 지음
오츠카 신이치로 일러스트
정홍식 옮김

표지 · 본문 일러스트

오츠카 신이치로

프롤로그 『어리석은 자의 오기』

——이렇게 지면에 거꾸러진 게 벌써 몇 번일까.

딱딱한 땅바닥의 감촉. 입속은 피와 모래가 뒤섞여서 엉망진창으로, 온몸은 불에 그슬린 것처럼 뜨겁다. 몇 번이고 두드려 맞은 머릿속은 애매하고 부어오른 왼눈은 깜깜하다.

"——더 이상은 할수록 헛수고라고 생각한다만?"

저 멀리, 높은 곳에서 이쪽을 깔아 보는 목소리가 들렸다.

스바루는 대(大) 자로 엎어진 상태에서 머리를 움직여 목소리 쪽을 올려다봤다. 보랏빛 머리의 청년이 손에 든 목검 끝을 흔드는 것이 보였다.

백색 기조의 의례용 제복에는 티 한 점 없으며 숨도 헐떡거리지 않거니와 땀도 흘리고 있지 않다. 그저 손에 든 피 범벅된 목검만이 그의 우아한 인상 속에서 붕 떠 있다.

"앞서 한 말을 거두고 머리를 조아리겠다면 여기서 끝내지. 어떻겠나?"

스바루의 몸에 지독한 고통을 퍼붓고, 집요하게 타격해 가차 없이 거꾸러뜨려 온 청년.

그는 반복하는 그 행위 뒤에 반드시 똑같은 항복 권고를 던져

온다.

하지만 스바루의 대답은 변함없다.

"……잘못 없어. 머리는, 못 숙여."

볼품없이 코피를 흘리면서도 움켜쥔 목검에 기대어 일어섰다. 목에 들러붙는 피를 토해내고서 가쁜 숨을 내쉬었다.

실력 차이는 역력. 승패는 일목요연. 승산은커녕 반격하는 것마저도 기적밖에 믿을 게 없다.

하지만 상관할 바냐고 생각한다.

"……앞서 한 말을 거둘 건, 네놈들 쪽이하……!"

스바루는 찢어진 입속이 쓰린 바람에 호통의 마무리를 제대로 짓지 못하면서도, 느리기 짝이 없는 속도로 우렁차게 돌격한다.

필사의 일격에 모든 것을 담는다. ——그 결과는.

"모든 걸 걸어도 메워지지 않는 차이——. 그걸 두고 타고난 분수라는 거야."

받아 흘려 자세를 무너뜨린 직후에 가슴을 갈기는 일격. 숨이 턱 멎고 시야가 깜빡거린다 싶은 순간 직후, 충격이 안면을 휩쓸고 등 쪽으로 지면에 쓰러져 있었다.

통렬한 아픔. 호흡마저 잊어버릴 고통 속에서 스바루는 오른쪽 눈만 남은 시야로 하늘을 본다.

쳐다본 창궁(蒼穹)은 높고 아득하여 그 너머로는 아무것도 보이지 않는다.

밉살스러울 만큼 푸른 하늘을 눈앞에 둔 스바루가 온몸의 힘을 쥐어짜내 다시금 일어선다.

——몇 번이든, 몇 번이든, 해주마.

그치지 않는 분노만을 먹이 삼아 피를 토할 듯한 고통을 참으며 앞을 본다.

그 분노의 방향이 바른지 그른지, 그런 사실로부터는 눈을 돌리듯이.

제1장 『다시 찾은 왕도』

1

"다 함께, 마지막으로 팔을 하늘로 뻗으며 피니시—— 빅토리!"

"——빅토리!"

두 손을 쳐들고 마무리 대사를 입에 담는 스바루. 무수한 목소리들이 뒤를 따라 아침 일과가 된 라디오 체조가 종료된다. 터지는 환성을 들으면서 스바루는 이마에 솟는 땀을 닦았다.

정면에 화기애애하게 라디오 체조에 참가하고 있던 건 로즈월 저택에서 가장 가까운 아람 마을의 주민들이다. 대략 마을의 절반가량이 모여 있을까.

낯익은 얼굴이 생기로 가득 차 넘치는 광경을 보고 저도 모르게 스바루의 뺨이 실실 풀렸다. 착 가라앉은 표정으로 고개 숙인 사람도 이제는 한동안 보지 못했다.

일전 마수(魔獸) 소동의 상처가 아물지 않은 마을을 위해 스바루가 제안한 것이 아침의 라디오 체조였다. 이게 생각 밖으로 이세계인에게 호평이어서, 지금은 마을의 일대 무브먼트가 되었다.

처음에는 참가자가 워낙 많아 기가 죽었던 스바루로서도, 마수의 직접적인 피해자인 아이들이 기뻐하고 있기에 하는 보람을 느끼기 시작한 와중이기도 하다.

원래 세계의 풍습도 우습게볼 게 아니다. 특히 라디오와 관련해서 호평인 건…….

"야. 그럼 꼬맹이들아, 줄 서 줄 섬마! 스탬프 찍는다—."

소리 지르면서 스바루가 꺼낸 건 끝을 평평하게 만든 생감자다. 스바루는 잉크 용기에 감자 끝을 붙이고 줄 선 아이들이 내미는 종이에 그걸 찍어갔다.

그러자 깎은 감자 스탬프—— 감자도장이 오늘의 역작을 종이에 아로새겼다.

"어떠냐. 또 1주일이 지금부터 시작된다…… 라는 걱정을 감춘 느낌을 연출한 의욕적인 작품 『월요일의 팩』이다. 이 축 처진 귀가 포인트인데 말이다."

"야옹이 귀여워!" "야옹이 멋져!" "야옹이 가엾어!"

감자도장은 여름 방학의 라디오 체조에서 착상을 얻은 것이다. 매일 아침 뭐가 그려졌는지 기대하는 아이들도 많다.

스바루는 묘한 손재주로 교묘하게 동심을 끌어 모으고 있었다.

마을 사람들과 한바탕 그런 환담을 마친 스바루는 손을 흔들며 그들과 헤어졌다.

"아—, 피곤타 피곤타. ——그럼, 에밀리아땅. 기다렸지?"

"아냐, 괜찮아. 스바루도 수고했어."

마을 광장 구석. 나무 그늘에서 나무에 기대고 있던 소녀가 노고를 달래는 말을 건네준다.

소녀—— 에밀리아는 긴 은발을 어루만지고 뒤집어쓴 후드를 눈 깊이로 고쳐 쓰면서 미소 지었다.

"마을 사람들도 다 기운 차린 것 같아. 스바루 덕분이야."

"별거 하지도 않았어. 라디오 체조로 살짝 몸 안에 건강한 피가 돌기 쉽게 했을 뿐이지. 에밀리아땅도 매일매일 아침마다 따라오게 해버려서 미안하지만."

"괜찮아. 스바루도 아직 몸 상태가 완벽하지 않고, 람과 렘에게는 저택에서 할 일이 있는걸. 나도 이러고 있는 건 싫어하지 않으니까."

"싫어하지 않다니, 나랑 같이 아침을 보내는 걸?"

"뿌—, 틀렸어요. 지금까지 접점이 없었던 마을 사람들과 조금이나마 관련된 것……일까. 지금까지는 좀, 나 스스로에게 선을 그어버렸나 싶어서."

에밀리아의 후드 아래 옆얼굴에 붉은 기가 도는 게 보였다.

그 귀여운 자태에 스바루는 절로 뺨이 뜨거워지는 걸 느꼈다.

요즘은 에밀리아의 일과—— 정원에서 미정령(微精靈)들과 나누는 대화를 마친 다음, 바로 둘이서 마을로 가 라디오 체조를 하고 나서 저택으로 돌아갈 때가 많다.

에밀리아와 둘이 나란히 마을에서 저택으로 돌아가는 15분. 이 아침의 소박한 시간이 지금의 스바루에게는 가장 큰 상이다.

"그건 그렇고, 스바루도 꽤 마을에 융화됐더라. 이젠 람이랑 렘보다 더 유명인인 것 아니야?"

"뭐, 나야 나름 마을을 구한 히어로 같은 면이 있고 말이지. 그리고 그 일을 은혜랍시고 내세우거나 퍼뜨리고 다니진 않는 댄디즘…… 이건 에밀리아땅도 또 한 번 반하겠지!"

"애초부터 반하지 않았는데……. 그리고 그거하곤 좀 대우가 다를지도 모르겠어."

에밀리아가 입술에 손가락을 대고서 난감한 얼굴로 갸웃거린다.

담백하게 전한 호의가 슥 넘어가버리자 스바루는 조금 시무룩해졌다.

"마을 안에선 스바루는 모두를 구해준 영웅이라기보다, 배운 사람이라는 이미지 쪽이 강한 것 같아. 봐봐, 왜. 신기한 걸 많이 아니까."

"만물박사 같은 취급인가……. 아니 그런데 내가 라디오 체조 말고 퍼뜨린 게 또 뭐……."

"애들한테 놀이나, 감자도장도 그렇고…… 그리고 마요네즈!"

손뼉을 친 에밀리아가 눈을 빛냈다. 그건 그녀가 스바루가 저택에서 시험적으로 만든 마요네즈를 매우 마음에 들어 하기 때문이다.

원래 세계에서 타고난 마요러였던 스바루가 풍요로운 식생활을 찾아 재현한 마요네즈는 에밀리아에게도, 아람 마을에도 대단히 호평이었던 모양이다.

"그런데 마수 소동의 공헌과 마요네즈가 같은 값으로 거론되어서야 내 노력의 체면이 안 서. 모두를 위해서 아주 그냥 몸 바쳐 노력했는데……."

아이들을 구하러 숲에 들어갔다가 개에게 물리고, 물린 스바루를 구하기 위해서 숲에 들어간 렘을 구하러 했다가 개에게 물리고, 마지막의 개에게 물릴 뻔한 순간에 로즈월의 구조를 받고.

"어라?! 나, 생각한 것보다 아무것도 하지 않았다?!"

자기 공적을 되돌아보니 생각 이상으로 실적이 없었다.

여러 가지 공적의 계기가 되긴 했어도 혼자 힘으로 따낸 공적은 제로일지도 모른다.

"아유. 그렇게 하잘것없는 데 신경 쓰지 마."

"그래도 말이야, 에밀리아땅……."

"스바루가 노력했다는 거, 아는 사람은 다들 잘 알고 있는걸. 로즈월도 람도. 렘은 특히 더 그렇잖아."

에밀리아의 위로에도 스바루는 여전히 청승맞은 얼굴이다. 종종걸음으로 앞질러 나가서 돌아보는 에밀리아. 그 바람에 후드가 뒤로 벗겨지고 긴 은발이 아침 해에 반짝이며 등에 내려앉는다.

"나도, 그러니까."

"——엉?"

"스바루가 노력했다는 거, 나도 똑똑히 알고 있는걸. 그러니 낙담하거나 하면 안 돼. 알았니?"

에밀리아는 고개를 기울이며 "대답은?" 하고 물었다.

멍하게 있던 스바루는 그 말에 허둥지둥 고개를 아래위로 주억거렸다. 그 반응에 에밀리아는 웃음을 터트렸다.

"아유 참, 이번엔 뭐니? 고장 난 장난감 같은 시늉 하고. 만날 그래."

"아니, 지금 건 노리고 했던 게 아니라…… 근데, 노리고 한 게 아니면 에밀리아땅 쪽이 백배 비겁하지. 아무리 발버둥 쳐도 도로 반한다고……."

"네, 네. 그렇게 얼버무리는 거, 나쁜 버릇이라고 생각하거든요―."

이쪽의 본심을 믿어주지 않는 에밀리아는 미소만 지을 뿐 들은 척도 하지 않는다. 후드를 도로 쓰고 옆에 서는 모습에 스바루는 새삼 절대 그녀를 당해내지 못하겠다고 생각했다.

이런저런 얘기하는 새에 길 저편으로 로즈월 저택의 대문이 보이기 시작했다. 돌아갈 때까지 앞으로 몇 분―― 아침의 더없이 행복한 시간도 아쉽지만 슬슬 끝난다.

"저택 앞에…… 용차가 서 있어."

옆에서 발을 멈춘 에밀리아가 중얼거린 말에 스바루는 같은 방향을 보고 멈춰 섰다.

저택 문 앞에 한 대의 마차풍 탈것이 정차해 있다. '마차풍' 이라고 형용한 이유는 그게 스바루가 아는 '마차' 와는 다른 존재라고 판단이 섰기 때문이다.

누가 뭐래도 차체를 끄는 생물이 말 크기쯤 되는 도마뱀인 것이다.

원래 세계와의 스케일 감각 차이에 놀라면서 스바루는 손뼉을 쳤다.

"그러고 보니 왕도에선 비교적 흔하게 눈에 띄었지. 방금 용차라고 했어?"

"……? 응. 지룡(地竜)이 뒤쪽 차를 끌어당기니까 용차라고 부르잖아? 엑, 어떡해. 설마 이것도 내가 잘못 아는 상식이야? 정식 호칭이 엄연히 있는 거야?"

"아니아니, 내 쪽이 무지한 것뿐이야. 에밀리아땅이 옳아. 자신감 가져도 문제없어."

"정말로? 놀리는 거 아니지? 멀쩡한 장소에서 맹한 소리했다가 이상한 망신 사지 않을 거거든? 거짓말했으면 호되게 닦아세울 거다."

"닦아세운다니 요즘 못 듣는 말일세……."

에밀리아가 손을 들고 화내는 시늉을 하자 스바루는 머리를 부둥켜안으며 도망치는 액션. 그렇게 까불거리는 새에 두 사람은 용차 앞에 도착했다.

"오오……. 죽인다. 왠지 너무 리얼하게 큼지막한데."

왕도에서도 몇 번씩 봤지만 이렇게 지척에서 목격하기는 처음이었다.

지룡――이라고 에밀리아가 부른 도마뱀은 스바루가 아는 말과 사이즈는 동등하지만, 전체적으로 호리호리한 체격이라 체중은 가볍게 보인다. 그만큼 민첩성으로는 말보다 앞설 것 같은 인상이다.

"아니 이런, 위에서 실례했군요."

그때, 다가간 두 사람에게 용차의 차부석(車夫席)에 앉아 있던 인물이 그렇게 말을 걸어왔다.

놀라는 두 사람 앞에서 그 인물은 가볍게 차부석으로부터 지면으로 내려섰다.

스바루는 착지할 때 소리가 거의 나지 않은 데에 슬쩍 숨을 집어삼켰다. 차부석의 높이는 스바루의 눈높이 수준. 그렇게 쉽사리 뛰어내릴 높이가 아니다.

"어서 오십시오. 현재 문 앞에서 신세 지고 있습니다."

그런 말과 함께 노신사라고 부르기에 걸맞은 태도의 노인이 묵례했다.

하얗게 샌 머리카락을 주의 깊게 뒤로 넘기고, 곱게 지어진 검은 옷을 걸치고 있다. 고령이지만 육체가 단련된 걸 알 수 있어 무심코 등골을 바로 펴게 만드는 기척을 뿜는 어르신이다.

시종——이라고 한다면, 이만한 인물을 동반한 주인도 여간 아닌 인물일 것이다.

그런 감상을 품은 스바루가 흘끔 용차 안으로 눈길을 주었다.

"사자(使者)는 이미 저택 안에. 지금은 메이더스 변경백을 만나 뵙고 있을 겁니다."

그러자 의도를 짚어 먼저 대답을 내어주는 노신사. 저도 모르게 스바루가 말이 궁해지자 옆의 에밀리아가 한 발짝 앞으로 나서서 노인과 마주했다.

"사자……라고 얘기했는데…… 혹시?"

"에밀리아 님께서 상상하신 바와 같이, 왕선(王選)에 관한 일이겠지요."

'왕선' 이라는 단어의 출현에 스바루는 고개를 들었다.

에밀리아가 자연스럽게 표정을 다잡고, 스바루는 묘한 추이에 눈썹을 찡그렸다.

"정식으로는 사자의 언질이 있을 겁니다. 모쪼록 저택으로 돌아가주시지요."

"……호출……일까."

"그 이상은, 사자 쪽에서 들어주시길."

입장을 분별하는 노인의 대답에 에밀리아는 굳은 얼굴은 채로 끄덕였다.

"——가자."

그리고 짧게 말을 마치고 스바루 쪽을 돌아보지도 않으며 걷기 시작했다.

스바루도 허둥지둥 그 등을 따라 잔달음질로 뛰기 시작하다가 마지막으로 흘끔 돌아보았다.

——차부는 아직도 이쪽에 고개를 숙인 채로, 조용히 두 사람을 배웅하고 있었다.

2

"다녀오셨습니까, 에밀리아 님."

차부의 배웅을 받으며 저택의 현관 로비로 들어간 두 사람을 맞이한 사람은 급사복의 소녀── 렘이다. 평소와 다르게 그 높은 목소리에서 감정을 지우고 철저히 평정을 지키고 있다.

요즘 저택 안에서는── 특히 스바루에게는 웃음을 보일 때가 많아진 렘의 그 태도를 통해 손님 대응 모드라고 감이 잡힌다.

"다녀왔어. 저택을 비워서 미안해. ──내객이 있나 봐?"

"왕도에서 사자분이 뵈러 오셨습니다. 로즈월 님께서 응대하고 계시나, 동석해주실 수 있을는지요."

"물론. 내 문제인데 내가 밖에서 놀 순 없잖아."

물음에 답한 렘에게 마주 끄덕인 에밀리아가 위층으로 이어지는 계단으로 발길을 돌린다.

"쪼아. 역시나 일이 일인 만큼 두근거리누만. 까불지 않도록 해야지."

그 에밀리아 옆에 선 스바루도 당연한 듯이 회담에 임하려고 한다. 패기는 충분. 그러나 그런 스바루의 의욕을 본 에밀리아가 발을 멈췄다.

"어라, 왜 그래? 에밀리아 땅. 갑자기 긴장이 치고 올라왔어? 주물러서 풀어줘?"

"저기, 응…… 스바루에겐 미안한데, 이다음부터는 중요한 얘기를 나누는 데거든."

"……알고 있는데? 그래서 나도 기합 단단히 고쳐 넣은 다음에……."

"응접실에는 언니가 동석 중입니다. 다른 사용인이 나설 곳은 없습니다. 알아듣겠죠?"

말하기 어려운 듯한 에밀리아를 대신해 싹둑 잘라낸 건 무표정한 렘이다.

렘의 이의에 숨을 집어삼킨 스바루는 "진짜야?" 하고 에밀리아를 도로 쳐다봤다.

"난 밖에서 놀아?"

"미안해, 스바루. 렘, 안내해줘."

"네. 스바루 군은 방으로 돌아가 보세요."

에밀리아가 작게 사과하고, 업무 모드의 렘 역시 스바루에게 다정한 말을 남기진 않는다. 렘이 에밀리아를 이끌고 둘의 모습이 위층으로 사라지자, 스바루는 바로 혀를 찼다.

"그야, 이세계 지식이 빈약한 내가 있어 봤자 아무 도움도 안 되겠다만."

그래도 조금만 더 자신을 일에 끌어들여줬으면 좋겠다고 바라는 건 생떼일까.

――스바루가 이세계에 소환되고 약 1개월. 그사이에 일어난 몇 가지 사건으로, 스바루는 자신과 얽힌 사람들의 운명을 좋은 쪽으로 수정했다는 자부심이 있다. 에밀리아를 비롯한 저택 관계자 및 마을 사람과의 양호한 관계 또한 그걸 인정해주고 있기 때문에 더욱 그렇다.

그렇게 생각하기 때문에 더더욱 가장 중요한 문제에는 끌어들여주지 않는 데에 관한 불만이 있었다.

따돌림 당하고 있다. ――물리적으로든, 정신적으로든.

물론 능력이 부족하다는 자각은 있기에 멀리 떼놓는 것을 이해는 하고 있다.

"하지만 이해한 거랑 포기하는 건 얘기가 다르시지. 자, 그럼 어떻게 해야 하나."

고분고분 방으로 돌아가서 토라진 마음에 드러누울 만큼 나츠키 스바루는 얌전하지 않다.

스바루는 무슨 수를 내서 자기 딴의 접촉을 시도할 수 없을지 고민하다가…….

"――느낌이 띵 왔어."

손가락을 튕기고 자기가 떠올린 발상에 실쭉 사악한 얼굴로 웃은 것이었다.

3

"밖에서 쭈―욱 기다리고 있기도 지루하시죠? 한 잔 어떠셔요?"

차부석에 앉아 있던 노인은 차를 타 가지고 돌아온 스바루를 내려다보고 놀란 듯이 가볍게 눈을 뜨고 있었다.

장소는 다시 저택 바깥. 정문 앞에 세운 용차의 옆이다.

"이거 실례했습니다. 약간 뜻밖이었던지라 또 위에서 받는 실례를."

노신사는 아까와 비슷하게 차부석에서 스바루의 눈앞으로 뛰어내린다.

조금 전과 같이 착지하는 소리는 거의 없다.

"고맙게 받겠습니다. 아닌 게 아니라 다소 목이 말랐었기에."

"아, 여기요. 뭘 좋아하실지 몰라서 일단 제일 비싼 차로 타왔습니다."

쟁반을 내밀자 노신사가 그 얼굴에 온화한 미소를 아로새겼다. 스바루는 연령에 준거한 주름이 입가에 떠오르는 모습을 보면서 바로 옆으로 걸어온 그를 고루 관찰한다. 그때.

"으하, 뭐야……?"

갑자기 옆쪽에서 가벼운 충격을 받은 스바루가 놀란다. 돌아보자 스바루의 어깨를 찌른 건 지룡의 코끝이었다. 칠흑색 피부의 지룡이 그 날카로운 파충류의 눈으로 스바루를 보고 있었다.

빤히 쳐다보는 눈초리에 스바루는 불편한 것과는 다른 기이한 감각을 느꼈다. 지룡의 잔잔한 눈에서 적개심 같은 것을 느끼지 못했기 때문일지도 모른다.

"음, 미안합니다. 이 지룡은 이래 봬도 당가에서 제일 우수한 지룡인데요."

"어, 아뇨. 신경 안 써요. 오히려 닿아서 살짝 럭키일 정도라."

"그렇게 말씀해주신다면야. ——흠, 이 지룡이 이런 반응을 하다니 별일 다 있군."

지룡의 무례를 사과한 노신사가 중얼거리면서 스바루를 그 푸른 눈으로 바라본다. 마치 꿰뚫릴 것만 같은 예리한 눈초리에 스바루는 몸이 굳었다.

"……실례지만, 그건 전상(戰傷)입니까?"

"상처요? 전상이랄 만큼 거창한 건 아니지만, 뭐 이런저런 일이 있어서……."

"짐승의 이빨, 발톱의 상처 자국이군요. 왼쪽 몸 절반을 감싸는 까닭은 그 영향 때문입니까?"

"――――."

소매를 걷은 셔츠 아래, 하얀 흉터를 본 것만으로도 원인을 뚫어본 노신사의 안목에 놀란다. 부상 이후 스바루가 몸 왼쪽을 주의하며 움직이고 있는 것도 사실이다.

"――무례를 거듭해 미안합니다. 대답하고 싶지 않은 일도 있었겠지요."

노신사는 입을 다무는 스바루에게 사과하고 받아 든 홍차 컵을 입으로 날랐다.

"맛이 괜찮군요. 꽤 분발하신 모양인데요."

"……과장이고 뭐고 아니라, 진짜로 이 저택에서 제일 비싼 차예요. 아마 맘대로 마신 걸 들키면 분홍색 머리 메이드가 제대로 폭발할 정도로."

'반출 엄금' 이라 된 최고급 찻잎을 맘대로 쓴 일이 들통 나면 람의 설교가 기다리고 있을 건 틀림없다.

"그래, 이 차를 미끼로 이 늙은 몸에게 무얼 바라십니까?"

한쪽 눈을 감은 채로 이쪽을 헤아리는 표정으로 물어오는 노신사. 스바루의 의도를 알아챈 점도 그렇고, 언동도 그렇고, 긴장감이 끊이질 않는 대화다.

풋내기가 설전을 도전해 봤자 승산은 희박하다고, 스바루는 곧장 백기를 들었다.

“졌습니다. ——제 이름은 나츠키 스바루. 현재, 이곳 로즈월 저택에서 견습 사용인 노릇 중입니다. 하다못해 어르신 이름만이라도 여쭙고 싶군요.”

젊은이라면 젊은이라는 사실을 인정하고, 그런 다음에 연장자의 자비에 기대는 정도가 최선.

스바루가 순순히 고개를 숙이자, 노신사는 희미하게 뺨에 웃음을 머금었다.

“이건 또 정중하시구려. 저는 빌헬름이라고 합니다. 지금은 칼스텐 가문을 섬기며 일에 종사하고 있는 입장이 되겠군요.”

“빌헬름 씨……신가요. 감사합니다. ……감사하는 김에, 적어도 오늘 방문한 이유…… 아니, 내용까지 들쑤시면 안 될까요?”

“그 건에 관해서는 사자가 지금 안에서 한창 얘기하는 도중이라고 봅니다만.”

“그렇긴 한데, 깨끗하게 참가 금지 대접을 먹어서요. 이벤트 불참인 상태로 얘기가 진행되는 것도 마뜩치 않으니 제 딴의 접촉이나마 좀.”

입을 벌리기 쉽지 않은 상대임은 알고 있다. 하지만 그런데도 상대의 품속으로 성큼성큼 발을 들이미는 건 스바루의 장기. 겉멋으로 분위기 못 읽다가 등교 거부하게 된 게 아니다.

빌헬름은 탐욕스러운 스바루의 태도에 한순간 말을 잃었다가 대꾸했다.

"기대가 엇나갔는데 분을 끓이지도 않고, 제 생각을 간파당해도 주눅 들기는커녕 도리어 대담히 나선다. ――상대에 따라선 노염을 살, 손해 보는 성격이구려."

"……요점만이라도 안 될까요?"

"당신이 저택에서 무슨 입장에 있는지 알 수 없는 저로선, 섣부르게 말을 주워섬길 수는 없겠군요. 이해해주시길."

언뜻 신랄한 빌헬름의 표정이 부드러운 것을 보고 더욱더 뻔뻔스럽게 청원하지만 헛물만 켠다. 이대로라면 그냥 람에게 혼날 건수만 늘렸을 뿐이다.

"다만 에밀리아 님과 친밀한 관계인 건 엿보이더이다. 단순한 사용인이라는 분위기로는 보이지 않았습니다만."

"오, 오, 정말이요? 저와 에밀리아땅이 예사 관계가 아닌 것처럼 보였어요?"

"땅……?"

호칭에 이상하다는 듯 눈썹을 모은다.

그리고 빌헬름은 스바루의 마음을 깨닫고 쓴웃음을 지었다.

"험준한 길을 가십니다. 상대는 루그니카의 차기 여왕이 될지도 모르는 분인데요?"

"현재는 그냥 무지 귀여운 여자애와, 미덥지 못한 사용인일 뿐이죠. 미래는 무한대니까 가능성도 무한대. 빌헬름 씨는 사모님이 세계 제일로 귀여울지도 모른다, 그렇게 생각하면서 결혼을 신청하진 않았어요?"

"안사람은——."

스바루의 극단적인 표현에 빌헬름은 한순간만 말을 머뭇거렸다. 하나 그는 곧장 끄덕이며 말했다.

"과연. 당신 말이 맞아요. 저도 안사람이 세계에서 제일 아름답다고 여겼습니다. 누구나 다 안사람을 보고 있는 것 같았지요. 격에 맞지 않을지도 모른다니 한심스러운 생각을."

"그렇죠? 딴사람에게 넘길 바에는 걸맞지 않는다고 생각해도 내 걸로 삼는 거죠. 그다음은 이쪽이 격에 맞도록 일진월보해서 WinWin하는 게 이상적이고."

"퍽 재미있는 논리로 움직이시는 분이구려. 참으로 흥미로워. ——하나, 어디까지나 전 단순한 차부입니다. 도움이 될 것 같진 않군요."

"그러려나. 후드 쓰고 있는 에밀리아땅의 정체를 알아챘을 정도인데 단순한 차부란 변명은 벅차지 않아요?"

"————."

아랑곳하지 않는 스바루의 이의에 빌헬름이 표정을 지우고 입을 다물었다.

"에밀리아땅이 입은 로브는 수상한 마법사가 손수 만든 물건으로 인식을 저해하는 효과가 있다던데요. 더욱이 요새는 약간의 사정상 후드 달린 망토도 새로 지어서 강화 완료. ——에밀리아땅이 허가했거나, 그걸 돌파할 수 있는 사람이 아니라면 뚫어볼 수 없다던데."

로즈윌의 술식이 포함된 로브── 그것은 에밀리아의 하프엘프라는 출신이 부를지도 모르는 트러블을 피하기 위한, 만약을 대비한 도구였다.

이 세계에 살려면 부조리한 핸디를 짊어져야만 하는 그녀를 지키기 위한.

"──처음부터 이쪽을 가늠하고 계셨을 줄이야. 사람이 못된 분이시구려."

"저택에서 차 타는 중에 '어, 이상하네?' 하고 생각했을 뿐이죠. 우연이에요, 우연."

실실 경박하게 웃는 스바루에게 빌헬름이 보내는 시선의 빛깔이 바뀐다. 적어도 단순한 차 심부름꾼 꼬마는 아니라고, 그렇게 판단한 것이리라.

"단순한 차부……라는 변명은 통하지 않습니까. ……짐작하신 대로, 전 확실히 왕위 계승전의 관계자── 아니, 관계자의 관계자라고 해야겠군요."

"관계자의 관계자…… 그 말은, 저와 같은 포지션이란 뜻?"

"연정이 이유는 아니라는 게 당신과 저와의 차이가 되려나요."

"거야 세계 제일로 미인인 사모님이 계시면 바람피울 생각도 일절 안 하시겠죠. 귀여움이라면 에밀리아땅 쪽이 위라고 생각하지만."

"아니요. 가련함으로도 제 안사람 쪽이 더 위일 겁니다."

농으로 넘길 생각이었는데 고집스러운 반격을 받은 스바루도 무심코 주춤해버렸다.

여태까지 몰아세워지다가 역습을 달성한 빌헬름은 희미하게 뺨에 웃음을 띠었다.

"그런데—— 아무래도 시간이 다 됐나 봅니다."

"잉?"

얼빠진 소리를 지른 스바루에게 빌헬름은 말없이 저택 쪽을 손으로 가리켰다.

"나온 건 렘이랑…… 누구야."

낮익은 파란 머리 메이드를 동반한 낯선 인물이 저택에서 나온 참이다. 이야기 흐름과 빌헬름의 태도를 보면 그 인물이 바로 화제의 사자 나리겠지만,

"이렇게 침착한 상태에서 보자니 이만저만 판타지한 게 아니구만."

절로 그런 감상이 나와버린 건 그 인물의 외견이 '사자' 라는 어감에 너무나도 적합하지 않았기 때문일지도 모른다.

예의 인물은 스바루의 시선을 알아채고 장난기 어린 웃음과 함께 걸어왔다.

"요 녀석—, 미인한테 넋 나간 건 이해하지만 그렇게 빤히 쳐다보면 실례잖냐옹."

그렇게 말한 건 황갈색 머리카락을 세미롱으로 잘라 다듬은, 귀여운 이목구비의 소녀다.

신장은 여성치고는 커서 스바루와 거의 비슷할 지경. 그러나 몸의 선은 비교할 여지도 없이 가녀리고, 몸짓 하나하나마다 여

성다운 면──이라기보다 여자의 약은 면이 배어나오고 있다.
하얀 리본으로 장식된 황갈색 머리카락. 커다란 눈동자를 호기심으로 빛내는 모습은 흡사 고양이 같은 애교가 있고, 실제로 그 머리 부분에는──.
"이렇게 눈앞에 두고 보니 말마따나 마성의 힘이 있군, 야옹이 귀."
"냐냐?"
중얼거린 소리에 반응하듯이 머리털과 같은 색깔의 짐승 귀가 떨었다. 지금까지 아인(亞人)과 접촉할 기회는 없었지만 이렇게 실물을 지척에서 목격하니 압권이었다.
──털 고르기 장인으로서의 자신을 억누르기 위해, 스바루가 이 정도까지 고심할 줄이야.
소녀는 엉뚱한 방향으로 전율하는 스바루를 아랑곳하지 않고 마중하는 빌헬름 쪽으로 돌아섰다.
"다녀왔어, 빌 영감. 밖에서 기다리게 해서 미안해. 지루했었지?"
"아뇨, 아뇨. 이쪽에 계신 분이 늙은이 말 상대가 되어주셔서 뜻밖에 즐거운 시간을 보냈습니다."
"흐뮤?"
노인의 대답에 소녀는 자신의 뺨에 손가락을 세우고서 갸웃거렸다. 고양이 눈의 동공이 가늘어지고 빤히 스바루를 쳐다본다.
"아─아, 오호냥. 그래, 그래. 네가 에밀리아 님이 말하던 남자애구나."

위에서 아래까지 훑듯이 스바루를 본 소녀가 납득한 듯이 손뼉을 쳤다.

그러나 그 뒤의 행동이 이쪽의 예상 밖이었다.

"우, 에, 엑?!"

"움직이지 말 것. 지금, 잠깐 조사하고 있으니까."

소녀가 당황하는 스바루의 목에 팔을 두르고 그 호리호리한 몸으로 스바루를 끌어안고 있었다.

키가 비슷한 만큼 안겨드는 그녀의 얼굴은 스바루의 바로 옆이다. 귓전에 속삭이는 목소리가 온몸에 간지러운 감각을 때려붓고, 스바루는 부끄러워 얼굴을 붉혔다.

부드러운 감촉과 묘하게 감도는 좋은 내음. 갑작스러운 상황에 스바루는 얼굴이 굳으면서도 평정을 유지하고자 모든 신경을 기울인다.

"함."

"으히양!"

그 노력도 귀를 잘근 깨물리는 임팩트 앞에 맥없이 깨졌다.

소녀는 귀여운 비명을 터트린 스바루에게 웃어 보이며 만족스러운 눈치로 포옹을 풀었다.

대신에 스바루는 뒷걸음 치며 그 자리에 엉덩방아를 찧고 말았다.

"아후—, 반응 귀엽네. 그건 그렇구…… 들은 바대로, 몸 안의 물의 흐름이 막혀 있더라. 어떻게 해주고 싶지만 시간이 없

히야앙!

으니 지금은 무리려냐옹—.”

“무, 무, 무슨 짓거리를 해주시고 자빠져 계시남요, 인마.”

“대수롭잖은 건강 체크랑, 깨문 건 페리가 주는 서비스.”

요염한 눈매로 소녀는 자신의 새끼손가락을 가볍게 깨물며 도발적으로 미소 지었다. 놀림당하는 중이라고 알고는 있어도 아직도 붉은 얼굴이 가시지 않은 스바루는 따지고 드는 말을 하지 못했다.

스바루에게는 이토록 역력하게 성별 차이를 무기로 삼는 상대를 접한 경험이 없기 때문이다.

“얘얘, 쑥스러워하지 마. 그나저나, 아무 소리두 못 들은 모냥이구냥.”

“아무 소리도 못 듣다니, 건 또 무슨 말이야.”

“자기 몸 얘기라든가—, 그에 따르는 거래라든가—, 그쪽으로 여러 가지?”

스바루가 눈썹을 치켜들자 소녀는 변죽만 울리는 내용을 얼핏 내보이며 반응을 엿보고 있다. 그 태도에 생각이 없는 것도 아니지만 스바루는 소녀의 변덕에 매달릴 수밖에 없다.

“그 여러 가지 얽혀든 부분을 술술 풀어서 들려주면 고맙겠는데.”

“어—? 어쩔까—. 이것두 중요한 직무인데…… 냐앙!”

“그쯤 해둬야지요, 페리스.”

거듭 스바루를 놀릴 폼이던 소녀를 뒤쪽에 선 빌헬름이 나무란다. 노인의 말에 소녀는 입술을 삐죽였다.

“뿌—, 빌 영감은 참 너어무 성실해랑. 진짜, 멋대가리 없다니까.”

“스바루 님에게는 차를 대접받은 의리가 있어서 말입니다. 그리고 슬슬 시간이 다 되어갑니다.”

어딘가 스스럼없는 기색으로 말을 주고받고, 빌헬름이 묵례. 소녀는 여전히 불만스러운 얼굴이었지만 마음을 다잡은 듯이 스바루에게 윙크해 보인다.

“미안해. 더 놀려주고 싶지만 시간도 없으니 오늘은 이만. 어서 사랑하는 크루쉬 님 계신 곳으로 돌아가지 않으면 걱정 때문에 밤잠 못 이루거든.”

“그냥 들어 넘기지 못할 말은 제쳐두고, 크루쉬 님?”

“기억해두도록 해. ——그게 머잖아 이 나라의 왕이 되실 분의 존함이니까.”

마지막 한마디에만, 그때까지의 가벼운 태도가 사라지고 진지한 마음이 맺혀 있었다. 소녀는 입을 다문 스바루에게 손을 흔들고, 빌헬름은 빈 컵을 쟁반 위에 되돌렸다.

“대접 잘 받았습니다. 그럼 스바루 님, 건승하시길.”

빌헬름은 훌쩍 차부석으로 가볍게 뛰어올라 지룡을 모는 고삐를 잡는다.

“그럼 인사도 아직 못했지만, 페리두 바쁘니 나중에 또 봐.”

“기다려줘! 아직, 듣고 싶은 게 산더미처럼…….”

“페리 생각에는 순순히 에밀리아 님에게 묻는 편이 나을 것 같은데—. 그럼 인연이 있으면 또 왕도에서 만나자. 그럼 안냥냥.”

말붙일 염도 못 내게 소녀는 미소를 남기고 용차 안으로 사라진다. 완전히 상대에게 페이스가 무너진 것을 이해한 스바루는 본능적으로 그녀가 자신의 천적이리라고 깨우쳤다.

"그럼."

빌헬름이 유감스럽게 손을 뗀 스바루에게 짧게 말을 남기고 고삐를 내리쳤다.

지룡이 울고 차체가 삐걱거리는 소리를 내며 수레바퀴가 돌기 시작한다. 지룡이 앞으로 내딛기 위해서 몇 번 대지를 힘차게 박차고—— 가속은 직후에 이루어졌다. 용차는 삽시간에 스피드를 올리며 길을 넘어가 모래연기를 일으키면서 단번에 멀어져버린다.

결국 그 자리에 남은 건 완전히 찍소리도 못하게 당한 패배자 스바루와, 거의 쥐서 손해만 본 고급차가 남긴 향의 자취뿐이었다.

4

"——사자로서의 임무는 달성했습니까?"

"그거야 물론. 페리가 크루쉬 님께 부탁받은 걸, 실패할 리는 있을 수 없잖야옹. 빌 영감은 참 걱정두 많아—."

그 대화는 로즈웰 저택에서 멀어지는 용차에서 이루어지고 있었다.

차부석에 앉아 무난히 지룡을 몰고 있는 빌헬름. 그런 그의 바로 뒤, 지룡이 끄는 개인실의 창문으로 황갈색 머리카락의 인물이 얼굴을 내밀고 있는 모양새다.

어떻게 보면 밀담을 나누기에 이만큼 적절한 조건도 없을 것이다.

"그보다두 페리 쪽은 빌 영감이 기다리는 동안 그 아이랑 대화한 게 뜻밖이랄까—. 빌 영감, 남이랑 얘기하는 건 아주 싫어하잖아?"

"그건 터무니없는 오해입니다."

"그래, 그래. 미안해. ——말하는 것보다 베는 쪽을 더 좋아할 뿐인데 말이지."

"……그것도 지독한 오해구려."

야유하는 듯한 말임에도 빌헬름은 그 이상 거론치 않는다. 그 도발 같은 발언에 반응이 적은 데에 소녀는 불만스러운 듯 입을 삐죽였다.

"재미없어. 페리와의 대화는 아까 그 남자애와의 대화보다 즐겁지 않구냥? 특별한 점 암것두 못 느꼈는데, 그렇게 마음에 들었어? 꼴은 저래두 사실 엄청 강하다든가. 그 재능의 단편이 보였다!"

"그건 있을 수 없군요. 그는 문외한—— 문턱도 못 넘은 문외한입니다. 그리고 눈길을 끌 만한 재질도 전무합니다. 범용한 존재임이 틀림없겠지요."

"그럼 어째서? 허접쓰레기 따위 빌 영감이 제일 싫어하는 성질 아니냐옹.”

꼬박꼬박 빌헬름을 인격 파탄자로 꾸며내고 싶어하는 듯한 소녀. 그 말에 빌헬름은 조용히 들어 올린 손으로 자신의 눈을 가리켰다.

“눈이.”

“——눈?”

빌헬름은 되묻는 소녀의 목소리에 주억이고, 그저 돌이켜 보듯이 시선을 들어 말했다.

“그 소년의 눈이, 약간 신경 쓰여서 그렇습니다. 그건 몇 번쯤 사경에 발을 디딘 자의 눈입니다. 바로 앞에서 돌아서서 복귀한 자는 어느 정도 있지요. 하나…….”

말을 끊은 빌헬름은 조용히 눈을 감았다.

“그건 한 번, 아니 그 이상의 사경에서 귀환한 자의 눈입니다. 전 그 같은 존재를 모릅니다. 따라서 흥미가 일었다고 해야겠군요.”

“흐응. 잘 모르겠어.”

그러나 소녀는 감탄하는 빌헬름의 말을 몰이해의 말로 가볍게 양단. 이번에야말로 빌헬름은 쓰게 웃지만, 소녀가 “하지만.” 하고 말을 이었다.

“방금 빌 영감이 한 말이 어떻든 간에, 저 애는 필시 평탄한 길은 못 걷겠지.”

소녀는 그 눈을 가늘게 뜨고, 차부석에 앉아 있는 넓은 등에 우아한 눈길을 던진다.

"'검귀(劍鬼)' 빌헬름 반 아스트레아의 마음에 들다니, '마녀'에게 매료된 것과 다를 바 없이 불길하니까."

5

"왕도에 갈 거지? 나, 따라갈 거다!"
손님이 돌아가 한시름 돌린 와중── 그런 응접실의 분위기를 스바루가 서두 첫마디로 훌륭하게 깨트려 보였다.
"거어— 보시죠?"
"그러게……."
능글맞은 얼굴로 로즈월이 한 말에, 피곤해 보이는 에밀리아의 응답이 포개진다.
둘만이 이해하는 태도에 스바루가 입술을 삐죽이자 에밀리아는 한숨을 내쉬었다.
"저기 있지, 놀러 가는 게 아니야. 중요한 호출이고…… 그래, 중요한 일이야."
"알고 있다고. 왕선 관련 맞지? 나라를 뒤흔드는 중대사인 건 숙지하고 있다니까. 그—러—나, 그러고도 부탁할게! 데려가 줘!"
스바루가 융단 위에 무릎을 꿇고 사정사정하듯이 손을 맞댄다.
그 애원에 에밀리아는 난처한 얼굴로 실내에 있는 사람들의 얼굴을 둘러본다. 그러나.

"아, 저어—는 신경 쓰지 마시고, 마음이 가아—시는 대로 선택하시는 게 좋을까 합니다."

"이 찻잎 향…… 설마 람의 비장의…… 바루스라면 저지를 수도 있어……?!"

로즈월은 능글맞은 얼굴로 방관자 행세고, 람은 뭔가에 경악 중이라 반응이 희박하다.

그리고 마지막 한 명에 이르러선…….

"괜찮잖아요. 데려가주지 그러세요. 왕도에는 스바루 군의 지인도 계신 모양이니, 얼굴을 비쳐서 안심시켜드려야죠."

여태까지라면 가장 상식적인 반응을 기대할 수 있었을 렘은, 현재는 전면적으로 스바루 편을 드는 입장으로 돌아선 형편이었다.

"쪼아, 나이스 어시스트! 렘, 레엠, 이리 오렴."

"네!"

스바루의 부름에 꽃 같이 웃으며 그 옆에 앉고는 머리를 내미는 렘. 스바루는 이미 일련의 작업인 양 익숙해진 동작으로 그 머리를 머리카락이 흐트러지지 않도록 쓰다듬기 시작한다.

머리를 쓰다듬어지는 렘의 행복한 얼굴에 에밀리아는 자기편이 없음을 깨달았다.

"애초에 스바루는 같이 와서 어쩌려고 그래? 왕선은 엄—청 중요한 대화를 하는 데에다가, 나도 내 한 몸으로 한계니까 스바루를 챙겨줄 수 없어. 그리고 이번 모임은 지금까지와는 진짜 의미로 다르단 얘기가 있고…….”

“그럼 더더욱 가야지. 에밀리아땅이 임금님이 될지 말지 고비인데, 거기에 관련되지 못하다니 나 울어버릴걸. 귀퉁이라도 상관없으니 관련시켜줬으면 좋겠어.”

“태도가 그러니 못 데려간다는 소리야. 스바루를 데려가면 또 당연히 무리할 거잖아. 그런 짓 시키고 싶지 않아. 알아줘.”

“에밀리아땅이야말로 몰라주네. 내가 무리해서 에밀리아땅의 도움이 되면 좋은 거지. 무리를 하고 싶어. 응?”

“그런 거…… 모르겠어…….”

에밀리아가 눈에 곤혹을 머금으며 입을 다물고, 어색한 침묵이 응접실에 내려앉는다.

“네에, 네에—. 거기까지. 도오—무지 얘기가 진척되지 않으니, 딱 끊어 정리하지.”

그 어색한 분위기를 깨트리듯이 손뼉을 친 건 로즈월이다.

“결론. 스바루는 왕도에 따라가게나. 이거, 고용주로서의 명령이야.”

“로즈월?!”

“아싸! 말이 통하셔, 로즈찌!”

꺼려하던 에밀리아의 의견을 정면에서 번복하는 로즈월.

그 말에 에밀리아는 허를 찔린 표정을 짓고, 스바루는 엄지를 세우며 기뻐한다.

“다아—마안—, 스바루가 왕도에 따라오는 건 어어—디까지나 치료 목적. 왕선 운운하아—는 건 저언—혀 별개의 얘기. 알겠는고?”

“뭐? 치료, 목적……?”

생각지 못한 단어의 출현에 스바루가 미간을 좁히자, 그때까지 스바루에게 어깨를 기대고 있던 렘의 옆얼굴이 희미하게 굳었다. 에밀리아의 표정에도 애처로운 기색이 퍼졌다.

“마수와의 전투 때, 너는 고갈된 게이트를 혹사해서 마법을 썼지. 육체의 부상은 아물어도 그 치료는 또 별개의 문제야. 너 스스로도 짐작 가는 데는 있지이— 않은가.”

“……그런 눈에 보이지 않는 걸로 몸이 안 좋다고 해 봤자.”

“스바루. 몸속에 순환하는 마나는 생물의 생명선이야. 그 흐름이 정체된다는 건 생명의 순환 그 자체에 지장을 끼친다는 뜻이고. ……부탁이니, 숨기거나 하지 마.”

몸의 부상과는 별개로, 손발이 무거운 등의 후유증은 빌헬름에게도 지적받은 대로다.

스바루는 간파당한 데에 계면쩍은 표정을 짓지만, 에밀리아의 애원은 뿌리칠 수 없다.

“내 몸의 위기는 알았어. 그래서, 그게 왕도에서 치료한단 얘기하고 어떻게 이어지는데?”

“네 치료에는 최고봉 치료술사의 힘이 필요해. 너는 사자하고 만났나?”

“그 야옹이 귀 내숭쟁이 말인가. 솔직히 몇 번씩 만나고 싶은 타입은 아니었지만.”

“그 애가 왕도에서도 특출하게 우수한 물의 마법의 고수란다아—. 그 힘을 빌리면 네 몸의 이상을 회복하는 것도 가능하겠지. 유별난 데가 있는 애라 협력을 얻어내는 데에는 에밀리아님께서도 고생 좀 하신 바아—거든."

"잠깐, 로즈월! 그 얘기는……."

의도적으로 내막을 누설한 감이 있는 로즈월은 에밀리아의 분개에도 시침 떼는 얼굴이다.

"……에밀리아땅, 진짜로? 날 위해서?"

"그, 그치만, 스바루의 몸이 낫지 않는 건 내 탓도 있는걸. 날 감싸준 것 때문에 저택에 와 가지고…… 마수 건도 원래라면 내가 움직여야만 했는데, 스바루가. 그러니까 이건 보은이랄까, 손실에 대한 정당한 보충이라고나 할까……."

"고마움이 흐려지니까 쑥스러운 걸 감춘다 치더라도 조금만 더 말을 골라줄래?!"

붉은 얼굴의 에밀리아가 빠른 어조로 변명하는 말에 스바루는 팔짱을 끼고 쓰게 웃었다.

"그럼 에밀리아땅도 내 왕도행에는 찬성인 거잖아. 왜 반대하는 포즈를?"

"부탁을 그대로 들어줬다간, 스바루니까 뻔히 우쭐대서 무리할 거잖아. 개구쟁이인 것쯤이야 다 안다고."

"개구쟁이라니 요즘 못 듣는 말일세……."

스바루가 작은 소리로 중얼거리면서 고개를 모로 꼰다. 에밀리아는 홧김에 혀를 내밀고 회의 종료.

"그으—러면 얘기는 정리됐군. 스바루도 왕도행에 동행. 여타 준비에 하루를 쓰고, 모레 아침에는 출발—— 그걸로 되에—겠어?"

"알았어." "이의 없—음." "——알겠습니다, 로즈월 님."

로즈월의 매듭짓는 말에 실내에 있던 전원이 각자의 응답.

그리하여 로즈월 저택 사람들의 왕도행 방침은 정해진 것이었다.

6

——그리고 이틀 뒤의 이른 아침, 스바루는 저택의 문 앞에서 감동으로 목소리를 떨고 있었다.

"화아—, 요 녀석이!"

떨리는 목소리에 환희가 넘친다. 표정이 들뜬 스바루 앞에는 대형 용차가 정류해 있다.

용차를 끄는 건 물론 지룡으로, 목을 꺾으며 봐야 할 정도의 거체는 여태껏 스바루가 본 모든 지룡을 웃도는 강대함을 자랑하고 있었다.

"몸 크다—! 피부 딱딱하다—! 얼굴 무섭다—!"

"참, 어린애처럼 야단피우고 그래. 그치?"

신바람 내는 스바루에게 에밀리아는 입술의 힘을 풀고 어이없다는 듯이 한숨.

그녀는 자신의 옆에 시립한 렘에게 동의를 구하는 듯한 눈길을 보냈다.

"야단피우는 스바루 군, 귀여워……. 에밀리아 님도 그렇게 생각하지 않으세요?"

"귀엽기는 귀엽다고 생각하는데…… 응, 렘도 홀딱 스바루한테 물들었나 보구나."

그러나 넋을 놓고 떠들어대는 스바루를 지켜보는 렘에게도 에밀리아는 한숨.

여성진의 그런 감상을 아랑곳하지 않고, 스바루는 거리낌 없이 지룡에게 손을 뻗으며 괴상한 소리를 질러댔다.

"어떡하냐! 무지하게 감동받고 있어! 지금, 난 초 판타지하고 있빠라빠?!"

까불거리던 스바루의 손놀림이 만지는 데에서 때리는 걸로 변했을 즈음에서 지룡의 관용이 한계를 맞이했다. 지룡의 꼬리가 펄떡이고, 옆으로 후려 맞은 스바루가 팽이처럼 돌며 날아갔다.

몇 초 뒤, 떨어진 덤불에서 기어 나온 스바루가 입에서 이파리를 뱉어냈다.

"어, 어떻게 된 거야."

"스바루 군. 지룡은 아주 영리한 생물이니, 말은 통하지 않아도 웬만한 의사는 통해요. 그러니 대우도 친절하게 해야 한다고요."

"좀 더 일찍 가르쳐주라?!"

몸에 달라붙은 잎을 털어낸 스바루는 벌벌 떨면서 지룡을 본다. 놈은 그 노란색 눈을 가늘게 하고 "함부로 만지니 그 꼴 나는 거야."라는 말이라도 하고 싶은 듯 길게 숨을 내쉬었다.

그러는 중에 기다리고 있던 로즈월과 람이 저택에서 겨우 모습을 보였다.

"이봐이봐이봐, 늦었잖수. 어떻게 된 거유. 시간 지정한 건 로즈찌 아녀? 시간에 헐렁한 녀석은 팬티 고무줄도 헐렁하다고. 안 그래, 렘."

"그러네요! 오늘 제 시간이 되어도 일어나주지 않던 스바루 군을 깨운 건 렘이지만, 칭찬해주셔도 상관없어요."

"옳지 옳지 옳—지, 좀 조용히 해줘라—. 렘."

쓸데없는 한마디를 누설하는 렘을 이리저리 쓰다듬어서 조용하게 만드는 스바루. 그런 스바루에게 에밀리아의 차가운 눈길이 꽂히지만, 스바루는 강철의 의지로 버텨내어 화제를 로즈월에게로 되돌렸다.

"그래서? 왜 늦었는데? 아침밥 장면에는 하던 대로 모였었잖아."

"미이—안, 미안. 왜, 람이 빈집을 지키는 형편이라 당분간 만날 수 없어지잖아? 그으—래애—서어, 조오—금 공들여서 작별 인사를 하고 있었을 뿐이야—."

세운 손가락을 흔들며 변명하는 로즈월이 옷깃을 바로잡는다. 그 옆에서 람이 황급히 머리카락 및 옷매무새를 고치는 행동 중이라 보고만 있어도 실감이 전해져왔다.

"역시 무효. 묻지 않았던 걸로 하자. 그런데 진짜로 집에 남는구나."

“어쩔 수 없는 일이야. 저택을 싹 비울 수는 없고, 베아트리스 님도 계셔서 시중을 들어야 하니까. 귀찮아.”

“속마음이 팔락팔락 엿보인다. 뭐, 기저귀 갈아줄 사람이 없으면 베아코도 난감하겠지.”

“베아트리스 님께서 들으시면 이번에야말로 가루가 될 듯한 말본새네.”

이번에 왕도로 떠나는 사람은 왕선의 당사자인 에밀리아에, 그 지원자인 로즈월. 치료 명목으로 동행하는 스바루에, 세 명의 시중 담당 겸 호위인 렘까지 총 네 명이다.

저택에는 람과, 금서고에 틀어박혀 있는 베아트리스가 남는다.

“그건 그렇고 남는 사람이 언니분이라도 괜찮은 거냐. 저택 유지 관리하는 건 간단하지 않잖아.”

“뭘 모르네, 바루스. ——사람은, 사나흘 먹지 않아도 죽지 않는 법이야.”

“자취할 생각 없구만, 언니분!”

람의 거침없이 당당한 태도에 스바루가 부르짖자, 갑자기 람은 그 스바루의 멱살을 잡아 끌어당겼다. 단정하게 치장된 얼굴이 눈앞에 오는 바람에 스바루는 숨을 죽였다.

“렘이 막나가지 않도록 고삐를 단단히 잡아. 알겠지, 바루스.”

“……평소에 왕도에 동행하는 건 람이지? 왜 이번엔 렘이…….”

“그걸 람의 입으로 말하게 하려는 수작에 부아가 치밀어.”

이쪽 가슴을 떠민 람이 코웃음과 함께 멀어졌다.
그 등을 배웅한 스바루가 용차를 보자, 렘은 부산스럽게 용차에 짐을 다 쌓은 참이었다.
담소의 시간도 일단락되고 슬슬 출발하자는 분위기.
"그런데 베아코 녀석은 배웅하러 나오지도 않는군. 박정한 로리로세."
멀찍이 저택의 입구를 노려본 스바루는 이 자리에 없는 소녀에게 투덜거렸다.
물론 이렇게 될 것도 예상해서 어제 실컷 베아트리스를 놀려먹어 석별의 정을 달랬지만, 막상 출발 장소에 없어서야 그 또한 서운한 얘기다. 그때.
"——오."
아주 살짝 열린 현관문. 그곳으로 몰래 이쪽을 바라보는 인물과 눈이 마주쳤다.
드레스를 입은 인물은 스바루와 눈이 마주친 데에 한순간 주춤했지만, 바로 마음가짐을 확 바꾼 듯 문을 열고 모습을 분명하게 보였다. 새치름한 표정으로, 쓸쓸함을 감추듯이.
아무리 그래도 그건 제 욕심에 나온 감상일까. 스바루는 그런 생각에 쓴웃음과 함께 소녀에게 손을 들었다.
그 행동에 소녀는 심드렁한 얼굴로 데면데면하게 손을 흔들어 스바루를 내쫓는 반응. 그 일만 하고 저택 안으로 돌아가는 모습은 배웅의 의무를 다했다고 말하는 것만 같았다.
"——스바루? 왜 그래?"

돌아보니 용차의 객실에서 몸을 내민 에밀리아가 이쪽을 내려다보고 있었다. 깨닫지 못한 새에 승차가 시작된 모양이라 스바루는 허겁지겁 객실 문으로 손을 뻗었다.

"여기."

그러나 문고리에 손이 닿는 것보다 하얀 손가락이 이쪽으로 뻗는 쪽이 더 빨랐다.

스바루는 한순간만 망설였다가 그 손을 잡았다. 그리고 잡아끄는 대로 객실에 발을 올렸다.

스바루의 승차를 확인한 차부석의 렘이 홀로 남은 람에게 끄덕여 보였다. 그 뒤에 고삐를 몰자, 지룡이 천천히 지면을 짓밟는 것과 함께 차체가 움직이기 시작했다.

스바루는 창문으로 머리를 바깥에 내밀고 배웅하는 람에게 마지막으로 손을 흔들었다.

"그럼 다녀온다! 피차, 조심하고!"

"바루스도 무슨 일이 있으면 화살받이 정도는 되어야 해. 미끼로서의 재능은── 그래. 그것만은 인정해줄 테니까."

"나도 분명히 조금은 더 괜찮은 점 있거든?!"

그런 시답잖은 말의 응수가 이날 아침의 작별 인사가 되었다.

용차의 가속이 붙어 급속하게 속도가 오르기 시작한다. 곧바로 저택과의 거리가 벌어지고 정문 옆에 선 람의 모습도 점점 작아져버린다.

눈에서 사라지기 전에 람은 치마 끝단을 손끝으로 잡고 다소곳이 인사. 흡사 모범적인 메이드처럼 스바루 일행을 전송해 보였다.

"……여기에 업무 능력만 따라준다면 귀여운 메이드로서 완벽한데 말이지."

가도가 경사진 곳에 들어서자, 그로써 람의 모습은 완전히 사라졌다. 그 사실을 확인한 스바루는 그제야 객실 좌석에 엉덩이를 붙이고 한시름 돌렸다.

그리되자 처음으로 탄 용차의 탑승감을 확인할 수 있는 여유도 생긴다.

좌석의 감촉은 용차의 만듦새에 걸맞게 고급스러운 느낌이며, 탑승감도 뜻밖일 만큼 쾌적한 것이었다.

그다지 두루 정비된 건 아닌 가도. 창밖의 경치가 지나가는 속도는 빨라서, 원래 세계의 승용차를 탄 경험과 대조해보자 100킬로미터 가깝게 나오는 중이라고 짐작된다.

그런데도 몸에 전달되는 진동은 상상과는 꽤나 멀어서, 흡사 승용차급으로 쾌적했다.

"어이쿠우—, 용차가 그렇게 신기한가 봐아—?"

좌석을 삐걱거리며 두리번두리번 시선을 뻗치는 스바루를 본 로즈월이 웃었다.

"저기, 이만큼 스피드 내는 중인데 차부석 같은 걸 밖에 내놓고, 렘 괜찮은 거야? 흔들리다 떨어지겠다는 걱정은 안 하는데…… 왕도 도착할 즈음에는 머리털이나 옷이 아주 엉망이 되지 않아?"

"용차는 가호로 지켜지고 있어서 그런 염려는 필요 없는데?"

"가호?"

"응, 가호. 생명이 태어나는 순간에 세계가 내리는 복음(福音) 말이야. 다양한 가호가 있으니 한데 묶어서 말할 수 없지만, 그 종족에게 반드시 주어지는 가호라는 것도 있긴 해. 지룡의 '바람막이' 의 가호도 그 중 하나고."

" '바람막이' 의 가호랍시면."

"지룡은 땅을 달릴 때, 바람의 영향과 저항을 일절 받지 않아. 그리고 그 가호는 연결된 용차에 대해서도 영향을 줘. 그래서 이 용차도 바람의 영향을 받지 않는다는 얘기."

"그리고 그건 바깥의 렘도 같다는 말인가."

스바루가 이해를 드러내자 에밀리아는 "참 잘했어요." 하고 흡족하신 눈치.

"그럼 나는 나는? 저기, 에밀리아땅. 나한테는 가호 같은 거 없어?"

이세계 소환이라고 하면 치트 능력. 확실히 '사망귀환' 은 달리 없는 특별한 힘이라지만, 스바루는 더 고달프지 않은 특별성을 바라는 탐욕을 잃지 않고 있었다.

"음—, 말하기 어려운데, 가호 없이 태어나는 사람 쪽이 훨씬 더 많아. 그리고 가호 보유자는 다른 사람에게 설명을 듣지 않아도 가호를 자각하는 법이라서……."

"빌어먹을, 글렀나……. 아냐. 그래. 에밀리아땅과 만난 이 기적이야말로 세계가 내게 선사한 축복이었던 거구나."

"그래, 그래. 왕도까지 여섯 시간가량 걸리니까, 착하게 기다리렴.”

“에밀리아땅 차가워!”

에밀리아와 로즈월은 스바루의 항의에는 아랑곳하지 않고 왕도에 도착한 다음의 행동 방침에 관한 대화를 시작해버렸다. 진지한 분위기라 당연히 스바루도 끼어들지 못했다.

대화에 끼워주지 않아 하릴없는 스바루는 일찍부터 늘어지기 시작하는 중이었다.

“에밀리아땅, 에밀리아땅, 창가 바꿔주라!”

“왜 그래? 아, 보아하니 멀미났구나? 타는 데 익숙하지 않으면 자주 그러더라. 알았어. 팩을 빌려줄게.”

“고마운 배려지만 좀 다른데. 그리고 멀미난 내게 팩을 주려고 하는 의미를 모르겠는데 뭐야? 긴급 시의 토하는 봉지로 써도 돼?”

“그런 취급까지 당하면 아무리 팩이라도 화내지 않을까…….”

에밀리아가 고민스럽게 중얼거리자 스바루는 고개를 가로저었다.

“그게 아니라, 에밀리아땅이 놀아주지 않는 외로움을 경치라도 보며 달랠까 해서.”

“——그럼 차부석 쪽으로 오면 어때요, 스바루 군.”

그때, 별안간 두 사람의 대화에 목소리가 끼어들었다. 정면의 차부석과 객차를 잇는 작은 창으로 얼굴을 내비친 렘이다.

“객실 안이면 스바루 군이 지루하더라도 시간을 때울 만한 것도 없잖아요? 이리로 오면 경치도 볼 수 있고, 렘이 말 상대도 되어줄 수 있어요."

"음, 매력적인 제안……. 에밀리아땅, 내가 저리로 가도 외롭지 않아?"

"그건 분명하게 말해서 전혀 완전히 괜찮은데……."

"왜 강하게 괜찮다고 주장하는 거야?"

붙들지 않아서 서운한 거야 어쨌든, 에밀리아의 허가가 나왔으면 문제없다.

스바루가 내켜하자 고삐를 잡고 있는 렘이 로즈월에게 확인을 받았다.

"그럼, 한번 세워도 되겠습니까? 지룡이 다시 달릴 때까지 조금 걸리겠습니다만."

"시간이 걸린다니, 왜 또?"

"가호도 만능이 아니이—라서. 지룡이 가진 '바람막이'의 가호는, 중단하면 다시 전개하는 데에 조금 시간이 걸려. 이른 점심시간으로 치고 세우겠나?"

"그건 아무리 그래도 미안한걸……. 달리는 중에 문 열어도 갑자기 떨어지지 않지?"

일어서서 문을 잡는 스바루를 보고 의도를 알아차린 로즈월이 웃었다.

"어느 정도의 운동신경이 있으면 문제에—없지만, 떨어지면 죽는다?"

"빙글 돌아갈 뿐인데, 뭘. 렘, 곡예하게 만들지 말고 기다리고 있어줘."

"걱정되지만, 알겠습니다. 기다릴게요. 빨리, 빨리요."

스바루의 제안에 렘은 처음에만 난색을 표시했다가, 금세 못 기다리겠다는 목소리로 대답했다.

쓴웃음과 함께 스바루는 차부석으로 돌아가기 위해서 객차 바깥으로 나가려고 일어섰다.

"잠깐 기다려, 스바루. ──응차. 자, 이거."

그런 스바루를 불러 세운 에밀리아가 객차의 벽에 연결된 벨트를 넘겨줬다.

"그렇게까지 위험한 짓이 아니니까 말리지 않지만, 이건 꼭 쥐고 있을 것."

"방의 벽에 연결되어있단 말은…… 안전벨트 같은 물건인가."

"용차가 기울어버릴 일도 있으니 이런 벨트가 설치되어있는 거야. 구명삭 대신에 들고 가. 차부석에 가면 회수할 테니."

에밀리아의 배려를 고맙게 받아, 준 벨트를 오른쪽 손목에 감는다.

걱정스러워하는 에밀리아의 배웅과 함께 스바루는 객실의 문을 열고 밖으로 몸을 내밀었다.

기이한 감각이지만, 고속으로 경치가 지나가는데도 몸은 바람을 느끼지 않는다.

마치 투명한 상자 속에 들어간 채로 이동하는 듯한 착각──. 그 느낌에 눌리지 않도록 스바루는 마음을 다잡으며 차체의 요철을 잡고 차부석 쪽으로 돌아간다.

이래 봬도 운동신경은 좋다. 발 디딜 곳이 불편한 건 느껴지지만, 이동 자체는 수월했다.

"이거 진짜 신기한 감각이구만. 가호가 있으면 계속 이런 걸 느낄 수 있는 건가."

스바루는 세계의 신비 현상을 그 몸으로 맛보면서 문득 흘러가는 경치를 보고 생각했다.

용차와 그 안에 있는 인간에게까지 효과를 미치는 '바람막이'의 가호. 만약 이 가호의 영향 하에 있는 채로, 영향 하에 없는 물체에 닿았을 경우에는 어찌 될까.

딱히 의미가 없는 사고실험을 하면서 스바루는 이유 없이 뻗은 손끝으로 허공을 저었다. 그때.

"맞아요, 스바루 군. 말하는 걸 잊었는데, 용차에서 너무 떨어진 곳에 몸을 내밀지 말도록 해주세요. ——가호로부터 벗어나 버리니."

"——시상에."

허공을 거머쥔 직후, 손목이 뽑힐 것만 같을 정도의 바람이 스바루의 온몸을 두드렸다.

예상 밖의 충격에 차체를 잡고 있는 손이 가볍게 떨어지고, 다시 말해 지지대를 잃은 몸이 옆으로 날아간다. ——당연한 듯이 용차 밖으로 몸이 내던져졌다.

"어버버버버버——?! 이거 위험해 진짜 위험해 설마 이거, 데카르트읏?!"

바람에 휘말려 상하좌우도 없어질 만큼 놀아난다. 그대로 지면에 격돌——하기 직전, 오른팔의 벨트가 팽팽하게 뻗으며 스바루의 몸이 용차와 평행하게 떴다.

오른손 손목에 끊어질 듯한 고통이 발생하고 에밀리아의 구명삭이 글자 그대로 스바루의 목숨을 붙들어 매었다.

그 격통과 험악한 상황에 머리가 새하얘진 스바루지만, 그 고막을 쇳소리의 연쇄가 때리는 걸 깨닫고 거친 바람 속에서 얼굴을 들었다.

정면. 꿈틀거리는 은색의 뱀이 보였다. 뱀의 몸 끝부분은 크고 둥글며, 가시가 돋아나 있었다.

"——트라우마 소생할 것 같다."

중얼거린 직후, 뱀이 스바루의 몸을 휘감았다. 상상 이상의 조임에 꼴사나운 소리를 지르지만, 대신에 추락사 직전의 몸이 대번에 끌려올라갔다.

높이는 쉽사리 용차의 높이를 넘어서고, 그 정점에서 홀드가 해제되어 내던져진다.

스바루는 빙빙 도는 시야 바로 밑으로 렘을 보았다. 한 손에 무기인 철구의 자루와 고삐를 잡은 렘이 낙하 지점에서 스바루를 받아내고자 손을 내밀고 있었다.

스바루는 겨우겨우 목숨은 건진 모양이라며 그것만을 확인한 다음.

"앞으로는 조금만 더 얌전하게 살자……."

낙하의 결과를 지켜보지 않고 한발 먼저 잠자리로 파고들었다.

제2장 『가호와 재회와 약속과』

1

――나츠키 스바루의 심장 고동은 현재 위험 영역에까지 도달하려는 중이었다.

"저기 말이야, 에밀리아땅……. 여러모로 복잡하지만, 이거 역시 관두자?"

눈치를 살피는 웃음을 띤 스바루가 식은땀과 함께 제안했다. '이거' 라고 가리키며 들어 올린 건 단단히 이어진 두 사람의 손이었다.

장소는 왕도. 그것도 시장거리라고 불리는 대단히 길손이 많은 거리다. 사람들이 오가는 북새통 중에 손을 마주 쥐고 있는 두 사람은 옆에서 보면 화목한 커플로도 보일 것이다.

단, 그것도 대화 내용에 귀를 기울이지 않았을 때의 얘기다.

"절대로 안— 돼. 어차피 스바루니까, 사람이 눈을 뗀 틈에 이상한 짓을 할 게 뻔해. 왕도에 있는 동안 혼자 다니는 건 허락 못 해. 알았지?"

"용차에서의 멍청한 짓은 완전 반성하고 있어! 그런데 너무

애 취급이라고 이거!"

신용을 땅바닥에 떨어뜨린 스바루에게 보내는 에밀리아의 눈총은 차갑고 날카롭다.

자업자득이라고는 해도, 이 대접은 스바루에게 이만저만 본의가 아니었다.

——용차에서 '도중하차' 할 뻔한 소동 뒤 로즈월의 무릎베개에서 깨는 비극을 맛본 스바루는, 대화를 나눈 결과 왕도에서의 행동 제한이 부과되었다. 그 결과가 현재 상황이다.

"경솔했던 건 아주 깨우쳤는데…… 적어도 이 손에 손잡고는 어떻게 좀……."

"흐응. 그런 소리를 하는구나. 마을에서 데트했을 때는 그토록 잡고 싶어 하더니."

"그때는 몸과 마음의 준비가 완벽했지만 지금은 안 그렇단 말이야. 손에 땀 엄청나다고!"

극도의 긴장 때문에 손의 땀이 신경 쓰이는데, 에밀리아가 아무렇지도 않은 얼굴을 하고 있는 판국이니 더욱더 애가 단다.

그렇게 아옹다옹하는 두 사람이 왕도에서 무엇을 하고 있느냐면——.

"——남의 가게 앞에서 시시덕대는 건 이제 그만 작작 해두셔."

귀여운 말다툼 중인 두 사람에게 못 되어먹은 남자의 목소리가 날아왔다.

그 목소리에 에밀리아의 옆얼굴이 희미하게 굳었다. 그도 당

연하다고 스바루는 납득.

누가 뭐래도 그 목소리의 주인은 칼자국을 안면에 새긴, 도저히 번듯한 직업을 가진 사람으로는 보이지 않는 남자니까.

"손님이 떨어지잖아. 아무것도 안 살 거면 얼른 사라져."

"야박한데에다 인정머리도 없군. 모처럼 약속을 지키겠다고 단단히 마음먹으며 왔는데, 그걸 쌈빡하게 잊었단 소리를 들은 내 충격을 알기나 해? 울고 싶어지기도 한다고. 그렇지?"

스바루가 어깨를 으쓱이자, 남자는 카운터에 턱을 괴고 불량한 태도로 코웃음을 쳤다.

이 불량한 태도로 접대업을 하겠다니, 직업을 크게 잘못 골랐다고 스바루는 생각한다. 알록달록한 간판에 '카도몬' 이라고 '이 문자' 로 적힌 이 가게는 컬러풀한 과일을 진열한 과일가게 ―― 스바루에게는 인상 깊은 가게이기도 하다.

"그래. 내게는 첫 접촉한 이세계인……. 그 은혜를 갚으러 왔건만, 대접이 이래."

"말을 그리 해도 말이다. 1개월 가까이 전에, 게다가 얘기만 슬쩍 한 거라며? 어렴풋하게 그런 적도 있었던 것 같긴 하다만……."

"스바루는 억지 부리지 말고. 주인분도 무리는 하지 마세요."

에밀리아가 스바루의 귀를 잡아당기며, 기억을 떠올리려 노력해주는 사람 좋은 주인장에게 머리를 숙였다. 그녀는 "아야아야."하고 호소하는 스바루를 찌릿 노려봤다.

"신세 진 분에게 인사하고 싶다기에 데리고 왔는데……. 설마, 그런 일방적인 구두 약속이었다니. 참, 기가 막혀서.”

“남자가 나눈 약속을 저버리겠다는데 응석을 받아주면 안 되잖아, 에밀리아땅.”

“무슨 바람이 그렇게 커! 가게 사람이 하루에 얼마나 많은 사람을 상대하는 줄 알고서 그래.”

“에밀리아땅, 과대평가는 이따금 상대를 상처 입히거든? 이런 험상궂은 주인장의 가게에 손님 많을 리 없다니까…… 아야아야, 죄송합니다!”

당기고 있던 귀를 더욱 세게 당김에 따라 울상을 짓는 스바루.

둘의 대화를 보던 주인장이 그 울먹이는 스바루를 보고 손뼉을 쳤다.

“그 못난 꼴 때문에 기억났어. 무일푼 총각이군. 물건 사지도 않고 돌아간 배은망덕한.”

“어떤 점 때문에 기억해냈는지 그거야 어쨌든, 그 은혜를 갚으러 왔다고 말했잖아!”

“옳거니. 제법 의리 있는데 그래. 마음에 들었다.”

기억을 떠올린 주인장이 푸짐하게 웃고, 그는 가게 안쪽에서 나무상자를 들고 나와서 카운터에 올렸다. 묵직한 소리를 낸 상자 안에는 붉고 둥근 과일이 싱싱하게 빛나고 있다.

“옛다. 약속했던 삼과다. 몇 개나 살 거지? 지금은 한 개에 동화 두 닢쯤 되는데.”

“여기는 통 크게 열 개로 가지. 약속 초과분 지불이야.”

배포가 큰 스바루에게 주인장이 박수 친다. 스바루는 그 반응에 흥을 내며 지갑을 꺼내려고 품에 손을 넣었다가, 옆의 에밀리아도 비슷한 자세인 것을 깨달았다.

“어라, 왜 지갑 꺼내려 하고 그래, 에밀리아땅.”

“왜냐니, 돈을 안 꺼내면 값을 치를 수 없잖아?”

“그 소리가 아니라, 에밀리아땅이 대신에 내는 거 이상하다고…… 여보쇼, 아찌. 뭐야 그 눈.”

“돈이 생기면 사러 오라고는 말했지만, 돈 가지고 있는 여자애를 데려와서 내도록 하는 건, 아찌 마뜩잖은데.”

“방금 한 사랑싸움 못 봤어?! 내가 낸다고 주장했었잖아!”

스바루는 의심스럽게 바라보는 주인장 앞에다가 허둥지둥 지갑을 들이밀었다.

내용물은 저택 업무의 봉급── 씀씀이가 좋은 로즈월 덕분에 지금의 스바루는 사실 알부자였다.

“삼과 한 개가 동화 두 닢이면…… 열 개로 은화 두 닢 정도면 딱 되나?”

“이봐이봐, 요새 화폐의 교환비율 모르는 거냐. 은화는 지금 한 닢에 동화 아홉 닢 상당이야.”

“그렇담 은화 두 닢에 동화 두 닢이군. 욥.”

제꺼덕 가죽주머니 안에서 화폐를 꺼내어 주인장에게 건네는 스바루. 그 행동에 주인장은 언짢게 입을 다물고, 갸웃거리는 스바루를 보며 깊은 한숨을 내쉬었다.

“내가 말하는 것도 뭣한데. 형씨, 좀 더 남을 의심하는 편이 좋겠어. 통화의 교환율 변동은 시장 입구, 거기 있는 입간판에 써져 있어. 그것도 보지 않고 쫄래쫄래 온 날엔 질 나쁜 상인의 밥이 된다고."

솔직하다기보단 위태로운 것이라도 보는 듯한 주인장의 충고. 말마따나 선뜻 신용하고 값을 치르는 건, 원래 세계 기준으로 사람을 지나치게 믿은 걸지도 모른다.

저택 인근 마을의 경우야 인간관계가 너무 폐쇄되어서 속인다는 발상 자체가 튀어나오지 않는 법이지만, 왕도 같은 큰 도시에선 악의를 가진 이가 있어도 이상하지 않다. 즉.

"아찌, 역시 되게 좋은 사람인걸."

스바루는 실실 웃고 스카페이스 어르신의 인품에 호의를 드러냈다.

"어쩌다 그런 거다. 일부러 다 까먹은 약속 지키러 와준 손님이, 우리 집에서 물건 산 다음에 어디서 빈털터리로 굴러떨어지면 꿈자리 뒤숭숭하잖아. 그뿐이야."

"새침데기 남자라니 누가 득보는데? 로균요. 압니다."

"냉큼 이거 들고 가버려! 값은 딱 맞습니다. 또 오십쇼!"

전반은 난폭하고 후반은 손님은 신이다 정신. 양극단적인 반응에 후련하게 웃으면서 스바루는 건네받은 삼과의 봉지를 안은 다음 에밀리아의 손을 끌고 가게 앞을 떠났다.

"고마워, 아찌. 인연이 있으면 또 만나자고."

"다음에도 사갈 거면 대환영이지. ……아가씨는 그 뭐냐, 남자 좀 가리는 편이 낫겠어."

"쓸데없는 참견이거든!"

배웅하는 주인장에게 중지를 세운 스바루는 에밀리아와 둘이 북새통 속으로. 거리가 멀어지자 차차 인파가 그 시야를 가리고, 사람 좋은 주인장의 모습도 사라졌다.

"무사히 기억해주어서 잘됐네. ……근데, 조금 놀랐어."

"응. 저 얼굴은 확실히 처음에는 좀 무서울지도 모르지. 그런데 낯이 익으면 그렇지만도……."

"그게 아니라, 스바루한테. 계산이 엄—청 빠르기에 기절초풍해버렸어."

"기절초풍이라니, 요새 못 듣는 말일세……."

사어(死語)를 교묘하게 활용하는 에밀리아에게 딴죽을 거는 스바루. 칭찬을 받아서 썩 싫은 눈치도 아니다. 이래 봬도 스바루는 사실 주판을 다루라 하면 쓸 만한 수준인 것이다.

"주산도 해둘 만하군. 에밀리아땅도 역시 인텔리 계열을 좋아해?"

"인테리……? 조금 잘 모르겠지만, 놀란 이유는 그뿐만이 아니고. ……응, 대수롭잖은 우연이야. 후후, 재미있네."

"아, 귀여운 얼굴. 뭐야 뭐야, 무슨 우연이 있었어?"

"비밀. 나랑, 아까 주인분 따님과의. 그래서, 다음엔 어떡할래?"

스바루는 에밀리아의 비밀 이야기에 미묘하게 짐작 가는 데가 있으면서도, 깊이 캐고 들지 않고 삼과의 봉지를 고쳐 안았다. 왕도는 정처 없이 걷기에 너무 넓은 곳이다.

오늘의 목적은 이세계 소환 첫날에 신세 진 사람들에 대한 순회 인사다. 과일가게의 주인장에 대한 보은을 달성한 지금, 다음 목적은 정해져 있다.

"당연 다음 목적은…… 펠트랑 롬 영감이지. 그 둘은 양쪽 다 내가 기절한 다음에 라인하르트가 인수한 거 비슷한 형식이 됐었지?"

"응, 맞아. 처음에는 죄를 묻지 않기로 얘기가 정리된 줄 알았는데…… 라인하르트가 갑자기 안색을 바꾸며 여자애를 데려가버려서."

"그 말만 들으면 유괴범이나 납치감금마인데, 범인 측의 내력을 알고 나면 그렇게도 여길 수 없군……. 제길, 미남은 득 보는군그래, 정말이지."

붉은 머리의 말쑥한 청년을 떠올린 스바루는 샘을 내듯이 혀를 찼다. 그것을 곁눈으로 보고 있던 에밀리아가 입술에 손가락을 대고는 고민하듯 고개 숙였다.

"라인하르트와 연락을 취하겠다면 귀족가의 코앞에 있는 경비병의 대기소에 가는 게 나을 거야. 그 건물이 있던 장소는…… 벌써 단순한 잔해 더미가 돼버렸으니."

에밀리아의 의견에 스바루도 찬성이었다. 라인하르트와 처음 만났을 때, 비번이라 도시를 돌아다니고 있었다는 그는 본인이 경비병 비슷한 입장이라고 설명했다.

아마도 그는 경비병의 상위호환—— 기사, 그 자체가 아니겠는가.

"그렇다면 방침은 잡혔군. 대기소에 가서, 라인하르트와 연락을 취할 계획을 꾸리는 걸로. 그럼 즉각 출발 개시…… 오?"
"왜? 무슨 일이야?"
"아니, 봉지 속의 삼과를 세어 봤는데…… 열한 개 있는걸."
동글동글 큼직하고 새빨갛게 익은 과일의 숫자는 합계해서 열하나.
봉지에 담은 건 주인장이고, 설마 잘못 세는 사건은 장사꾼으로서 있을 수 없을 것이다.
"역시 그 아찌, 보통 좋은 사람이 아니셔."
험악한 주인장의 얼굴을 떠올린 스바루는 상쾌한 기분으로 웃었다.
――역시 약속을 지킨다는 건 올바르고, 좋은 선택이었다.

2

"그건 그렇고, 대기소에서 연락은 어떻게 취하는 거람. 전화 같은 건 없지?"
"전화?"
둘이서 대기소를 향해 걷다가 스바루가 문득 떠오른 의문을 입에 담았다. 낯선 발음에 이상하다는 표정을 짓는 에밀리아.
"뭐랄까, 떨어진 장소에 있는 상대와 직접 대화할 수 있는 도구라고나 할지……."
"미티어 말해? 대화경(對話鏡)이라면 비치됐을 테지만."

"대화경?"

"한 쌍을 이루는 거울끼리, 비춘 상대와 대화를 할 수 있는 미티어야. 출토품치고는 숫자가 많아서 여러 곳에서 이용되고 있다던데."

"오호. 그런 수단도 버젓이 있구나. 거울이라니 마법 같다!"

생각해보면 스바루가 실물 미티어를 목격한 적은 아직 없다. 미티어라는 단어는 장물 창고에서 롬 영감에게 휴대전화를 그것으로 위장했을 적에 쓰는 바람에 마주했을 뿐이다.

"어쨌든 간에 그걸로 라인하르트와 얘기할 수 있으면 문제 해결인가. 희망이 보이기 시작했군."

"그러네. 얼른 끝내고 돌아가지 않으면 렘이 삐칠 테고, 서둘러야지."

렘도 이번 스바루의 왕도행에 동행하고 싶어 했었다. 그러나 일행의 시중 담당으로서의 업무가 여러 방면으로 뻗쳐 있었기에, 눈물을 머금고 역할을 에밀리아에게 양보한 경위가 있었다.

지금쯤은 분명히 맹렬히 분투하며 울분을 풀고 있을 터다.

"뭐, 렘에겐 미안하지만 이건 이거대로 내게는 따로 득보는 시간이제."

"……? 방금, 뭐라고 했었어?"

"아아니, 그냥. 손잡고 다니는 것도 창피해지지 않게 됐다 싶달까. ……저기 있지, 에밀리아땅. 내일부터 있다는 왕선 얘기 말인데……."

에밀리아의 옆얼굴에 긴장과 경계의 빛이 없는 것을 본 스바루는 편한 눈치로 말을 꺼냈다.

긴장이 풀린 틈을 노려보려는 타산이 낀 판단이다.

그러나, 그 말에.

"——스바루."

표정을 지우고 남보랏빛 눈을 우려로 채운 에밀리아의 태도는 명확한 것이었다.

사자가 온 아침과, 출발까지의 시간. 여러 번 있던 대화에서 스바루를 얼씬도 못하게 하던 에밀리아의 고집. 그건 지금, 목적한 왕도에 도착해서도 변함없었다.

"몇 번씩 말했었잖아. 스바루를 여기 데려온 건 여러 가지 약속을 지키게 해주기 위해서랑, 스바루의 몸 치료 때문이라고. 내 일은 신경 쓰지 않아도 돼."

"그런 건 당연히 무리지. 난 여기에 있는데다, 에밀리아땅의 손까지 잡고서…… 그러고서 어떻게 신경 쓰지 말라는 말을 지킬 수 있겠어."

스바루는 어느 틈에 발을 멈추어 앞으로 가려는 에밀리아를 잡고 있었다. 눌러쓴 후드 아래 가려진 은발 한 떨기가 에밀리아의 뺨에 내려앉는다.

스바루에겐 그게 마치 그녀의 눈물처럼 느껴져서 견딜 수 없었다.

"난 네 힘이 되고 싶다고. 네가 난처해하고 있으면 어떻게든 해주고 싶어. 지금까지도…… 앞으로도, 그래."

"————."

솔직한 심정을 털어놓는다. 스바루는 전심전력으로 에밀리아에게 진력할 작정이었다.

그게 자신 속의 어떤 감정이 불씨로 타오르는 마음인지를 자각하면서. 그러나.

"어째서?"

"…………으."

"어째서 스바루는 그렇게까지 해주는 거야? 나, 모르겠어."

에밀리아는 당혹을 눈에 머금고 스바루의 헌신에 곤혹한다. 잡힌 손이, 대답을 바라듯이 한층 세게 잡히는 것을 느낀 스바루는 무슨 말을 입에 담아야 할지 목이 턱 막혔다.

"그건……."

"————."

"그……건……."

입에 담아야 할 마음은 자각하고 있지만 그걸 말로 바꾸는 데에는 각오와 용기가 필요하다.

그리고 갑작스러운 상황 앞에 놓인 스바루에겐 그 양쪽이 모두 결여되어 있었다.

스바루는 결국 말을 기다리고 있는 에밀리아 앞에서 아무 말도 입에 담을 수 없었다.

"……가자. 얼른 하지 않으면 날이 새겠어."

침묵의 시간이 경과함으로써 에밀리아가 허락해준 유예를 잃어버렸다.

에밀리아가 손을 당기며 걸음을 재개하자 스바루는 처량함을 곱씹은 채로 따른다.

앞서 가는 작고 가느다란 등에다 걸어야 할 말을 놓치고 만 데에 대한 자기혐오가 있었다.

생명을, 마음을 구원받고, 이 가슴을 제일 뜨겁게 만드는 소녀에게 아무것도 해주지 못하는 나약함이 밉다.

『――거기까지 해두는 편이 좋겠다, 스바루.』

"――읏!"

어둠의 나선에 침잠해버릴 듯한 자기혐오 속에서 스바루는 갑자기 들린 중성적인 음성에 어깨를 들썩였다. 마치 두개골 안에 직접 속삭이는 소리가 파고든 것 같은 감각.

『나야. 직접 네 마음에 호소하고 있는 거야. 걱정하지 않아도 리아에겐 들리지 않아.』

기이한 방식으로 들리고는 있지만, 그건 확실히 들은 적이 있는 목소리이기도 했다.

에밀리아와 계약한 정령으로, 항상 그녀의 곁에 있는 고양이 모습의 초상적인 존재―― 팩이다.

모습이 보이지 않는 그의 말―― 텔레파시와 같은 것에 스바루는 동요했지만, 이내 대답했다.

『……으. 이러면, 내 목소리도 네게 닿고 있는 거냐.』

『이해가 빠르네. 처음에는 당황하기 마련이던데…… 연결하기 쉬운 걸로 봐도 그렇고, 혹시 스바루는 정령과의 친화성이 높을지도 모르겠다. 베티가 따를 만도 해.』

일방적으로 이해한 눈치 같은 팩의 목소리에, 스바루는 좀 전의 답답한 속내도 있어서 짜증을 느꼈다. 따돌림당하고 있는 듯한 소외감은 지금도 스바루를 괴롭히는 것이다.

『리아 쪽이라면 걱정 마. 지금 얘기 때문에 스바루에게 실망하거나 하진 않아.』

『그런 걸…… 네가 어떻게 안다고 그래.』

『알 수 있어. 난 리아에 대해서라면 뭐든지 알고 있고, 이해하고 있으니까.』

팩은 중요한 부분은 말로 하지 않고, 그 음성을 부성애로 채우고 단언했다.

팩의 보증은 오히려 역효과라 점점 더 역부족을 한탄하던 스바루는 퍼뜩 깨달았다.

——돌이켜 보면, 자신이 에밀리아에 관해 아무것도 모른다는 것을.

스바루가 아는 에밀리아에 대한 사실은 아리따운 용모의 미소녀에 하프엘프라는 것. 루그니카 왕국의 임금님 후보라는 입장에 있으며, 지금은 지원자인 로즈월의 보호 하에 있다는 것.

솔직하고 순박하며 강한 체하고 호인이며, 남을 위해 손해 보기를 마다하지 않는 성격에, 누나 행세하는 데 비해서는 얼빠진 구석이 많고, 덤으로 속기 쉬운 것 같기도 하다.

스바루가 아는 건 그녀의 그런 외면적인 부분뿐.

그녀의 속내와 속사정은 물론이거니와 왕을 뜻하는 경위와 이유도 알려고 하지 않았다.

『그렇게 이러니저러니 속마음을 우겨넣는 만큼, 너도 고생스러운 애 같지마는.』

자기 자신의 천박함에 입을 다물더라도 마음속까지 침묵을 관철할 수는 없다. 이쪽 심중의 표층을 짚어내는 팩에게 모든 것을 덮어놓기란 불가능한 것이다.

『저기, 스바루.』

더 이상 비참한 모습을 자각하고 싶지 않다. 그런 약한 소리가 팩을 거절한다.

그러나 고막이 아니라 마음에 속삭이는 말에 그 소리는 닿지 않는다.

침묵함으로써 자기 의사를 표명하는 스바루에게 팩은 일방적으로 전했다.

『——너무, 나를. 그리고 리아를 기대하게 만들지 말아줬으면 해.』

『……엉?』

『희망은 자상한 독이야. 그것이 언젠가 몸을 갉아먹으리라 알더라도 손이 닿는 위치에 있다고 착각하면 손을 뻗지 않을 수가 없어. 너는 그야말로, 독이야.』

항상 한가로운 마이페이스를 무너뜨리지 않는 존재——. 팩에게 그런 인상을 품고 있던 스바루에게 지금의 그가 하는 말은 그 인상을 배신하기에 족한 임팩트가 있었다.

『그건 또, 무슨 의미……』

하지만 이해 못할 팩의 말에 대한 대답이 닿기보다도——.

"다 왔어."

손을 이끄는 에밀리아의 발이 멈추는 쪽이 빨랐다. 앞으로 딸려나가 에밀리아의 발에 부딪힐 뻔한 걸 가까스로 버틴다.

고개를 든 스바루는 귀족가라는 명칭의 의미를 늦게나마 이해했다.

경관은 빈민가와 시장거리 등의 지구(地區)보다 세련되어서, 단적으로 말하면 돈 들인 수준이 다르다. 건물은 물론 길과 벽, 미관 유지를 위한 숲 조성조차 그럴 것이다.

이름이 가리키는 대로 상류 계급의 인간이 살고 있을 구획이다.

그리고 목적한 건물은 한 거리 너머 이세계로 가는 입구를 봉쇄하는 것처럼 세워져 있다.

견고한 인상의 석조 건물은 귀족가의 화려한 경관과는 일선을 그은 듯 투박했다. 후면이 외벽 일부에 인접했고, 상부에 설치된 난간으로는 도시를 한눈에 내다볼 수 있을 것 같았다. 단, 경관을 즐기기 위해서가 아니라 밑을 망보기 위한 것임은 쉽게 상상이 갔다.

"이곳이 왕도를 순찰하는 경비병의 대기소. 귀족가에 출입하는 사람들의 신분을 확인한다든가, 그런 일도 한대."

"검문이나 세관의 역할도 있나. 그래서 이런 곳에 세운 거구나."

합리성과 편리성은 이해해도 관료 조직의 건물에 기피 의식이 드는 건 이미 본능일 것이다.

에밀리아는 머뭇거리는 스바루에게 아무 말 없이 대기소 앞으로. 잡고 있던 손을 푼 이유는 역시 장소가 장소라는 배려의 결과일까. 떨어진 손바닥이 조금 아쉽다.

그 에밀리아가 대기소의 문을 두드리려는 딱 그 순간에——.

"——이런, 이건 별난 곳에서 다 만나 뵙는군요."

대기소의 문이 밖으로 열리고 안에서 한 청년이 얼굴을 내밀었다.

"오랜만입니다, 에밀리아 님. 그동안 별고 없으셨습니까?"

청년이 공손하게 에밀리아에게 인사했다. 후드를 눌러쓰고 있는 상태의 에밀리아에게. 그것만으로도 스바루의 마음속에 경계가 퍼지지만, 에밀리아는 평정을 띤 표정 그대로 청년에게 끄덕였다.

"……응, 고마워. 특별히 문제는 없어. 율리우스도 건강해 보이네."

"기억해주셔서 영광입니다. 에밀리아 님도 그 아름다움은 가일층 더하시기만 합니다."

'율리우스' 라고 불린 청년은 소름 끼칠 대사로 에밀리아의 미모를 칭찬했다.

보랏빛 머리카락을 아니꼽도록 정성껏 세팅한 인물이었다. 신장은 스바루보다 10센티미터가량 커서 180센티미터 안팎일까. 몸매는 호리호리하지만 가냘프다는 인상은 없으며, 훤칠하다고 형용해야 할 미남자다. 이성을 매혹하는 호박색 눈동자가 또 얄미우리만큼 어울렸다.

“그런데 근위인 당신이 대기소에 있다니, 그쪽이 더 별일이지 않아?”

휘황찬란한 장식과 용의 도안이 붙은 제복. 허리에는 레이피어풍의 훌쭉한 검. 그리고 그 분위기에 어울리는 직함이 율리우스의 직업을 숨김없이 설명하고 있었다.

“병사들의 위문과, 거리 시찰을 겸해서……라는 것쯤 됩니다. 벗의 부탁으로 발길을 옮겨본 것인데, 가끔은 우의를 우선해 보는 것도 좋겠군요. 이렇게 저잣거리에 발을 뻗은 곳에서 한 걸음 먼저 가련한 꽃을 뵐 수 있었으니 말입니다.”

말과 함께 익숙한 몸짓으로 에밀리아의 손을 잡고 그 자리에 무릎 꿇는 율리우스.

그리고 그는 숨 쉴 틈도 없이 하얀 손등에 살짝 입을 맞췄다.

멍하니 그 일련의 흐름을 지켜보고 만 스바루. 한 박자 늦게 감정이 끓어오르고, 스바루의 신경을 긁어내린 지금의 배알 꼴리는 행위를 규탄해주고자 뛰쳐나가려 한다.

하지만 콧김을 씩씩거리며 율리우스에게 덤비려는 스바루를 에밀리아의 손바닥이 제지했다.

“고마워, 율리우스. 그리고 갑작스러워서 미안한데…… 잠깐 용무가 있으니 성 쪽에 언질을 전해줬으면 해.”

“아, 그래서 대기소를 방문하신 거군요. ……용건은, 그쪽 친구랑 관계가?”

에밀리아의 요청을 들은 율리우스가 성조를 낮추고 스바루를 바라봤다.

스바루는 그 시선에 맺힌 업신여기는 느낌이 마음에 들지 않아, 꼴아본다는 심산으로 쳐다봤다.

"——복장에 걸맞지 않은 품성과 태도군. 초면인 상대에게 보일 모습이 아니야."

"충고 감사하다. 나도 하나만 충고해주마. 그 복장으로 카레우동 먹는 건 국물이 튀면 눈에 띄니까 관두는 편이 나을걸."

"그건 구태여 말까지 해줘 고맙군. 만약 그럴 기회가 있으면 조심하도록 하지."

결코 우호적이진 않은 웃음을 교환한 스바루는 배포가 안 맞는 상대임을 이해했다. 율리우스도 같은 의견일 것이다. 그는 그 후로 스바루를 무시하고 에밀리아를 다시 돌아봤다.

"그럼 대화경으로 안내하지요. 본래는 이와 같이 번잡한 곳으로 에밀리아 님을 모시기엔 민망한 노릇입니다만."

"그런 건 신경 쓰지 않아도 괜찮으니 부탁할게."

"그럼, 안으로."

율리우스가 앞장서 이끌 듯이 안으로 돌아가고, 스바루도 코웃음 치며 발을 내디딘다.

그런데 그 중간에 선 에밀리아가 길을 가로막으며 돌아봤다.

"스바루는 기다리고 있어."

"……호엥?"

스바루가 얼떨떨해하자 에밀리아는 그 긴 속눈썹을 떨며 눈을 내리깔았다.

"사실은 와줬으면 하는데, 율리우스가 내켜 하지 않을 테니 기다리고 있어줘."

"그게 뭐야. 나보다 저 자식의 눈치를 살피는 거야? 저런, 밉상인 자식의."

"그런 게 아니야. 율리우스의 비위를 상하게 해서 그렇단 얘기가 아니라, 분명히 스바루가 싫은 경험을 겪을 테니 오게 하고 싶지 않은 거야. 부탁해. 이해해줘."

"싫은 경험이라면 벌써 충분히 겪었거든요. 저 자식, 스스럼없이 에밀리아땅의 귀여운 손을 날름날름 요리조리 핥아댔겠다……!"

나쁜 인상의 보정이 덧붙어 스바루의 안에서 율리우스가 한 행위의 변태성이 승화되어가고 있었다.

그걸 빼더라도 가능하다면 더 이상 저 남자와 에밀리아를 접촉하게 두고 싶지 않다.

율리우스에 대한 경계심은 물론, 스바루 안의 남자 마음이 그렇게 필사적으로 부르짖고 있었다.

"너무 오래 끌지 않고 돌아올 테니 착하게 기다려줘. 내가 부탁할게."

말투는 다정했으나 거기에는 또다시 거절의 빛깔이 짙다.

철저하게 스바루를 자기 사정으로부터 멀리 두려는 에밀리아. 하지만 파고들었다가 미움 살 것을 두려워한 스바루는 또다시 입을 다물 수밖에 없었다.

"……나, 되게 폼 안 사네."

중얼거린 말은 두 사람 사이를 가로막듯이 닫힌 문에 부딪혀

정처 없이 사라진다.

스바루는 입구에서 떨어진 곳에서 돌을 차며 에밀리아가 돌아오기를 기다렸다. 자기혐오밖에 솟지 않는 머릿속을 일단 변경해 느끼남을 떠올렸다.

"저놈 확실히, 근위라고 하지 않았던가."

스바루의 인식이 정확하다면, 그 단어는 근위기사라는 입장을 가리키는 것이리라.

기사단이라는 게 존재한다면 근위기사는 왕족 직속의 부대가 될 터다. 하지만 왕이 없는 현재의 왕국에서 그 입장은 어떻게 되어 있을까.

"왕족 깡그리 병사(病死)였었지. 그 이변을 알아채지 못한 책임을 지고, 근위기사단의 엘리트들은 한꺼번에 처분. 집안이 망해서 길거리에 나앉는다……. 아니, 전원은 불쌍하겠어. 어떻게든 저 느끼한 놈만이 쓴맛 볼 만한 전개로……."

음침한 상상으로 쌓인 속을 풀려고 하지만, 영 과감하게 나가지 못하는 건 누구 영향 때문일까.

이전까지의 스바루라면 안 좋은 상황에 대한 불평불만은 상대를 가리지 않았을 터다. 고약한 말투로 하늘을 욕하며 짜증을 내뱉는 것을 아무렇게도 여기지 않았을 터.

그러지 않고, 좋은 의미로 겉치레를 신경 쓰기 시작한 건 분명히 이쪽 세계로 온 다음부터다.

올곧은 방식으로 살아가는 소녀와 접해, 그녀가 보기에 부끄럽지 않게 살자고.

막연한 마음——이지만 자신은 조금은 변했을까. 자신감은 없다.

"——응?"

생각에 잠겨 있던 스바루는 문득 시야 끝을 스친 위화감에 미간을 좁혔다.

딱 한순간, 특별히 이유도 없이 시장 쪽의 거리로 눈길을 돌렸을 때의 일이다. 고운 색조의 옷이 거리를 가로지르는 모습이 보였다.

시야에 얼씬거리는 것만으로도 뚜렷하게 박힐 듯 선명한 빨강. 그래도 단순히 그게 지나가기만 했더라면 스바루의 의식을 이렇게까지 끌어들이지는 않았을 것이다.

드레스를 입은 소녀가 추레한 복장의 남자들에게 뒷골목으로 끌려가는 장면이 아니라면.

"지금 건…… 설마 싶지만, 그런 장면인가……?"

경비병의 대기소 앞인데 대담한 범행——이라고 생각했지만, 그 부분은 등잔 밑이 어둡다는 그걸까.

눈에 띈 곳은 대기소에서 사각인 위치로, 꽁 맺힌 스바루가 건물의 틈새에 들어가 있었기에 발견할 수 있었던 우연한 순간이다.

"좁은 데가 안심되는 습성이 도움이 된 거야 어쨌든, 바로 경비병을——."

'부르러 가자.' 라고 생각한 시점에서, 스바루는 판단을 머뭇거렸다. 눈에 띈 장면이 실제로 범죄의 현장이라고 확정된 것은 아니다. 오보가 될 가능성도 충분히 있다.

무엇보다 지금의 스바루는 대기소에 일방적인 반감 또한 강하게 품고 있었던 것이다.

“오보로 에밀리아에게 폐를 끼칠 가능성도 있어. ……확인한 다음이라도 늦지 않아.”

그럴싸한 변명을 입에 담은 스바루는 한 번 대기소로 시선을 보낸 다음에 뒷골목 쪽으로 달리기 시작한다. ‘기다리고 있어줘.’ 라는 말을 거스르는 데에 죄책감은 있었지만, 그 감정을 웃도는 사명감과, 율리우스에 대한 대항심이 스바루를 부추기고 있었다.

“——이 쌍년이! 까부는 거 아니다!”

그렇게 뒷골목에 들어가자마자 들린 노성에, 스바루는 자신이 본 것과 판단이 잘못되지 않았다고 확신하고 나아가는 발의 속도를 높인 것이었다.

3

“까불지 마, 계집년아! 그 예쁘장한 얼굴을 확 날려줄까, 아앙?!”

“이러쿵저러쿵 떠들지 마라, 범우(凡愚). 품성이 모자란 패거리는 트집 잡는 방법에도 품위가 없구나.”

말다툼하는 목소리. 좁은 뒷골목에서 한 소녀가 도망칠 길이 막힌 채 세 남자에게 둘러싸여 있었다.

흔해빠진 깡패 이벤트지만, 그 사실에 어이없어하기 이전에 스바루의 의식을 선명하게 태운 건 좁고 답답한 뒷골목의 공기를 날려버릴 듯한 소녀의 풍모다.

화사한 주황색 머리카락은 태양을 비춘 것처럼 빛나며, 금속 머리핀으로 하나로 모아 등 뒤로 넘겼다. 피처럼 붉은 진홍의 드레스가 소녀의 아름다움에 폭력적인 인상을 매기고 있었다.

목덜미와 귀, 손가락을 장식하는 장식품들은 문외한의 눈으로도 1급품이라고 알 수 있는 것뿐으로, 위에서 아래까지의 코디네이트만으로도 스바루의 소지금이 백 번은 날아갈 것이다.

그 화려한 장식품들에 전혀 뒤떨어지지 않는 빼어난 용모.

도전적으로 치켜 올라간 느낌이 드는 눈매와 붉은 눈. 엷은 분홍빛 입술에, 첫눈처럼 하얀 살결이 빛난다. 미(美)의 탐구자가 평생을 바칠 정도인 미모의 현현에, 스바루는 이세계의 비상식성을 재확인한다.

남자들은 그런 소녀를 에워싸며 맹렬하게 거친 소리를 외치는 중이다.

그러나 소녀 쪽은 팔짱을 껴 남다르게 풍만한 가슴을 들어 올리고 느긋한 자세다. 그 몸짓이 남자들의 새로운 반감을 산 모양이라 눈뜨고 못 볼 지경이다.

"——여, 여어! 기다리게 해서 미안해, 허니!"

스바루는 졸지에 손을 들고 그 야단법석 한복판에 끼어들고 있었다.

느닷없는 난입에 놀라는 세 명과 한 명에게 웃어 보인 스바루는 손을 맞대며 남자들에게 굽실거렸다.

"잠깐 트러블 생겼나 본데, 제발 내 얼굴을 봐서 참아주라. 봐, 겉모습 보면 알겠지만, 이 애는 머리가 좀 그렇거든. 이해하지?"

치안이 결코 좋다고는 할 수 없는 도시의 뒷골목에, '몸에 걸친 것 다 벗겨주십시오.' 라는 듯한 상류층 스타일. 이 부주의하기 짝이 없는 모습이 딱한 인간이 아니라 뭐란 말인가.

기세에 주춤한 남자들에게 스바루는 "그럼, 그렇게 알고!" 라고 하며 소녀의 손을 잡았다.

"음."

"자, 오빠들에게 더 이상 폐 끼치지 않을 때 가자. 오늘은 약속한 디저트를 둘이서 '앙~.' 해주면서 먹을 예정……."

스바루는 에밀리아와의 망상 스케줄을 캐스팅 교체해 누설하면서 발 빠르게 소녀를 데리고 그 자리를 떠나려고 했다. 그런데.

"어어?"

"함부로―― 소녀를 건드리는 게 아니다."

잡은 팔을 다른 손으로 잡으며 몸을 뒤트는 움직임에 스바루의 몸이 끌려간다. 잡고 있던 손목이 어느 틈에 풀렸다――고 생각한 직후, 안면부터 벽에 처박혔다.

"클리폽행악?!"

"이거야 원, 바깥에 나오면 바로 이러해. 범우 나부랭이가 침을 흘리며 소녀를 따라붙어."

소녀가 강타당한 안면을 누르며 구르는 스바루를 쓰레기라도 보듯이 내뱉는다.

그 너무한 말투에 스바루는 일어서서 대들었다.

"너, 이야기 흐름 파악해! 똘마니로부터 여자애를 구해낼 때의 황금 패턴 아니었냐고! 그 의도를 깨닫지 못하는 데까지 클리셰 따르냐!"

"무슨 말을 하고 있는지 모르겠다. 소녀는 소녀의 마음대로, 하고 싶은 대로 움직일 뿐이야."

"초면에 안면을 벽에다 메다꽂는 여자라니, 첫 인상 최악이란 수준이 아니거든?!"

구해내자는 이쪽의 의도가 전해지기는커녕, 치한 취급이어서야 체면이 말이 아니다.

고통과 치욕에 없는 용기를 쥐어짜낸 것을 후회할 지경이다. 스바루는 필시 우스꽝스럽게 여기고 있겠거니 생각하면서, 이쪽을 가엾이 여기는 눈으로 보는 남자들 쪽으로 돌아섰다.

"어라? 왠지 너희, 본 적 있는데."

아수라장 재개 눈앞에서 스바루가 위화감에 갸우뚱했다. 눈앞에 서 있는 남자들의 얼굴을 기억과 대조해본 결과, 해당 정보가 나온 스바루는 손뼉을 쳤다.

"아, 띵똥땡이다. 어, 뭐야. 말도 안 돼. 왕도는 너네밖에 깡패 없어?"

본 적이 있는 것도 당연한 세 사람은, 소환 첫날에 시비 걸어댄

띨띨이 삼인방이었다.

한 번은 살해당한 경험도 있는 상대인 만큼, 스바루의 속마음에 경계심이 떠오른다. 단지.

"그런데 그 이상으로 맥이 풀리는군. 뭐냐고 너네들. 이걸로 밥벌이 하고 있니?"

"갑자기 끼어들어서 머리 부딪친 끝에, 못 알아먹을 소리 하기 시작했는데?"

"야, 나 별로 상대하고 싶지 않아. 네가 가."

"나도 싫거든. 대강 찔러두면 어디 가버리지 않을까?"

긴장감이 이상하게 빠져버린 스바루에 관해 남자들도 얼굴을 마주하고 상담하기 시작했다.

남자 무리가 급기야 전의상실. 그 분위기를 깨트린 건 잠자코 있던 소녀였다.

"이봐. 꾸물대기나 하고, 네놈들은 계집애냐. 그렇다면 그럴싸하게 복장을 정돈해라. 소녀의 눈에 들도록 행동해라. 이곳저곳 울퉁불퉁하고 털이 많은 네놈들의 꼬락서니—— 오죽하니 우스꽝스러울꼬."

입가에 손을 얹은 소녀가 모멸과 조롱을 아낌없이 담은 매도를 던졌다. 순간, 무슨 말을 들었는지 이해 못 한 남자 무리였지만, 한 박자 늦게 전원이 일제히 끓어올랐다.

"까불지 마, 망할 년아!"

"누가 계집애냐, 까고 있어!"

"지 잘난 듯 아가리 놀리고 뭐라도 되는 줄 아냐, 아앙?!"

"진짜 너 까불지 마라! 우리가 남자라는 걸, 계집애 티 풀풀 내는 네 몸에다가 주입시켜…… 난 띵똥땡이랑 한데 뭉쳐서 뭘 하고 있는 거냐……."

똘마니 4인조가 될 뻔하다가 자신의 박쥐짓에 스스로 깜짝 놀라버린다.

솔직히 이 소동은 소녀 쪽에도 문제가 있다. 그건 스바루도 잘 알 수 있었다.

"그러니 너희에겐 동정하겠지만, 이제 와서 초심을 꺾을 수도 없지. 그리고 너희에게 억하심정이 없는 게 아니거든. 원망하려면 첫날의 너희를 원망해다오."

"이 잘난 척하는 여자도 그렇지만, 너도 결국 대체 뭐냐고. 빌어먹을 꼬마."

아무래도 그들의 기억에 스바루는 존재하지 않는 모양이다. 에밀리아에게 마법으로 당하거나, 3대1로 스바루에게 완패하거나, 그다음에는 스바루를 피습하기도 했는데 야박하기도 하다.

"뭐, 그 이벤트는 전부 다 이 세계라면 일어나지 않은 사건이다만. 실제로 이놈들이 기억하고 있다고 한다면…… 미남이 바람처럼 등장한 것 정도인가."

"——! 야, 기억났다! 이놈, 얼마 전에 시장거리의 뒷골목에서……."

"그때의! 머리 이상한 꼬마인가! 그놈 그대로잖아!"

"진짜네. 복장이 달라서 눈치채지 못했어!"

띵이 기억났다는 얼굴이 되자 연쇄적으로 똥과 땡도 스바루를 기억해낸다. 미묘하게 그냥 못 넘길 표현이었지만, 스바루는 용케 기억을 떠올려주었다고 박수쳤다.

"좋아좋아, 기억해줘서 기쁘다고. 그럼 이 자리는 내 얼굴을 봐서 넘어가줘."

"바보냐? 모르는 사이가 아니라기보다 명명백백 적 아니냐고. 3대 1이 3대 2의 상황이 됐을 뿐이지."

"정정하여라. 3대 2가 아니라 3대 1대 1이다."

"넌 좀 조용히 해줄래?!"

임기응변과 허세로 이 자리를 벗어나려고 하는 중인데, 그 의사를 완전히 무시하고 제 입장만 밀고 나가는 소녀. 5분 전의 자신에게 "레알 해 봤자 헛수고."라고 조언하고 싶지만, 이미 뒷북.

애당초 띵똥땡도 마음이 느긋한 패거리가 아닌 것이다.

그들의 시선이 급격히 싸늘해지는 것을 본 스바루는 피를 보는 것도 시간문제라고 판단했다.

"……어쩔 수 없지. 이 수단만은 쓰고 싶지 않았지만."

"아앙? 너 이 새끼, 까부는 것도 작작 해두시지. 네가 뭘 할 수……."

"말해두지만 난 라인하르트 형이랑 아는 사이다, 짜샤. 나랑 라인하르트는 절친이야 절친. 내가 부르면 바로 휭 하고 날아오거든."

"——뭣?!"

비장의 수인 '호가호위(狐假虎威)'를 발동. 상대는 진정으로 쫀다.

라인하르트의 이름이 나와 일제히 얼굴이 창백해지는 띵똥땡.

"어쩔래. 지금이라면 내 한마디로 넘어가주겠다. 주겠다아."

효과만점이라고 보자마자 스바루는 쓸데없이 거물 행세하는 태도로 띵똥땡을 위압했다. 필사적인 연극이었지만 남자들은 분한 듯이 이를 갈며 말했다.

"오, 오늘은 이걸로 봐주마."

"그래도 우린 진 게 아니다. 두고 보시지."

"라인하르트의 이름에 쫀 것도 아니거든!"

틀에 박힌 오기와 협박 문구로 소인배 냄새를 한층 더 풍기면서 남자들이 헐레벌떡 뒷골목에서 달아난다. 스바루는 완전히 그들이 없어진 것을 지켜보다가, 깊은 한숨을 내뱉었다.

어떻게든 위기를 벗어나서 우선 안심.

이걸로 소녀 쪽도 조금은 태도가 부드러워――

"무어냐. 웬 비렁뱅이 같은 눈이야. 범부에게 줄만한 건 아무것도 없다."

"지지 않았잖아. 아니, 구해준 데에 답례 인사쯤은 말해도 벌받지 않거든?"

"구했다?"

갸우뚱하며 이상하다는 얼굴의 소녀.

그녀는 생각에 잠기듯 눈을 감았다가, 이해가 갔다는 양 작게 숨을 내쉬었다.

"아까 네가 재잘거리던 건 소녀를 구하기 위해서더냐. 흠. 알아채지 못했군."

"알아채지 못하는 중이었어?! 보답받지 못한다는 수준이 아니구만?!"

"어딜 착각하느냐. 네가 없을지라도 소녀에겐 딱히 아무 문제도 없었다. 어떻게든 됐을 문제를 우연히 어떻게 한 것만 가지고 제 공훈인 양 빼기다니 우스꽝스럽다고밖에 못 하렷다."

"뭔 소리인지 모르겠는데 무슨 뜻이야? 딱히 구해주지 않았어도 이 소녀님께선 무지 강하니까 전혀 아무렇지도 않거든! 비슷한 얘기?"

"그게 아니다. 더 단순한 것이지. ——이 세계는 소녀에게 편리하게 되어 있다. 따라서 소녀에게 불이익은 일어나지 않아. 소녀가 구원받은 건 소녀 덕분이다. 그런데 네놈은 제 공훈이라는 듯이 유세를 떨고. 공적을 가로채는 짓거리는 부끄러워해야 마땅하다고 생각지 않느냐?"

마치 당연한 것처럼, 의당 그런 것처럼, 일반적인 상식인 것처럼 소녀는 당당히 그 풍만한 가슴을 펴고 자신의 절대성을 주장해 보였다.

오만한 태양 같은 소녀의 빛을 목도한 스바루는 확실하게 이해했다.

——이건 완전히, 얽히면 안 되는 부류의 딱한 분이시다.

"그, 그래. 그럼 쓸데없는 짓을 해서 미안했네. 방해해서 미안요. 바이요."

이런 인간은 쓸데없이 자극하지 말고 긍정적인 말을 던져놓고서 피하는 게 최선이다.

스바루는 반발 없이 과장스럽게 수긍하고 우향우로 소녀에게서 돌아섰다.

"――게 서거라."

그러나 뒤에서 부르는 소리에 무심코 발이 멈추고 말아서 스바루는 자기 자신을 저주했다.

"왜, 왜 그러심까?"

"그 봉지의 내용물은 무어냐. 보여 봐라."

앞으로 유유히 돌아온 소녀는 스바루가 안고 있던 봉지를 내려놓도록 턱짓으로 가리켰다.

순순히 따르기도 속이 끓지만, 반발하다가 얘기가 길어지는 것도 질색이다.

스바루는 마지못해 봉지 주둥이를 열어 그 내용물―― 무르익은 붉은 열매 더미를 그녀에게 보여주었다.

"봐도 모르겠군. 이 과일……은 무어냐."

"뭐냐고 한들, 삼과지. 지혜의 열매야. 본 적 없냐."

소녀는 그 대답에 눈을 깜박인 다음, 스바루를 바보 취급하듯이 코웃음을 쳤다.

"거짓부렁 마라. 어딜 웃기고 있어. 알겠느냐? 삼과는 하얀 알맹이의 열매야. 단연코 이와 같은 붉은 외견의 열매가 아니다."

"그야 껍질 벗긴 내용물은 하얗다마는."

불퉁하게 말대꾸하는 스바루. 하지만 그 대답에 표정에서 표정을 지운 건 소녀 쪽이었다.

"설마 껍질 벗기기 전의 삼과 본 적 없어?"

"흠. 확실히 식탁에 오른 것밖에 본 적이 없군. ──알았다. 이리 내놓아라."

혼자서 납득한 듯이 끄덕인 소녀가 삼과를 넘기라고 방약무인하게 요구해댔다.

삥 뜯길 듯한 소녀를 구하러 왔다가 그 소녀에게 삥을 뜯긴다는 희한한 상황.

이젠 당장 에밀리아와 만나고 싶다. 렘에게 치유받고 싶다고 스바루는 기도했다.

"내놓아. 둘로 쪼개서 내용물을 봐주겠다. 네놈의 그 입이 흰소리를 흘리지 않았는지."

"……부드럽게 해줘."

저항하는 것도 어처구니없어 스바루는 봉지에서 꺼낸 삼과를 소녀에게 건넸다.

소녀는 삼과를 받고는 그 촉감을 확신하듯이 손바닥으로 가볍게 돌렸다.

그리고 그 삼과를 노리고 왼쪽 수도가 번뜩이고── 가로세로 네 동강으로 삼과가 토막 났다.

소녀는 손끝에 묻은 과즙을 혀로 핥아내고 하얀 단면을 만족스럽게 바라보고 있다.

"새콤달콤……. 이 맛은 확실히 삼과의 맛이야. 한목숨 건졌구나."

"한목숨 건졌다니…… 아니, 그만 됐어. 아무튼 만족하셨는지요?"

"재미있군. 남은 그것들도 전부 내놓도록 해라. 하나도 남기지 않고 쪼개서 확인하겠다."

"말 · 같 · 잖 · 은 · 소 · 리!"

방약무인을 넘어서서 폭군일 뿐인 발언과 행동에, 천하의 스바루도 불을 뿜는다.

"양해도 없이 한 개 쪼갠 것만으로도 영문을 모르겠는데, 왜 너한테 몽땅 줘야만 하냐고. 이 삼과는 말이다, 단순한 삼과가 아냐. 남자와 남자 사이의, 유대 어린 삼과라고!"

"허튼소리는 되었다. 허면 이리 하자."

소녀는 스바루가 안고 있는 삼과 봉지를 가리키고 그 입술을 가로로 찢으며 곱게 웃었다.

"내기를 하면 어떠하냐?"

"——내기?"

"그래, 간단한 내기다. 그렇지. 던진 동전의 앞뒤를 맞추는 간단한 내기라도 좋다. 한 번에 삼과 한 개를 걸고. 어떠냐?"

동전 던지기를 제안받았으나 스바루는 그녀의 제안에 코웃음 쳤다.

"네 주장은 엉망진창이야. 애초에 전제부터가 괴상해. 그 내기에는 내 메리트가 없어. 난 이대로 쌩하니 내빼도 되거든?"

"물론 네놈에 대한 보상도 준비하지. 어디 보자……."

고민하듯이 입술을 만지는 소녀. 그 뒤에 그녀는 스바루에게 요염한 추파를 보내며, 팔짱을 끼고 그 풍만한 가슴을 들어 올려 보였다.

"네놈이 내기에 이겼을 경우, 소녀의 가슴을 만지게 해주마. 그걸로 어떠냐?"

자기 몸을 내기 판돈으로 삼는 발언에 스바루는 길게 한숨을 내뱉고 고개를 저었다.

안이하게 도박에 자기 자신을 바치는 사고방식. 앞일을 따지지 않는다고밖에 여겨지지 않는 파멸적인 생각——. 도박으로 신세를 망치는 인간의 성질은 항상 그렇다.

그리고 눈앞에 있는 미모의 소녀는 남자이기만 하면 누구나 미색에 홀린다는 생각이라도 하는 것이리라. 개탄스러운 얘기이자 또한 서글픈 사고방식이라고도 생각한다.

대답이 늦은 것을 어떻게 여겼는지, 소녀는 아주 약간 의심스럽게 스바루를 쳐다봤다.

스바루는 그 시선을 정면으로 내려다보고, 또렷하게 그녀에게 전했다.

"자기 자신을 더 소중히 여겨. 말도 안 되는 소리나 해대고…… 그런 색기에 내가 홀리겠냐!"

——그리고.

"이걸로 소녀의 7연승이로다. 삼과, 앞으로 세 개밖에 없다만?"

"말도 안 돼?! 탈탈 털리고 있어?!"

뒷골목에서 연전연패하고 도박으로 신세를 망친 스바루의 모습이 그곳에 있었다.

4

"자."

소녀의 하얀 손가락이 놓여 있던 삼과 중 하나를 집어 올리고, 곁의 봉지 속으로 가져간다. 이걸로 스바루의 수중에 남은 판돈은 마지막 두 개.

내기가 시작되고 10여 분── 예기치 못한 노도의 8연패. 옷가지까지 털리기 직전이다.

"소녀에게 도전하는 것이 왜 주제넘은 짓인지 가르쳐주마. 소녀야말로 최상위이며, 네놈은 밑바닥을 기어 다니는 것이 어울리노라고."

"이봐이봐, 내기에서 졌다고 피라미드 최하층 취급은 너무 극단적이지 않아? 자존심이 좀 걸리적거리는 바람에 뒤로 뺄 수 없어져서, 보기 좋게 파멸할락 말락 하고 있을 뿐…… 앗, 완전 밑바닥이다!"

"안심하여라. 소녀 이하 모든 것이 밑바닥이야. 이 세상에는 소녀와, 그 아래밖에 없다."

난폭한 논리에 반론하고 싶지만, 결과가 이래서는 그냥 지고서 부리는 오기밖에 되지 않는다.

"자, 다음은 무엇을 하겠느냐? 동전의 앞뒤에 운을 맡길 수 없다면 다른 승부라도 좋다."

"말하셨겠다……. 그럼 이 막판에, 나는 네게 가위바위보를 제안해주지!"

"가위바위보?"

들은 적 없는 단어에 소녀가 눈썹을 찡그리자 스바루는 희미한 희망을 보았다.

"가위바위보란 구령을 붙이면서 정해진 모양으로 손을 내밀어, 그 손 모양의 우열로 승패를 정하는 결투법이다. 손 모양은 세 가지로, '가위' '바위' '보자기' 세 종류. 가위는 보자기보다 강하고, 보자기는 바위보다 강하고, 바위는 가위보다 강해. 이해하셨는고?"

"호오, 이해했다. 그럭저럭 재미있는 취향이로군. 구령이라는 건?"

"'가위— 바위— 보'의 '보' 부분에서 손을 내미는 게 방식이야. 참고로 같은 패가 나왔을 경우, '보!'만 구령을 붙여 즉각 재시도."

"그걸로 전부더냐? 됐다, 이해했어. 그럼 소녀는 보자기를 내겠다."

"대뜸 심리전?!"

고도의 심리전 요구에 스바루는 전율했다. 규칙 설명 직후에 이 응용성을 깨닫는 이해력과, 승리에 대한 탐욕스러운 자세는 칭찬할 만하다.

"그럼 시작하마. 봐라, 가위— 바위—."

"앗, 기다려. 타임, 이거 봐, 내가 낼 손을 아직 못 정했……."

페이스를 빼앗겨 초조해하는 스바루. 소녀의 구령에 생각이 잡히지 못한 채로 팔을 치켜들고.

"——보!"

구령과 함께 나온 패는, 소녀가 선언한 대로 '보자기'. 그리고 스바루는 '바위'.

"이렇게 저렇게 변명하면서도 소녀에게 삼과를 헌상하고 싶어서 사족을 못 쓰는 걸로 보이는군."

"그게 아니라고! 통계학적으로도, 인간은 대뜸 가위바위보로 끌어들이면 무심결에 주먹을 쥐고 '앙 대애 나와버려잉' 비슷하게 된다고 결과가 나왔었어! 난 바보!"

제 꾀에 제가 빠져 익사하다. 훌륭하게 익사체를 연기한 스바루의 삼과가 소녀에게로 이동.

——이로써 스바루에게 남은 삼과는 마지막 한 개뿐이다.

"자, 마지막 하나를 걸고 승부에 나서지 않겠느냐."

"이쯤에서 날 가엾이 여겨 마지막 한 개는 넘어가주고 그러는 건."

"네가 가진 삼과는 전부 소녀 것으로 삼는다. 하나 남기면, 전부 남기는 것과 다를 바 없어. 백이냐 영이냐, 그뿐인 것이야. 뭐하면 마지막 승부에 너와 소녀의 삼과 전부를 걸어도 된다."

'너와 소녀의' 라고 소녀는 말하는데, 그 말은 소녀의 아홉 개와 스바루의 한 개를 건다는 의미다.

백이냐 영이냐. 그야말로 소녀의 파멸적 사고를 체현한다고도 할 수 있으리라.

"——마지막 승부도, 가위바위보로 어때."

"소녀는 이미 결정을 말했다. 나머지는 네가 수단을 강구하고 삼과를 헌상할 뿐이지."

제 승리를 믿어 의심치 않는 소녀는 마찬가지로 스바루를 놓아줄 생각 또한 없다. 예컨대 각오를 다질 수밖에 없다. 악귀나찰이라고, 매도당할 각오를.

"가위— 바위—, 보!"

구령이 겹치고, 두 사람의 손이 튀어나온 순간에 세계에서 소리가 사라졌다.

뭉친 '바위' 를 내고 있는 소녀의 붉은 눈에 동요가 퍼졌다.

"이, 이건……."

"듣고 놀라라, 보고 뒤집혀라. 이것이 궁극투기(窮極鬪技)——'권총' 이다!"

"그건 또 무어야?! 그런 패가 있단 소리 듣지 못했다!"

"시꺼! 말하지 않았지만 안 물어본 게 잘못이라구요오! 이 부분이 바위고, 요쪽이 가위고, 이 언저리가 보예요오! 즉 내 패는 네 바위에 이겼다는 거라구요오!"

"그 논리로 나가면 일부는 소녀의 바위에 지고 있는 게 된다만."

"악— 악— 악—! 안 들려—! 내 바위가 가위와 보의 힘을 빌려서 '우정' '노력' '승리' 의 방정식으로 네게 이겼어! 그게 다야!"

권총 만든 손을 하늘로 치켜들고 당당히 반칙기로 승리의 함성을 지르는 스바루.

어처구니없는 논법임을 각오한 다음에 내기 자체를 흐지부지 얼버무리겠다는 일종의 발악.

하지만 소녀는 스바루의 그런 의도를 무시하고 깊은 한숨을 내쉬었다.

"과연. 하긴 소녀의 실수로군. 그놈 같이, 기대를 넘어오는 놈은 이래 재미있어……. 좋다, 내기는 네놈의 승리야. 그럼 바람대로 하여라."

'옛다.' 라는 양 앞으로 슥 나서는 소녀. 말귀를 너무 잘 알아듣는 그녀에게 오히려 스바루 쪽이 동요해 소녀의 전진과 똑같은 만큼 저절로 뒤로 물러섰다.

"설마 네놈…… 막상 가슴을 만질 수 있게 된 단계에서, 겁을 집어먹은 건 아니렷다?"

"뭐어?! 무, 무슨 말 하는지 진짜 모르겠거든! 누가 쪼쪼쫄았단 거니?!"

"……참으로 기분 어그러지는 사내로세. 그렇게 겁을 먹는 구석은 귀엽다면 귀엽다만."

막바지에 와서 허당 기질을 보이는 스바루와, 내민 걸 물리기에는 자존심이 용납하지 않는 소녀. 일진일퇴의 교착 상태——그 변화는 밖에서 찾아왔다.

"——흠, 이건 귀찮아질 것 같군."

소녀가 별안간 스바루에게서 눈길을 떼고 거리의 입구 쪽으로 얼굴을 돌렸다.

"어라? 왠지 질이 별로 좋지 않은 분들이 줄줄이 납신 듯한데?"

"그리고 선두에는 본 적이 있는 범부로군. 맙소사, 의외성이라곤 하나도 없는 어리석은 것들이야."

"라인하르트 이름 듣고서 돌아오다니, 쟤네들 뭔 생각하고 자빠졌어?!"

"기사 중의 기사와 아는 사이라느니, 허세를 과하게 피운 게 들킨 거겠지. 놈들도 체면이 있어. 숫자를 모아다가 보복하자는 것이지. 알기도 쉽구나."

"제기랄, 오늘은 본격적으로 운수 사나운 날이냐!"

용차 추락 미수로 시작해, 에밀리아와 어색한 분위기에다가 이 꼬락서니. 멀쩡한 꼴을 못 보고 있다.

스바루는 멀거니 서 있는 소녀의 손을 억지로 붙잡고, 삼과를 안은 채 뒷골목 안으로 뛰기 시작했다.

"이봐, 무슨 짓이냐. 함부로 만지지 마라."

"그런 소리 할 때냐! 시집가기 전에 신세 다 망치고 싶지 않으면 달려!"

팔을 당기고 험한 길을 내달린다. 스바루는 달리려는 뜻이 결여된 소녀를 데리고 어둠 속으로.

등 뒤로 남자들의 욕설과 발소리가 연거푸 터지며 쫓아온다.

오늘은 정말로 운수 사나운 날이라며 하늘을 저주할 힘도 아끼고, 스바루는 필사적인 얼굴로 뛰어다녔다.

5

"빨리 하지 않으면 따라잡힌다. 놀고 있을 때더냐?"

"네, 네가 그 소리를…… 타임, 진짜, 좀만……."

험한 길을 내달리기 시작해 대략 5분——. 앞에서 뛰는 소녀는 숨도 헐떡이지 않고 여유로운 자세. 한편으로 스바루는 장시간의 전력 질주에 버티다 못해 벌써부터 지지부진한 상태였다. 뛰기 시작한 당초에는 스바루가 앞에서 달리고 있었으나, 이미 체력적인 문제로 입장이 역전됐다.

"한심한 놈이로고. 소녀 같은 가련한 처녀에게 뒤처지다니 부끄럽다고 생각지 않느냐?"

"병석에서 일어난 몸이기 때문이란 걸 면죄부로 삼아 보는 나……라고 말은 해도, 낌새가 꽤 위험한걸. 왠지 점점 인기척 없는 쪽으로 나가고 있고…… 혹시 무슨 생각이라도 있는 거야?"

배후의 집단과는 꽤 거리가 있다. 하지만 외길 골목이기 때문에 속도를 늦추면 머잖아 따라잡히고 만다. 큰길로 나가고 싶은 바인데, 골목은 점점 복잡해질 뿐이다.

"모른다! 소녀가 하는 바는 전부 소녀에게 편리하게 돼. 따라서 깊이 생각할 필요는 여태까지도, 그리고 앞으로도 없어. 소녀가 하는 바를 믿어라."

"너 아까 그래 가지고 나한테 가위바위보 졌잖아……."

막다른 골목을 맞닥뜨리진 않았지만, 상황이 개선되지 않는 한 악화되기만 할 따름이다.

"——흠, 이건 난처해졌군."

가쁜 숨을 쉬는 스바루의 눈앞에서 불현듯 소녀가 발을 멈췄다. 손이 딸려가고 있던 스바루도 따라서 발길이 멈춰져 무슨 일인가 소녀를 본다.

"야야, 서 있을 틈 따위 없다고. 조금이라도 거리를 벌려놓지 않으면 따라잡혀서……."

"——질렸다."

"그래, 질려…… 뭐어?!"

소녀의 생각도 못 한 한마디에 기겁하는 스바루. 소녀는 그런 스바루를 따분하게 바라보며 말했다.

"질렸다고 말했느니라. 애초에 왜 소녀가 달려야만 하는 게냐. 소녀의 행동은 소녀가 정한다. 단연코 뒤쪽의 막되어먹은 패거리의 언동에 좌우당할 것이 아니야."

"그, 그렇게 말씀하셔도 말이죠?! 실제로 그게 통할 상황이……"

"흠, 정했다. 네게 소녀를 안아들 영예를 주마."

"노 땡큐!"

스바루가 양팔을 교차하며 거부하자 소녀는 뚜렷하게 기분이 상한 듯이 얼굴을 찡그렸다.

"소녀를 안아든다는 영예, 아무나 받을 수 있는 것이 아니야. 그걸 스스로 내치다니, 무서운 걸 모르는 사내로군."

"내가 사람 안고 뛸 수 있는 마초맨으로 보이냐. 완벽한 상태로도 너보다 몸매 수치 낮은 애 안고 10분이 한도였어! 하물며 벌써 체력 고갈된 중이라고!"

위세 좋게 위세가 약한 스바루에게 소녀가 경멸의 시선을 보내지만, 못하는 건 못하는 거다.

부질없이 시간만 소비할 뿐이고 정녕 속수무책. 그렇게 생각했을 순간이었다.

"오랜만에 눈에 띄었다고 생각했더니만, 넌 뭘 하고 있는 게야."

느릿하게, 컴컴한 안쪽에서 목소리의 주인이 커다란 덩치를 내비치고 있었다.

시선을 올린다. 평범한 인간의 머리 위치도 그 인물에게는 아직 가슴에 불과하다. 거기서 시선을 더욱 올리니 인상 나쁜 대머리가 있고.

——본 적 있는 우락부락한 영감이, 스바루와 소녀를 내려다보고 있었다.

"도우미 영감 왔다! 이걸로 이긴다다——!"

"오랜만에 보자마자 화 돋우는 애송이일세. 너, 놓고 간다."

"잠깐, 살려줘 위기야! 이만한 궁지, 요 1개월에 열 번째 정도라고!"

"빈도 높으이!"

인사 대신에 너스레를 교환하고, 거구——롬 영감은 스바루와 소녀를 번갈아 보다가 눈을 가늘게 떴다.

"뭐여, 또 말썽 달고 다니냐. 여자 데리고 소동 피우다니 임자도 여간 아니구먼."

"발칙한 눈으로 소녀를 보지 마라, 너저분한 고목이."

"나도 그렇지만 너도 입깨나 사납다?! 지옥에서 발견한 기사회생의 영감에게 뭔 소리야! 나쁘게 여기지 말아줘, 롬 영감. 나나 이 녀석이나 속이 조금 정직할 뿐이야!"

"넌 변함없이 사람의 의욕을 덜어대는 게 능숙하이! 냉큼 숨기나 혀!"

아직 험한 소리를 덜 뱉었다는 얼굴인 소녀의 입을 막고, 롬 영감이 눈으로 가리키는 방향으로 뛰어 들어갔다. 그곳에는 못 쓰는 목재가 쌓여 있어 잘만 숙이면 둘이서 숨을 수 있을 것 같았다.

소녀를 먼저 밀어 넣고 스바루도 기어들어갔다. 쌓인 먼지에 소녀가 불평을 뱉으려는 표정을 지었지만 입을 계속 막아서 어떻게든 잠복 완료.

"롬 영감, 오케이!"

"오케는 또 뭐야……. 내가 몸으로 가려줄 테니 움직이지 마라. 들켜서 귀찮은 건 나도 마찬가지니까."

입으로는 타박하면서도 롬 영감은 그 거체로 둘의 몸을 가려 숨겨주었다.

그리고 숨고서 불과 수십 초 뒤, 복수의 발소리가 바로 옆 골목에 쇄도하고——

"뭐야, 꼬마인 줄 알았더니 영감태기잖아! 제기랄!"

집단의 선두에 선 남자가 내뱉는 욕설을 롬 영감이 선선한 얼굴로 받았다.

"뭐냐, 노인네 놀래키는 짓은 탐탁지 않은데."

특별히 위압감을 담지는 않은 한마디. 하지만 롬 영감 같은 거한이 언짢게 내뱉으면 그걸로도 일종의 공갈이다. 선두에 선 남자를 포함해 집단에 일제히 동요가 퍼졌다.

"누군가 했더니 크롬웰 영감인가. 우리한테 잘난 소리 할 입장이야?"

하지만 집단 가운데 한 명이 롬 영감을 손가락질하며 얕잡아 보듯이 그렇게 주워섬겼다.

"그 이름으로 불리기는 싫다만."

롬 영감은 그 주름투성이 얼굴에 고뇌라고 해야 할 더욱더 깊은 주름을 새기고 응수했다.

"입장 분별하라고, 영감. 장물 창고 망해서, 빈민가 족속들이 좋게 보지 않는다던데?"

"장년의 묵은 때가 쌓인 곳이야. 깔끔하게 없어져서 오히려 기분이 상쾌한 참이지. 지금은 맘대로 지내고 있으이."

롬 영감은 거의 표정을 바꾸지 않고 히죽이는 낯짝의 남자에게 대답했다. 남자는 어깨를 으쓱였다.

"아무렴 어때. 그보다 크롬웰. ……꼬마가 두 명, 이리로 오지 않았나?"

“못 봤어. 너희야말로 내 아는 금발 계집아이를 모르나?”
“몰라. 허, 주웠을 뿐인 꼬맹이가 그렇게 중요하냐. 망령 들고 싶진 않군, 피차.”
조소하는 남자들이 건성으로 손을 흔들고, 소란스럽게 그 자리를 뒤로했다.
롬 영감은 그 등을 빤히 지켜보며 분노를 참듯이 입술을 깨물고 있었다.
틈새를 통해 그 옆얼굴을 바라보고, 스바루는 아무래도 거북한 기분을 느끼지 않을 수가 없었다.
오랜만에 재회한 롬 영감이 이쪽에 우호적인 건 기쁜 사실이다.
하지만 지금 그가 보이는 모습은 스바루가 아는 그의 인물상과는 조금 어긋나 있다.
“언에하지…….”
“응?”
속삭이는 듯한 목소리가 들려서 스바루는 생각을 중단하고 옆을 돌아봤다. 바로 옆, 숨결이 닿을 정도의 거리에는 미모의 소녀. 그 입은 아직도 스바루의 손바닥이 막은 상태다.
“호혀에 이블 악고…… 잉는 거이야!”
‘와작’ 하고 봐주는 것 없는 힘으로 송곳니가 손바닥에 파고드는 격통——.
“——아힝!!”
강아지 같은 스바루의 날카로운 절규가 뒷골목 구석에 잔잔히

울려 퍼졌다.

6

“숨겨줘서 고마워, 롬 영감. 마지막으로 봤을 때 머리 세게 부딪혀서 치매 들리지 않았나 의심했는데, 괜찮아 보여서 천만다행이야.”

“너…… 마음 돌려서 아까 그놈들 도로 불러도 상관없다만?”

“덩치 커가지고 간장종지만 한 소리 하지 마셔! 소인배는 나 혼자로 충분하다고!”

스바루가 엄지를 세우고 이를 빛내자 롬 영감은 피곤한 얼굴로 한숨지었다.

장소는 조금 전의 홀쭉한 골목에서 옮겨 다소나마 트인 길거리로 들어가 있다. 롬 영감이 남의 눈에 띄지 않게, 또한 대화하기에 걸맞은 장소라고 스바루 일행을 안내해준 것이다.

“어이, 네놈. 친하게 얘기하고 있다만, 이 영감은 누구더냐. 소녀에게 설명해.”

여태껏 침묵을 고수해오던 소녀가 마침내 짜증스럽게 스바루의 소매를 잡아당겼다.

“이 영감님은 왕도 빈민가의 뒤쪽 유명인사. 손버릇 나쁜 패거리의 두목 노릇을 하고 있던 장사꾼이자 거인으로, 롬 영감이란 짠돌이 작자야. 특기는 옹이구멍 같은 눈이랑 손녀 귀여워하기, 그리고 먼저 깨지는 역할."

"오래도록 살고 얻은 게 그 평가인가. 그렇군, 연민을 줄 만한 꼴사나운 삶이로구나, 고목."

"임자의 한 짝도 여간 부아 치미는 계집이 아니로구먼!"

지독한 평가에 분개하는 롬 영감. 생각 외로 거짓말뿐인 것도 아닌 설명이지만 그건 제쳐두고, 스바루는 롬 영감에게 친하게 웃음을 띠었다.

"만나길 다행이란 건 진짜야. 솔직히 말해 그때는 나도 나대로 빈사여서 그 뒤에 어떻게 됐는지 확인할 수단이 없었거든."

"……태세 전환이 빠르다고나 할까 뭐라고 할까, 장단을 못 맞출 애송이야. 임자도 그 아수라장은 어떻게든 빠져나온 모양이군."

롬 영감은 쓴웃음을 띤 다음에 스바루의 온몸을 위에서 아래까지 가볍게 바라봤다. 그는 스바루의 몸에 남아 있는 여러 흉터를 보고 안쓰러운 듯이 얼굴을 찌푸렸다.

"나도 남 말은 못하지만, 그 나이프잡이에게 꽤 심하게 시달린 모양이야."

"아니, 순대언니에게 당한 부위는 기본적으로 배니까, 다른 건 몽땅 그 건수 다음에 입은 상처인데."

"그 뒤로 아직 1개월 남짓밖에 지나지 않았는데 무슨 일이 있었던 게야?!"

소리치는 롬 영감의 반응을 지당하다 여기면서 스바루는 근 1개월—— 체감 시간으로는 곱절 가까운 시간을 떠올렸다. 메이드 자매와 마수 소동, 릴리아나 문제로 폭풍 같은 나날이었다.

스바루가 입을 다물자 롬 영감은 알아서 납득했는지 고개를 내저으며 다른 화제를 꺼냈다.

"——애송이. 임자는 펠트가 어디로 갔는지 모르는가?"

"……못 들은 거야? 라인하르트 녀석이 데려갔다던데."

"라인하르트…… '검성' 말이야? 기사 중의 기사가 어이하여 펠트를 데리고 간다는 얘기로 흐른 게야?"

아닌 밤중에 홍두깨라는 표정의 롬 영감.

스바루는 장물 창고의 사건을 떠올리고, 말이 어긋나고 있는 이유를 이해했다.

그 사건 중에 롬 영감이 의식을 잃은 때는 라인하르트가 난입하기 전이다. 그 뒤에 스바루가 의식을 잃을 때까지 롬 영감과 라인하르트는 접촉하지 않았다.

"가엾게도 폐허에서 깨어난 롬 영감은, 아무 설명도 못 받고 그저 멍청히 있을 수밖에 없었던 것입니다."

"그런 안타까운 상황에는 빠지지 않았으이. 내가 눈을 뜬 건 경비병의 대기소였어. 치료받은 건 고마워도 바로 떠났다마는."

"아, 하기는. 그야 좀 불편할 만도 하제."

악행에 찔리는 데가 인간이 경찰 병원에서 깬다는 건 목이 붙어 있는 것 같지가 않을 노릇이다. 자세한 설명을 들을 여유도 없이 곧바로 도망쳐도 이상할 것 없다.

"그래서 말이 엇갈리는 건가. 오케이. 그럼 일단 내가 의식 없어지기 전의 부분과, 의식 없어진 다음을 보충해서 슬쩍슬쩍 얘기하겠어."

운을 뗀 스바루가 손짓 발짓을 섞어서 장물 창고의 사건을 재현하기 시작했다.

무의미하게 박력 있는 스바루의 연기력에 롬 영감은 감탄하고, 따분하게 있던 소녀도 몸을 기울이며 '그다음 그다음' 하고 보챌 정도의 인상파 연기였다.

"그리고 나는 놀라는 그녀에게 이렇게 말한 것이지. ──네 이름을 가르쳐줬으면 해."

"호오오, 제법 흥취 있는 말주변 아닌가. 소녀도 싫진 않구나."

"카─, 말 한 번……. 아니, 감동하고 있을 때냐! 종합하면, 애송이도 검성이 펠트를 데려간 것 이상의 사정은 모르고 있다는 뜻이구먼?"

"그 부분도 포함해서, 마침 오늘에라도 확인하자고 발품을 팔고 있던 와중이라서……."

정작 라인하르트와 연락을 취하려고 하던 그 참에, 이렇게 발목이 잡힌 것이다.

"그건 그렇고…… 하필이면 아스트레아 가문인가."

중얼거리는 말은 롬 영감의 입안에서만 구성되고, 스바루의 귀까지 닿지 않는다.

심각한 얼굴의 롬 영감을 쳐다본 스바루는 별수 없다고 어깨를 으쓱였다.

"그럼 내 쪽에서 라인하르트와 얘기 나눌 수 있을지도 모르니, 뭐 좀 알면 롬 영감에게도 가르쳐줄게. 애초에 펠트의 무사는 확인해야 한다고 생각했었어."

"그럼 고맙겠지만…… 임자야말로 묘한 연줄이 있군. 그쪽 아가씨 관계인가?"

"아냐. 전혀 잘못 짚었어. 애초에 나 이 여자의 이름도 모르는데."

"임자는 이름도 모르는 상대와 웬 아수라장을 헤치고 있는 게야?!"

"돌이켜 보면 에밀리아땅 때도 이름도 모르면서 발악했던 거니, 내 행동으론 썩 이상한 일도 아니겠다 싶어서."

무사태평한 스바루의 대답에 롬 영감은 피곤한 기색을 느낀 것처럼 미간을 주물렀다.

"생각해 봤자 헛수고로구먼. 그려, 알았으이. 임자를 믿지. 펠트에 관해 알게 되면 내게도 가르쳐주시게. 보답은 가능한 거라면 하마."

"분발하시네. 역시 손녀 사랑 같은 게 있기도 하남?"

"——그렇구먼. 그 아이는 나의, 손녀 같은 것이야. 그러니 부탁하겠네."

똑바로 넉살 좋게 완전 긍정을 받은 스바루는 무심코 입매에 웃음이 감돌았다.

그 금발의 도적 소녀도 이만큼 아낌을 받고 있다고 알면 어떻게 생각할까. 다름 아닌 그 아이니까 분명히 빨간 얼굴로 센 척해 보이지 않을까 싶다.

"그나저나…… 라인하르트라니, 이거 야릇한 이름이 다 나왔군."

롬 영감의 대화가 일단락됐을 즈음에, 소녀가 나직이 중얼거렸다.

스바루는 실실 풀어지던 뺨을 다잡으며 소리 없이 웃는 소녀를 돌아봤다.

"이보셔, 훔쳐 듣기나 하고 품위 없긴. 남의 사정 엿듣고 그러면 안 되지."

"소녀가 들으려 한 것이 아니라, 네놈들이 소녀 앞에서 얘기하기 시작했을 뿐이니라. ——너, 지금 말하는 눈치를 보니 검성과 아는 사이라는 건 허풍이 아닌가 보구나. 친하더냐?"

"한 번 만났으면 친구지. ……라고 할 만큼 유들유들하진 않지만, 우호 관계임에는 틀림없지."

스바루는 라인하르트에게 은혜가 있다. 그 빚을 갚을 만큼은 의리가 있다고 생각 중이다.

다만 그가 궁지에 빠지는 것도, 그 장면에서 스바루가 도움이 되는 것도 상상할 수 없지만.

"네 쪽이야말로 라인하르트의 뭘 알고 있는데? 왕 팬……이란 느낌은 아니군."

"듣는 것만으로도 삐뚤어진 됨됨이를 남의 입을 통해서, 말이지. 그 밖에는 아주 약간 멀찍이서 본 정도다."

얘기한 적도 없는 상대를 삐뚤어졌다고 평하는 소녀의 사고방식 그 자체가 삐뚤어져 있다.

그 뒤로 입을 다물어버린 소녀와 얘기를 계속할 맘도 없어진 스바루는 롬 영감을 다시 돌아봤다.

"얘는 내버려두기로 하고, 어떡하면 롬 영감한테 연락할 수 있어?"

"시장거리에 '카도몬' 이란 가게가 있다. 거기 험상궂은 얼굴에게 내 이름을 꺼내면 연락이 돼."

"올라잇, 올라잇, 카도몬…… 카도몬?"

연락을 취할 수단을 들은 스바루는 들은 적 있는 단어에 갸웃거렸다.

어쨌든 롬 영감과의 재회와 새로운 약속은 완료했다. 뜻하지 않게 목적 중 한 가지는 달성.

다음 문제의 해결을 위해서도 우선은――.

"그런데 롬 영감. 실은 나나 저 여자나 완전히 길을 잃었거든. 약속을 지키기 전에 이대로 있으면 내 모험은 여기서 끝나버렸다! 가 되니까 바깥거리까지 안내 부탁해."

"음, 알겠다. 맡겨 둬. 어느 거리야?"

"일단, 대기소 앞까지 잘 부탁해."

"너, 내가 대기소에서 도망쳤단 얘기 들었냐?!"

롬 영감의 뒤집힌 절규가 골목의 하늘로 빨려 들어간다.

에밀리아와 떨어지고 나서 슬슬 약 한 시간이 경과하려는 하늘이었다.

7

"처음에는 지저분한 장소는 어수선한 나름으로 볼만한 구석이 있을 줄 알았는데, 눈에 익고 나니 눈길을 끌만한 것도 아니군. 소녀의 무료를 달래는 데도 못 쓰겠어."

주황색 머리카락의 소녀가 따분하다는 눈초리로 뒷골목을 바라보면서 그렇게 중얼거렸다.

들어 올린 드레스 옷자락을 팔락팔락 나부끼며 불만을 참으려고도 하지 않는 행동거지다.

"왕도의 디자인 담당도 길거리가 지루하다는 평가를 받을 줄은 몰랐을 거다."

"세계가 소녀를 위해 있는 것이니, 이 세상 모든 것은 소녀를 즐겁게 하기 위해 있어야 마땅하지 않겠느냐. 이런 지루한 길거리를 채용한 놈의 마음은 알 바 아니다. 왕족이라는 것도 예상외로 안목이 없는 것들이야. 요 근래 그 때문인지 씨가 마른 모양이다마는."

"이, 임금님 슬하에서 얼마나 불손한 소리를 내뱉냐, 너……."

듣기만 해도 조마조마해지는 소녀의 발언에 무심코 아무도 없는 걸 확인하는 스바루.

소녀는 그런 스바루의 신중……하다기보다 겁 많은 모습에 코웃음 쳤다.

"재미없는 반응에 시시한 기우로군. 어차피 네놈도 범백(凡百)의 그릇 중 하나라는 게지."

"내가 범백 범용 범속 범인으로 범벅이라는 건 자각하고 있으니 괜찮다고. 난 더 이상 너한테 끌려 다녀서 시간 낭비 하고 싶지 않단 말이야. 기다리게 한 애한테 혼난다고. 미움 산다고."

"기가 막히는구나. 소녀와 있는 동안, 소녀 외의 존재에게 의식을 할양하다니 무례하다. 실제로 소녀에게도 동행은 있지만, 소녀는 따로 떨어진 걸 괘념치 않고 있다."

"그건 좀 괘념해줘라. 네 동행이 불쌍해 못 견디겠다."

이 오만불손의 화신 같은 소녀의 뒷수발이다. 단기간 관계했을 뿐인데도, 스바루에게는 아직 보지 못한 그 인물의 고생이 엿보여서 동정심이 무럭무럭 솟아올랐다.

"뭐, 별 상관없지만 말이야."

애당초 지나가다 스친 상대다. 서로 이름도 모르는 사이.

이대로 큰 길거리로 나가버리면 돌아서서 다시는 만나지 않을 관계성.

불쾌한 감정을 구태여 인내해서까지, 모두와 사이좋게 지낼 박애정신 따위는 갖추고 있지 않다. 스바루 입장에서 싫은 걸 좋아하는 노력 같은 건 가장 꺼려해 마땅한 행위다.

그렇게 판단해놓고서도 큰 길거리로 나올 때까지 소녀를 혼자 둘 생각이 없는 구석에서 스바루라는 인간의 성질이 드러나고 있지만.

참고로 지금 롬 영감은 두 사람과 동행하고 있지 않다. 큰 길거리에 나가기를 꺼려한 그와는 길 안내만 받고 뒷골목에서 헤어졌다. 화제가 끊어져 살짝 그걸 후회 중이던 스바루지만.

"——라나 뭐라나 생각하는 중에, 간신히 출구가 나왔나."

모퉁이 너머로 간신히 밝은 저녁 해가 내리쬐는 길이 보인다. 지나가는 사람 그림자가 끊임없이 이어지는 것을 확인한 스바루는 겨우 이 고통의 시간이 끝난다고 안심했다.

"밖에 나가면 나와 넌 이제 새빨간 남이다. 난 귀엽디귀여운 내 동행을 찾아야 하니 너와 더 어울리다가 말썽에 휘말리는 건 피하고 싶어. 넌 너대로 동행이 필사적으로 찾고 있을 테니 괜히 나돌지 말고 발견되어줘."

이별이 다가오면 역시나 지금까지의 울분 때문에 밉살맞은 말 하나쯤은 뱉어주고 싶어진다. 당연히 소녀의 반론도 있으리라 스바루는 대비하지만, 그녀는 가만히 발을 멈추며 팔짱을 끼었다.

"뭐냐, 말없긴. 그야 쬐끔 말이 심했을지도 모르지만 본심은 본심이야. 여태껏 잘 풀려왔을지도 모르겠는데, 앞으로는 좀만 더 조신하게……."

"흠, 네 녀석을 약간 가엾어해주마."

머쓱해진 스바루가 변명과 설교를 주워섬기려 하자 소녀가 조소를 띠었다.

"자각 유무를 따지지 않고 그 광대 같은 언행이 몸에 눌러 붙었나 보군. 그건 네 미점이 아니다. 그냥 약한 면을 감추는 얄팍한 껍질이지. ——낯짝과 마찬가지로 못 볼 꼴이야."

"앞부분은 시리어스틱한데, 뒷부분에서 자연스럽게 얼굴 생김새를 욕하셨지?"

"그걸 끝까지 밀고 나갈 셈이라면 소녀가 관여할 바가 아니다만."

그녀가 무슨 말을 하고 싶은지 스바루에겐 도통 전해지질 않는다.

태도와 행동이 그런 것처럼, 하는 말조차 남에게 이해시키려는 배려가 결여된 소녀다.

깊이 따져 봤자 명료한 대답은 얻을 수 없을 것이다. 그런 생각이 들어버리니 스바루는 그다음에 소녀에게 할 말을 포기하고 말았다.

아니면 스바루는 그렇게 그녀를 이해가 불가능한 존재라고 단정 지음으로써 이 자리에서 그 참뜻과 마주하는 걸 피했을지도 모른다.

다만 이 자리에선 지금 이상의 답을 얻기란 불가능했으리라.

왜냐하면――.

"――겨우 찾았어."

거리로 나온 순간, 두 사람을 맞이하는 그런 목소리가 닿았기 때문이다.

뒷골목과 달리 큰 길거리에는 높은 햇살이 여봐라는 듯 내리쬐고 있다. 눈을 태울 듯이 눈부신 햇빛. 그 빛을 등에 진 듯 하얀 로브의 소녀가 스바루를 보고 있었다.

가운데로 모인 단정한 눈썹. 반짝이는 은발을 조급하게 만지작거리는 손끝. 우려로 떠는 남보랏빛 눈과 안도감에 희미하게 풀어진 입술. 그것만 봐도 그녀가 스바루를 얼마나 걱정하고 있었는지 알 수 있다.

스바루는 불안하게 만든 그 사실을 후회하는 반면, 기쁘다고도 여기는 자기 자신을 자각했다.

"아, 에밀리……."

예상 밖이지만 기대한 바와 같은 합류에 스바루는 얼굴이 밝아졌다. 하지만 부르는 소리는 위화감—— 부드러운 한숨을 내쉬는 에밀리아의 옆에 누가 있는 것을 발견하고 중단된다.

다부진 몸매를 보아 남자라고 단정한다.

"기다려 기다려 기다리지 못하겠냐! 내가 없는 새에, 어딜 에밀리아땅 헌팅하고 그래!"

스바루는 성큼성큼 앞으로 뛰쳐나가 남자와 에밀리아 사이에 끼어들었다.

그러나 역광을 뒤집어쓰고 있던 남자를 노려본 스바루는 재차 날카로운 소리를 퍼부으려던 표정이 굳었다.

"이—봐이봐. 아가씨 아가씨. 아가씨 동행, 꽤 맛이 갔는데. 괜찮은 거냐."

친밀하게 에밀리아에게 건 목소리는 알아듣기 어렵게 탁한 것이었다.

그도 당연하다. 말을 건 남자의 머리 부분은 풀페이스 형 투구에 싸여 있었으니까.

얼굴 전체를 가리는 투구—— 칠흑의 투구는 매우 세련된 형상이지만, 그것뿐이라면 결코 눈에 띄는 복장이 아니다. 아니, 그 설명은 바르지 않다. 그것뿐이라서 눈에 띄는 것이다.

"재회의 기쁨보다 도둑고양이 걱정이라니, 복잡하기 짝이 없는 남심에 보면서 가슴이 설레셔."

"그런 너도 상당히 패션 센스 위험하다?!"

"너도 꽤—나 손윗사람에 대한 말버릇이 되어 먹질 않았어. 내가 중후하고 마음씨 좋은 아저씨라서 봐주는데, 상대에 따라선 모가지 댕강 날아간다."

절규하는 스바루에게 삿대질을 받고 있는 남자는 즐겁게 목덜미를 두드려 보였다.

두드린 곳은 훤히 드러난 목덜미—— 당연하다. 남자의 복장은 머리 부분은 칠흑의 풀헬름. 하지만 그 아래는 싼 티 나는 망토에, 삼베로 지은 산적 같은 웃옷과 아랫도리. 발에는 발감개를 감고 샌들을 신은 꼬락서니로, 허리 뒤춤에는 멋지게 만들어진 대검—— 청룡도 같은 폭이 두꺼운 무기를 옆으로 차고 있어서, 언밸런스의 끝을 본 몰골이었다.

기발한 걸로 치면 스바루의 체육복도 지지 않겠지만, 남자의 복장은 비상식의 범주에 들 것이다.

"설마 이 옷차림이 왕도의 표준인 건 아니겠지? 에밀리아땅."

"안심해줘, 스바루. 저 사람 모습에 놀란 건 나도 똑같으니까."

"그래그래, 무지하게 놀라더라. 귀여부라. 그다음에 미아 찾는 중인 나와 같이 다녀준다는 말을 꺼낸 데에는 이쪽이 다 놀랐지만."

남자가 낄낄 웃으며 에밀리아와 동행하고 있던 이유를 선뜻 발설했다.

그 말을 들은 스바루가 에밀리아의 어깨를 잡고는 그 눈을 쳐다봤다.

"에밀리아땅의 마음씨는 아주 미덕인데, 아무리 그래도 상대는 가리는 편이 나아. 독버섯이 왜 겉모습부터 독살스러운 색을 띠고 있는지 알아? 그건 '난 독 있단다. 위험하단다. 먹으면 죽는단다.' 라고 주위에 가르쳐줘서 피해를 미연에 막기 위해서거든?"

"그 소리 들으면 마치 내가 위험인물 같잖아. 너무하지 않냐?"

"댁만큼 겉모습부터 수상한 작자, 어린이 과보호가 진행된 내 고향이라면 즉각 신고할 수준이야. 인근 초등학교에서 임시 전교 조례가 열릴걸."

스바루는 너스레를 떠는 남자에게 딱 잘라 내뱉고 재차 에밀리아를 돌아봤다.

"좌우간, 난 항상 에밀리아땅더러 차 조심, 남자 조심하라 말하고 있잖아? 특히 남자는 늑대니까, 무방비하게 귀여운 웃음을 보내고 그러면 안 되잖아……. ……화내는 중?"

"스바루가 나한테 말해준 걸 듣고, 스바루도 내가 한 말을 기억해주고 있을까—하고 생각 중일 뿐이야. 응, 아무 뜻 없이."

스바루는 긁어 부스럼 만들었다고 얼굴을 가리고 싶어지는 자신의 실언을 후회했다.

하지만 그 자리에서 그 이상 설교가 이어질 흐름은 다행히도 중단됐다.

“흠. 소녀의 앞길에서 기다리다니 제법 눈치가 돌아가. 갸륵한 마음가짐이로구나, 알.”

“……솔직히 우연에다 어쩌다 보니 요행이었단 느낌을 부정할 수 없는데, 그렇게 말해서 공주 기분이 수틀리면 것도 귀찮으니 수긍해 두지. 그래, 그 말이 맞아!”

앞으로 발을 내디디고 거만하게 말을 뱉는 소녀. 그리고 그 말에 남자── 알이라고 불린 남자가 웃었다. 그 뒤에 그는 손바닥으로 주황색 소녀의 머리를 난폭하게 쓰다듬고는, 그 몸을 자기 옆에 세웠다.

“참 기막힌 우연이지만, 아가씨가 찾고 있던 상대와 내가 찾고 있던 상대는 동행 중이었나 봐. 이건 무슨 인연일지도 모르겠는데.”

“소매만 스쳐도 전생의 인연이란 말인가. 난 에밀리아땅과의 붉은 실 말고는 노 땡큐다.”

“──. 한마디도 지지 않는 녀석일세, 이 형씨.”

한순간, 대답에 뜸이 있었던 것처럼 여겨졌다.

하지만 그 의문도 알의 탁한 웃음소리와, 오른손을 가볍게 흔드는 움직임에 지워진다.

조금 전부터 그의 액션은 전부 오른손만 가지고도 표현되고 있었다.

왜냐하면 이 눈앞의 남성에겐 있어야 할 왼팔이 존재하지 않는 것이다.

외팔이인 데다가 칠흑의 투구, 그리고 그 위압적인 풍모에 맞지 않는 가뿐한 복장.

성조와 얼굴 외의 겉모습을 보아 필시 한 세대 이상 손위인 인물. 그런데도 불구하고 손윗사람이란 인상을 품을 수 없는 까닭은 복장과 비슷할 만큼 경박한 그 태도에 있는 것이리라.

좋게 말한다면 친해지기 쉽다. 나쁘게 말한다면 촐싹대는 어른이다.

"보호자인 팩이 있는데 왜 이런 접촉을 미연에 막지 못한 거야……."

『대기소를 나오자마자 리아가 길거리에서 쓰레기통 뒤지며 사람을 찾고 있는 이 사람을 발견해서 말이야. 그 뒤엔 전광석화로 참견해서 내가 말릴 틈도 없었어.』

『그러슈…….』

스바루의 의문에 팩이 염화(念話)로 대답해서 맥 풀린 감을 숨기지 못한 채로 응답한다. 에밀리아의 사람 좋은 성격은 새삼스럽지만, 동행을 찾아 쓰레기통을 뒤지는 알의 상식도 완전히 이상하다.

단둘뿐인 동안, 뭔가 이상한 짓을 당하거나 이상한 소리를 듣지는 않았을까.

그 생각에 스바루가 에밀리아를 걱정하는 눈으로 돌아본다. 그리고 눈치챘다.

"──?"

에밀리아가 말없이 남의 눈을 피하듯 스바루의 뒤에 숨어 있는 것이다. 아까까지 얼굴이 보이던 후드를 도로 깊이 눌러쓰고, 가만히 목소리를 죽이며 존재를 지우고 있다.

의아해서 눈썹을 찡그린 스바루는 에밀리아가 살펴보고 있는 상대 쪽으로 눈길을 돌렸다.

"무어냐, 빤히 소녀를 보고. 멀어지리라 알면 아쉬워지는 미모. 소녀가 죄 짓는 신의 조형미임은 확실하지만, 말없이 주시하다니 무례하지 않느냐."

"미안하지만 눈요기 목적이라면 우리 쪽도 골라 갖추고 있어서. ……피차 찾는 사람은 찾은 모양이니 슬슬 해산할 상황이잖아."

스바루는 에밀리아가 숨으려고 하는 상대—— 소녀가 던진 말에 매몰차게 응수하고, 그녀가 아니라 알 쪽에 의중을 떠 봤다. 왠지 알 수 없지만, 에밀리아는 이 자리에서 자신이 주목되는 걸 싫어하고 있다. 그렇다면 그 뜻을 헤아려주는 게 올바른 스바루의 행동이다.

"뭐, 그래야겠지. 공주가 아니라, 내게 말 돌리는 판단도 포함해서 말이야."

"……댁에겐 적잖게 동정해. 아니, 진짜로."

"어른의 포용력으로 능숙하게 대거리하면 그리 피곤하지 않아. 요는 일절 교육받지 못한 도도한 고양이지. 그게 귀엽게 여겨질 만큼 나이 먹지 않으면 알 수 없을지도 모르겠다만."

자못 진심에서 나온 스바루의 말에 어깨를 으쓱인 알은 소녀를 내려다봤다. 투구 속의 두 눈을 볼 수는 없었지만, 그 분위기는 아끼는 딸을 지켜보는 아버지의 그것에 가깝다.

나쁜 관계는 아닌가 보다고, 막연히 그렇게 생각한다.

"그럼 우리는 이리 갈 건데…… 그쪽은?"

"그렇다면 소녀도 이리로 간다."

"……그렇담, 반대쪽으로 간다. 우리."

"그렇다면 소녀도 반대쪽으로……."

"귀찮구만, 날 사랑하게 됐냐?! 쵸로인이야?!"

"조촐한 농담이건만 깐깐하기는. 재미없는 남자는 재미없게 죽는다."

마지막의 마지막까지 따분하다는 태도를 고수한 소녀는 수행원을 데리고 위풍당당하게 떠나간다. 그 주저 없는 발걸음이, 이별을 바라고 있었을 텐데도 왠지 탐탁잖았다.

때문에 스바루는 떠나가는 소녀에게 마지막 앙갚음을 담아 불렀다.

"어이, 받아라. 거만 소녀."

"소녀에게 퍽이나 함부로 주둥아리를. 알에게 명령해 그 목을……."

살벌한 소리를 입에 담아가며 돌아보는 소녀. 그 붉은 두 눈이 깜빡 뜨인다.

포물선을 그리며 날아온 두 삼과가 순간적으로 뻗은 소녀의 팔에 들어갔다.

"줄게. 유대 어린 삼과다. 내기는 라스트에 내 싹쓸이지만 승자의 특권, 무사의 정이란 거지. 앞으로는 나쁜 어른을 쫄래쫄래 따라가는 거 아니다."

"소녀는 그런 미련퉁이 같은 이유로 그놈들의 시비를 산 건 아니다만."

"……참고로, 무슨 이유로 시비가 걸린 거야?"

"그런 빈티 나는 낯짝과 복색으로 살면서 미안하지도 않느냐고 물었더니 욱하더구나."

"성질도 사정도 네 쪽이 잘못됐어!"

스바루는 새삼 띵똥땡을 동정하면서 에밀리아의 팔을 끌고는 소녀 일행에게서 돌아섰다. 일단 한 대 갚아준 느낌이 드니 만족했다.

고개 숙인 에밀리아와 발맞추어 빠르게 그 자리를 떠나는 둘. 마지막으로 길거리 건너편에서——.

"——아가씨, 찾는 데 어울려줘서 고맙다!"

탁한 목소리나마 감사의 뜻을 담은 외침이 도달했다.

8

"저기 말이야, 에밀리아땅. 쟤네들 없어졌는데, 슬슬 얘기할 수 있어?"

거만한 소녀와 그 보호자와 헤어져 잠시 걸어간 곳에서 두 사람은 멈춰 서 있었다.

스바루는 에밀리아의 급변한 태도에 자기가 무슨 묘한 말을 했는지 고민했다.

“스바루. ——아까 그 여자애하곤.”

침묵을 거치고 고개를 든 에밀리아가 입에 담은 말은 예상대로 그녀가 그 눈길로부터 숨으려 하던 소녀의 얘기였다.

“그, 아까 그 여자애하고는…… 어디서, 어떻게……?”

“어, 뭐야 뭐야, 에밀리아땅 질투? 나 샘났어요 같은 전개야?”

“——스바루.”

평소의 너스레로 받으려는 스바루를 에밀리아의 짧은 부름이 가로막는다. 그녀의 표정은 진지했다. 굳은 옆얼굴에 천하의 스바루도 까불거릴 분위기가 아님을 깨달았다.

“어, 어라? 에밀리아땅, 그렇게 정색한 얼굴로 뭘…….”

“부탁이니 농으로 넘기지 마. 스바루, 저 애랑 어떻게…….”

에밀리아가 스바루의 뭔가를 추궁하려 하고 있다. 스바루는 동요했지만 그녀의 요구에는 진솔하게 답해야만 한다고 생각을 고쳐먹었다.

하지만 그런 스바루의 드물게도 성실한 의도는——.

“겨우 찾았군! 사람 애먹게 만들어주셨겠다!”

두 사람의 대화를 덮어쓰는 듯한, 막되어먹고 거친 노성에 지워져버렸다.

그 소리에 스바루는 주위를 쳐다보고 대경했다.

보기만 해도 건달 같은 풍모의 남자들이 두 사람을 둘러싸듯이 길을 막고 있는 것이다. 남자들의 선두에 선 사람은 띵똥땡의 띵으로, 그는 우두커니 서 있는 스바루를 노려보며 말했다.

"아까 얕보인 데에 대한 인사차, 너와 그 여자를 찾았었다고."

"……말다툼의 보복으로 한 패거리 끌고 와서? 넌 아무리 얕보이더라도 분하더라도, 자기 뒤처리는 제 손으로 하는 기개 있는 남자라고…… 난 쭉 그렇게…… 믿었는데……!"

"왠지 침통한 소리 때려치워! 네가 나의 뭘 안다는 거야!"

침을 튀기는 띵의 욕설을 들으면서 스바루는 조용히 주위를 관찰했다. 길을 막는 남자들의 숫자는 열대여섯 명. 라인하르트가 난입하는 걸 기대하기도 역시 어려울 것이다.

"즉, 한심스럽지만 에밀리아땅과 팩에게 의지하는 게 내 생각에도 최선……!"

『정말로 한심스럽지만, 자신의 무력함을 주저 없이 인정하는 건 대단하다고 봐.』

서슴없이 남의 힘에 기대는 스바루를 팩이 염화로 칭찬했다. 띵 패거리에겐 미안하지만, 대정령 팩의 힘이라면 똘마니 집단 따위 문제도 못 된다. 루그니카 봄의 눈 축제 개최다.

『무서운 상상을 선뜻 하는데…… 내가 나설 차례는 없는 것 같아.』

스바루가 "선생님 부탁드립니다!" 라고 시대극의 악역처럼 길을 양보하기 직전, 팩의 의미심장한 염화가 닿았다. 그러나 스바루가 그 진의를 캐묻기보다도——.

"——스바루 군의 냄새를 쫓아와 봤는데, 이건 무슨 소란이죠?"

상공에서 좀 무서운 발언과 함께 파란 머리 메이드가 내려오는 쪽이 먼저였다.

공중에서 종회전하면서 내려온 렘은 치맛자락을 누르며 폭음 같은 효과음과 함께 착지. 모래연기를 팔로 걷으며 주위에서 쏟아지는 시선을 한 몸에 받고 묵례한다.

"그래서 스바루 군. 뭔가 렘에게 할 말은 없으세요?"

"일단, 그래……. 그거, 죽지 않았지?"

깜찍하게 갸웃거리는 렘. 스바루는 그 발밑을 가리키며 질문을 입에 담았다.

눈길을 내린 렘의 발밑. 그곳에 착지에 말려들어 찌부러진 띵의 모습이 있었다.

"또, 메이드냐……."

길 위에 머리를 파묻은 띵은 그런 말을 남기고 꿈쩍도 못하게 됐다.

그 모습을 본 렘은 천천히 끄덕였다.

"숨은 붙어 있어요."

"그럼 괜찮고! 과연 렘! 있어줬으면 할 때에 와주는 만능 메이드!"

"그럴 수가……. 렘이 없으면 아무것도 할 수 없다니, 그러면 쑥스러워요."

렘의 흉행에 똘마니들의 발꿈치가 들썩이는 와중에 오늘도 스바루와 렘은 평상운행이다. 스바루의 갈채에 뺨을 붉히며 꿈지럭대는 렘. 남자들이 비슬비슬 평정을 되찾는다.

"까, 까불고 앉았어! 네놈들, 살아서 여기서 빠져나갈 수 있으리라곤……."

"스바루 군과 에밀리아 님의 안전을 위협하는 패거리……라고 렘은 판단합니다만."

그 말을 낮은 목소리로 가로막은 렘은 업무 모드의 무표정으로 전환되어 있었다.

스바루는 그녀의 변모에 똘마니들이 주눅 드는 데에 동정하면서 렘에게 손가락을 하나 세웠다.

"렘."

"네."

"죽이면 안 된다?"

"역시, 스바루 군은 자상해요. ——그럼, 반죽음으로."

살벌함과 귀여움의 기적적인 공동출연을 달성한 렘의 모습이 집단 속으로 뛰어들었다.

그런 그녀에게 막무가내로 덤벼드는 자. 도망치려고 돌아서는 자. 갈피도 못 잡고 주저앉아버리는 자. ——그 모두에게 평등하게 렘의 제재가 내리꽂힌 것이었다.

"우와아, 끝내준다."

사람이 사뿐히 하늘을 날며 오가는 모습을 본 스바루는 황당한 듯 그렇게 뇌까렸다.

그 머리는 완전히 눈앞에 있는 소동의 종결에 쏠려 있어서, 소동에서 분리된 듯 고요함을 유지하며 자신을 바라보는 남보랏빛의 눈은.

"——스바루."

그 애원하듯이 중얼거리는 말은, 눈곱만큼도 눈치채주지 못했다.

9

“그런 이유로 조금 아픈 맛을 봐줘야겠어. 조금, 그래, 조금만 말이야.”

길을 막고 야비한 어조로 웃으며 소녀를 바라보는 건 똥과 땡을 포함한 집단이었다. 띵이 데리고 있던 집단과는 또 다른 무리가 소녀 일행을 포위 중이었다.

남자들의 눈에는 호색하고 비열한 빛이 맺혀 있어 그들이 소녀를 잡은 다음에 어떤 수단으로 보복하려고 하는지 말로 하지 않더라도 훤했다.

“……흠, 새콤달콤해. 역시 내용물도 삼과임이 틀림없나. 이로써 아까 그 광대가 희롱하고자 과일을 붉게 칠했다는 가능성도 사라지는군. 놀라워. 삼과란 붉은 거였나.”

하지만 쪼갠 삼과를 입으로 옮기고 있는 소녀는 주위의 남자들을 상대도 하지 않고 있었다.

“아— 아—, 우리 공주님. 현실 보고는 있어?”

“무슨 말을 하고 싶은지는 또렷하게 아뢰라. 소녀는 빙빙 돌리는 건 싫다.”

“그럼 또렷하게 말하겠는데. ——삼과 두 개 있었으니 한쪽은 내 거 아냐?"

"핫, 어처구니없구나. 잘 들어라. 광대가 던진 삼과는 둘 다 소녀가 받았다. 그렇다면 이건 양쪽 다 소녀의 것이지."

"두 개 있었으니 둘이서 나눠먹으란 의미겠지, 상식적으로 생각해서."

주종에게 나란히 무시당하는 바람에 똘마니들의 분노가 한계에 이르렀다. 명백한 적의를 담고 저마다 무기를 들고서 슬금슬금 주위의 원을 좁히기 시작한다.

"그래서 공주님. 어떻게 하는 게 세계의 바람이신지?"

"소녀의 선택은 곧 세계의 선택이다. 깨우친 모양이로구나, 알."

"그 나름대로는."

알의 말에 만족스럽게 끄덕인 소녀는 그 뒤에 다시 삼과를 깨물었다.

그 새콤달콤한 맛에 뺨이 느슨해지며 아름다운 얼굴에 천사의 미소가 떠올랐다.

"소녀는 지금 심기가 좋아. ——따라서 죽이지 말도록 하여라."

날벌레의 날개를 뜯어내는 천사 같이 천진하게, 당연한 듯이 그렇게 일렀다.

그 말을 들은 알의 손이 허리 뒤춤—— 옆으로 비껴찬 대검의 자루를 잡았다.

천천히 칼집에서 검이 스르렁 뽑히는 소리. 그것을 BGM으로 삼으며.

"——아이, 맘."

처절하게 강렬하게, 핏빛 웃음이 칠흑의 투구 안쪽에 생겨났다.

제3장『사이가 너무 나쁜 멤버들』

1

"——에엑?! 집 보고 있으라고?!"

이른 아침의 여관에 오늘 예정을 전달받은 스바루의 경악한 목소리가 터졌다.

놀라는 스바루의 눈앞에 동석한 사람은 에밀리아와 렘 두 사람이었다. 선약이 있다며 먼저 여관을 나선 로즈월을 뺀 세 명이서, 렘이 손수 만든 아침 식사를 마친 상황이다.

"당연하잖아. 스바루를 왕도까지 데려온 이유는 왕도에 있는 스바루 지인의 안부 확인과, 스바루 몸의 치료. 그 약속이니까."

"아니 하지만 그 부분은 확대 해석해서 뭐랄까 형편 좋게……."

"절대로 안— 돼! 정말로 오늘은 장난이 아니니까, 외부인은 못 들어와. 렘도 못 데려간다고."

에밀리아가 여느 때 같지 않은 서슬로 타이르니, 스바루는 어제 미아가 된 건도 있어서 반론하기 어려웠다. 도움을 청하듯이 렘을 쳐다보지만 파란 머리 메이드도 고개를 가로저었다.

"역시 이 일만은 에밀리아 님의 의견이 올바르세요. 새겨들어요."

"제길, 아군이 없나! 하지만 어제 일이 있으니 아무 말도 못하겠다, 분하다!"

기본적으로 스바루를 편애하는 렘이어도, 우선순위는 우선순위로 분별하고 있다.

어제의 실수—— 에밀리아의 지시를 어기고 자의적인 행동을 한 결과, 스바루에겐 외출 금지령이 떨어져버렸다.

스바루가 천장을 쳐다보며 한탄하자 에밀리아는 허리에 손을 얹고 한숨을 내쉬었다.

"그렇게 오랜 시간은……이라 하고 싶지만, 언제 돌아올지 좀 알기 힘들어. 그러니 식사는 렘이랑 먼저 해. 아마 오래 기다리게 만들 테니까."

"흥이다. 에밀리아땅이 그렇게 심술궂은 소리 하겠다면 우리도 생각이 있거든. 그치? 렘. 오늘은 둘이서 호화로운 식사라도 해주자고!"

"아뇨. 오늘 메뉴는 삼과 통구이에 삼과 샐러드. 삼과잼을 듬뿍 사용한 삼과 파이. 식후에는 삼과를 짠 주스도 준비하고 있어요."

"생각도 못 한 삼과판! 네 이놈, 그 스카페이스!"

공제해서 아홉 개나 삼과를 들고 돌아온 결과, 오늘 밤의 메뉴는 삼과 파티로 결정.

스바루는 뇌리에 떠오르는 흉이 진 주인장의 웃는 얼굴에 중지를 세우고, 될 대로 되란 느낌으로 웃었다.
"좋지 뭘. 난 과일 중에서도 삼과를 제일 좋아하는걸! 삼과에 둘러싸여서 진짜 천국인걸! 좋았어, 렘! 둘이서 전부, 실컷 먹어치워버리자!"
"아뇨, 무슨. 스바루 군이 좋아하는 음식을 받다니요. 전부 다 스바루 군에게 줄게요."
"너, 내 편으로 보이다가 가끔 가차 없이 날 내버리더라?!"
'입장을 분별하고 있다' 라기보다 '입장의 이용 방법을 분별하고 있다' 라는 렘의 태도에 스바루가 절규. 두 사람의 대화에 에밀리아는 어깨를 축 늘어뜨리다가, 렘을 바라봤다.
"좌우지간, 렘에게 일임해둘게. 로즈월에게서도 지시를 받았겠지만, 단단히 부탁해. ——정말, 단단히."
"뜸까지 들이며 반복하는 걸 보니 나도 참 에밀리아땅에게 완전 신용받고 있군!"
다짐을 받는 에밀리아에게 엄지를 세우는 스바루. 이미 낯익은 그 동작에 에밀리아가 살그머니 위에서부터 손바닥을 덮어왔다.
갑작스러운 접촉에 스바루가 숨을 집어삼켰다.
"스바루, 너무 많은 건 바라지 않을게."
"으, 응……?"
"부탁이니, 내가 믿게 해줘."
애원하는 듯한 그녀의 말에 한순간 스바루의 사고가 멎었다.
그 뒤에 바로 에밀리아의 말의 내용을 우물거리고, 곱씹어, 삼킨 다음 끄덕인다.

"아, 아아! 꼭 그럴게! 에밀리아땅의 기대에 부응하기 위해서 살고 있을 정도라고!"

그녀의, 영 불안해하는 눈의 원인을 알지 못한 채 조건반사적으로 그 말을 모조리 긍정한다. 일단 받아들이고, 적시에 상담하며 행동으로 옮기면 그만이다.

살짝 임시방편인 감이 있는 스바루의 생각에 비해, 에밀리아는 남보랏빛 눈에 우려를 띠고.

"응. ――믿고 있어."

그렇게, 조용히 말을 남기고 간 것이었다.

2

에밀리아가 왕성으로 출발한 뒤로 약 한 시간가량이 지났을까.

여관에 남은 스바루는 렘의 감시 아래, 습득 도중인 이세계 문자의 받아쓰기에 시간을 소비하고 있었다. 다만 시작하고 이 순간까지 전혀 몰두 못 한 상황이다.

스바루는 기계적으로 문자를 베껴 쓰면서 오로지 한 생각만 계속하는 중이었다.

――다시 말해 어떡해야 왕선에 도전하는 에밀리아의 옆에 있을 수 있는가. 그것이다.

기다려 달라며 다짐하던 에밀리아의 불안은 적중했다.

스바루는 그녀가 귀환하기를 여관에서 얌전히 기다리겠다는 생각은 눈곱만큼도 하고 있지 않았다.

그녀와의 약속을 저버린다. 그 사실에 대한 죄책감은 적잖이 있다. 그래도.

"왕도에는 에밀리아에게 적의를 가진 놈이 틀림없이 있을 테니 말이지……."

전에 에밀리아가 왕도를 방문했을 때, 즉 스바루와 그녀가 처음 만난 날이다.

그때, 에밀리아는 미복잠행으로 왕도를 방문했던 모양이다. 그런데도 불구하고 휘장(徽章)을 노린 적측 때문에 그녀는 왕선 참가의 자격을, 그리고 목숨마저도 빼앗길 위기에 처했던 것이다.

스바루가 없었으면 에밀리아의 명운이 그날 다했을 건 분명한 사실이다.

──그녀와의 운명적인 만남을 떠올리면, 스바루는 가슴이 뜨거워지는 것을 억누를 수 없다.

스바루는 뜬금없이 이세계로 소환되어 누구에게 아무 말도 듣지 못하고 오늘까지 살아왔다.

누가 무엇 때문에. 그건 지금도 알지 못하는 상황이다. 수중에는 아무것도 없다.

그런 입장의 스바루이기에 더욱, 아무것도 없는 현 상황에 오히려 정색하며 이렇게 생각 중이다.

목적이 주어지지 않았으면, 그 목적은 스스로 정하면 그만이다.

"——에밀리아를, 돕는다."

틀림없이 스바루는 그 때문에 이 세계에 불린 것이다. 그렇지 않더라도 그렇다고 정했다.

그것이 지금 나츠키 스바루가 행동하게 되는 힘이자 이유인 것이다.

"그러기 위해서도……."

"————?"

내면의 각오를 다지는 스바루의 눈과 마침 이쪽을 보고 있던 렘의 시선이 섞인다. 희미하게 뺨을 붉힌 렘은 문 앞을 절대적인 장애로서 막아서고 있는 것이었다.

몇 번쯤 수단을 강구해 탈출을 시도해 봤지만, 화장실까지 따라붙어서는 두 손 다 들 따름이다.

"빤—."

"뭐죠, 스바루 군. 그렇게 늠름한 눈으로 쳐다보면 난처해져 버려요."

"빤—."

"아, 안 돼요. 그렇게 버려진 강아지 같은 눈으로 봐도 안 돼요."

"빤—."

"어, 언니와도 착실하게 역할을 다하겠다고 약속했어요. 그러니까 안 된다고요."

말없이 응시해 힘으로 밀어붙이려는 스바루에 렘이 내몰렸다. 표정이 꽤 풍부해지기 시작한 그녀는 눈총을 견디다 못해 원망스럽게 스바루를 쳐다봤다.

"그렇게…… 에밀리아 님이 걱정돼요? 장소는 왕성이고, 에밀리아 님 말고도 많은 관객이 계세요. 경비는 완벽하리라 생각하는데요."

"경비의 질 문제가 아니라고. ……에밀리아에게 뭔가 중요한 일이 닥쳐오고 있는 순간에, 거기에 끼지 못하는 위치에 있는 게 싫은 거야."

"스바루 군……."

렘의 이의는 지당하며, 힘이 부족하다는 건 자각하고 있다.

스바루가 지닌 힘은 적어서, 유일한 가능성은 고통과 상실감 끝에서만 도움이 된다.

하지만 도움이 못 되더라도 상관없는 것이다.

"난 분명 '뭔가' 가 일어났을 때에만 도움이 돼. 그리고 그 '뭔가' 라는 건 필시 일어나지 않으면 그 편이 더 좋은 거고. 그건 알아."

"————."

"하지만 '뭔가' 가 일어났을 때, 내가 없으면 손을 못 쓰는 일이 꼭 있어. 그 '뭔가' 는 언제 올지 몰라. 그러니까 난 중요한 순간에 에밀리아의 곁에 있고 싶어."

'사망귀환' 이 아니라면 속수무책인 돌이킬 수 없는 일이 있다면, 나츠키 스바루밖에 닿지 않는 영역이 있다면, 그곳이 바로 스바루가 싸워야 할 무대다.

——그 생각이 자신의 '죽음'을 계산에 넣은, 일그러진 것임을 스바루는 깨닫지 못했다.

"……정말이지 참. 스바루 군은 어쩔 수 없는 사람이라니까요."

렘이 나직이 포기한 듯이 중얼거리는 말에 스바루는 자신의 굳은 마음이 통했나 싶어 고개를 들었다.

"그럼, 렘……."

"아뇨, 안 돼요. 그래도 렘은 스바루 군을 보내줄 수는 없어요."

"지금 흐름에서 그러기냐! 암만 봐도 방금 표현은……."

"단지——."

헛물을 켜서 혀를 차는 스바루에게 렘은 손가락을 하나 세워 보였다. 그리고.

"지금부터 렘은 즉흥적인 번덕 때문에 삼과를 사용한 새로운 요리의 개발에 들어갑니다. 엄청난 집중력이 필요하기에 그동안 렘은 주방에만 매달려 있을 거예요. 아마 누가 방을 빠져나가더라도 눈치채지 못할 가능성이 높죠."

"…………."

"그래도 이상한 짓 하면 안 돼요. 렘이 돌아올 때까지, 착실히 공부하고 있어요. 그게 끝나면…… 최고의 삼과 요리로, 대접해드릴 테니."

입을 다문 스바루에게 인자한 미소를 보낸 렘은 일어나서 선언대로 앞치마를 고쳐 매고 방을 나섰다. 스바루는 계단에서 전달되는 경쾌한 스텝 소리를 듣고, 등받이에 힘껏 몸무게를 실었다.

"아—, 렘 귀엽다. ……그 렘에게 응석만 부려대는 난 최악이군."

스바루는 렘의 요령 없는 배려에 눈을 감으며 감사하고, 자리에서 일어났다. 바로 방을 나가려던 스바루는 생각을 고쳐 깃털펜을 들고 연습장에서 페이지를 한 장 잘라냈다.

3

"……같이 가자고 말해주지 않은 것만은, 조금 유감이에요."

아무도 없는 방의 중앙에서, 돌아온 렘이 테이블을 만지며 나직이 중얼거렸다.

테이블 위에는 서투른 이 문자로, '미안하다, 고마워.' 라고 메모가 남아 있었다.

"참, 스바루 군은 정말 어쩔 수 없는 사람이라니까요."

메모를 바라보는 렘의 표정은 그 말과는 정반대로 어딘가 행복해 보이기도 했다.

그녀는 스바루가 남긴 메모를 선물이라 생각하며 소중히 갈무리한다. 잠시, 그 편지를 넣은 가슴에 손을 대고 나서 렘은 눈을 뜬 뒤.

"——그런데, 로즈월 님께선 무슨 생각이신 걸까."

살짝 갸웃하며, 오늘 아침에 주인에게서 명받은 지시를 되새기고 의문을 입에 올렸다.

"스바루 군을 방해하지 말 것. 에밀리아 님께 무슨 말을 듣더라도……라니."

마치 지금 스바루의 행동을 사전에 예상한 듯한 지시였다. 그렇다 쳐도 에밀리아가 아니라 스바루의 의사를 우선시키는 데에는 의문이 남는다. 어쨌든.

"——무사히 돌아와요, 스바루 군."

아무 생각도 없이 그가 뛰쳐나갔다고는 여기지 않지만, 그래도 자기 몸의 안전을 뒷전으로 돌리고 누군가를 위해서 뛰어가고 마는 소년이다.

렘이 할 수 있는 일은 그의 소원이 성취되고, 또 그가 상처받지 않기를 비는 것뿐.

뇌리에 떠오르는 스바루의 모습에 렘은 잠시 눈을 감으며 기도를 올린다. 그 뒤에 정리도 대충하고 내던진 문자 학습의 뒷정리를 하고 주방에 내려가기로 했다.

이렇게 나츠키 스바루는 누구 손바닥 위에 있는지도 분명치 못한 채, 두 번째 왕도에 풀려나온 것이었다.

4

렘의 온정에 기대어 여관을 벗어나 왕도로 내려선 스바루는 그 즉시 롬 영감과 연락을 취하기 위해서 곧장 과일가게 '카도몬' 을 향해 뛰고 있었다.

"성에 숨어든다……는 건 현실적이지 않다고 해도. 일단 왕성 입구까지 가지 못해선 얘기가 되지 않으니까."

에밀리아와 로즈월의 관계자라고 설명하면 왕성에 들어가는 건 가능할지도 모른다. 하지만 지금의 스바루가 쥔 패로는 그 창구에 다다르기가 난감한 것이다.

"대기소에서 사정 얘기해 봤자 대화경이란 거로 에밀리아에게 거부당할 게 뻔하니 말이야……."

성에만 가면 어영부영 에밀리아를 구워삶을 수 있을 거란 자신감이 있었다. 여하튼 밀어붙이는 데에 약한 에밀리아다. 위험을 무릅쓰며 찾아온 스바루를 도로 쫓아내지는 않을 것이다.

자신의 입맛에 맞는 미래를 그리면서 스바루의 다리는 시장거리의 시장에 들어간다.

롬 영감과의 연락을 서두르는 이유는 귀족가 침입의 상담과, 전하고 싶은 말이 있기 때문이다.

어제 에밀리아가 대기소에서 왕성에 대한 연락을 시도했지만, 결과는 탐탁잖은 것이었던 모양이다. 요즈음의 라인하르트는 바쁠 때가 많아서 어제도 왕성에 체재하지 않았다나 보다. 다만 라인하르트가 근위기사대 소속임은 틀림없기 때문에, 오늘 이루어지는 왕선 모임에는 참가해 있으리란 얘기였다.

에밀리아는 오늘이야말로 펠트가 그 뒤 어떻게 됐는지 물어봐주겠다는 말을 남기고 여관을 나섰다.

즉, 펠트의 행방은 늦어도 내일이면 똑똑히 알 수 있을 것이다.

거구를 옹송그리며 걱정하던 롬 영감을 위해서도 그 소식은 일찍 전해주고 싶었다.

스바루는 조급한 발로 인파를 헤치며 기억에 선명히 남은 화려한 간판의 가게를 찾아냈다. 간판에는 '카도몬' 이라고 기발한 색으로 적혀 있고, 흉이 진 얼굴의 주인장이 알기 쉬운 표식이었다.

세상 한번 좁다는 생각과 함께 스바루는 가게 앞으로 나섰다.

"안녕, 아찌. 어제간만——."

"늦었잖냐, 형제."

주인장에게 말을 걸려는 스바루를 가로막으며, 자못 스스럼없는 목소리가 바로 옆에서 닿았다.

"시간 아슬아슬하다고. 조금만 더 기다리다가 안 오면 가버릴 뻔했어. 운이 좋군."

탁한 웃음소리에 덜그럭덜그럭 금속음이 겹친다. 그 소리를 지척에서 들은 스바루가 허물없이 어깨에 두른 팔을 떨쳐내고, 거리를 벌려 목소리 주인을 시야에 넣었다.

"누구……냐 했더니, 어제 그 아저씨?"

"하모, 어제 그 아저씨지. 와줘서 한시름 놨다. 이제 야단 안 맞고 끝나겠어."

되는 대로 팔을 뿌리친 걸 신경 쓰지 않고 외팔로 가슴을 쓸어

내리는 사람은 칠흑의 투구를 쓴 남자—— 언밸런스한 복장은 오늘도 변함없이 건재한, 별종 검사 알이었다.

스바루가 생각도 못 한 재회에 눈이 휘둥그레지자 알은 또다시 낮은 웃음소리를 터트렸다.

"뭐, 그렇게 쫄지 마셔. 이곳을 약속 장소로 삼겠다고 공주 앞에서 당당히 얘기했던 게 재수가 다한 거지. 공주가 저래 봬도 머리는 잘 돌아가거든."

"당당히…… 훔쳐 들었을 때인가! 아니, 그래서 왜 나랑 롬 영감이 만날 장소에 댁이 오는 건데. 그 여자의 명령이란 상상은 돼도, 명령의 이유가 상상 안 돼."

"왜, 어째서냐는 말은 못 들었군. 공주의 변덕은 늘 있는 일이고, 들을수록 헛수고인 경우가 많아서 말이지. ——그럼, 가보자고."

"간다?"

의문에 대답하지 않은 채로 다른 문제를 들이미는 건 주종 공통의 자세일까.

설명이 부족한 판국에 알이 걸어가려 하자 스바루는 눈썹을 찡그리며 항의했다.

"잠깐 기다려. 간다니 뭐야, 어디로 말이야. 난 아무 설명도 못 받았어……. 아니 그보다, 내가 거기 꼭 따라가야 하는 거냐고."

"뭐야, 고시랑고시랑 말만 늘어놓고. 어차피 인간 따위 세계의 커다란 흐름에 휩쓸리면서 살아가는 법이니까, 의문 따위 다

잊고 휩쓸려버려. 너 이거 편하다."

"못난 어른의 처세술을 듣고 싶은 게 아냐. 난 내 할 일이 있어. 그러니 너랑 네 공주님하고 어울릴 여유는 없어!"

스바루는 딱 부러지게 잘라 말하고, 투구 안의 표정이 보이지 않는 알을 내쳤다.

알이 그 소녀와 어떻게 어울리고 있는지는 모르지만, 스바루까지 유유낙낙 따르는 자세로 어울릴 의무는 없다.

"언젠가 크게 역공당하기 전에, 응석받아주는 상황은 재검토하는 편이 서로를 위해……."

"——왕성에 들어갈 수단, 찾고 있지?"

"————윽!"

알의 그 중얼거린 말에 기세 타서 설교 비슷한 소리를 뱉으려던 스바루의 목이 턱 막혔다.

"오— 오—, 효과 직방이군. 과연 공주. 말하던 대로야."

"넛…… 너, 대체 뭘 알고……?!"

"아니, 모르는데? 나야 이렇게 말하라고 공주에게 들었을 뿐. 효과 있었지?"

알이 자못 유쾌하다는 기색으로 어깨를 들썩이자 스바루는 입술을 다물고 숨을 집어삼켰다.

그의 주장이 사실이라면, 스바루는 이 자리에 없는 소녀의 손바닥 위에서 고스란히 춤춘 꼴이다.

스바루는 완전히 찍소리 못하게 당했다는 패배감을 품은 채로 메마른 입술을 핥았다.

"……성에, 들어갈 수 있어? 너희를, 그, 따라가면."

"그야 뭐…… 따라오면 알 수 있는 얘기 아니겠어?"

알이 의뭉스럽게 핵심을 피하자 스바루는 혀를 차고 싶은 심정을 참으며 눈길을 돌렸다. 느긋하게 스바루의 대답을 기다리고 있는 알은 판단을 스바루에게 던졌다.

그런데도 어떻게 대답할지는 안다는 듯한 태도에 부아가 치밀었다.

"——알았어. 너희를 따라가겠어."

잠시 침묵의 시간을 거치고, 스바루는 패배감에 얼굴을 일그러뜨리면서 백기를 들었다.

"분하다는 얼굴 하지 마. 이렇게 되는 건 훤한 노릇이지. 내가 기다리는 동안에 네가, 이 가게 앞에 도착해버린 시점에서 말이지. 전부, 공주의 바람대로."

"……진심으로, 그렇게 믿고 있었냐."

"——자, 시간 됐군. 빨리 하지 않으면 놓고 가겠는데. 그런 데에 엄격하거든."

알은 스바루의 힘없는 말에 대답하지 않고 한 팔로 차양을 만들면서 얘기를 진행했다. 그대로 걷기 시작하는 그의 등을 뒤따르려다가, '그 전에' 라며 돌아본 스바루.

"그런 이유로, 얘기하고 싶은 게 있었지만 전부 다음 기회로 넘기겠어. 아찌."

가게 안에서, 스바루와 알의 대화를 씁쓰레한 얼굴로 지켜보고 있던 주인장에게 말을 걸었다.

주인장은 얼굴의 흉터를 손가락으로 매만지며, 작게 코웃음 쳤다.

“별로 상관 안 하겠다만. 수상한 차림새인 놈이 가게 앞에 있었던 판국이라 손님 발길이 끊겨서 답이 없어. 냉큼 데리고 가버려.”

“손님 발길이 끊기는 거랑 알은 사실 인과관계가 없는 것 같지만…… 그리고 한 가지 아찌한테 부탁이 있어. 롬 영감이란 이름의 쓸데없이 큰 영감이랑, 연락이 되지?”

롬 영감의 이름을 들은 순간, 주인장의 표정이 긴장으로 굳었다.

뜻밖의 연결고리와, 확연한 신용을 그 태도로 느낀 스바루는 신중하게 말을 고르며 전했다.

“롬 영감에게 전해줬으면 해. ——난 지금부터 성에 들어가 펠트에 대해 조사하고 온다. 낭보를 기다려 달라고, 나츠키 스바루가 말했었다고.”

5

——알에게 안내받은 앞길에서 기다리던 것을 쳐다본 스바루는 그저 압도당했다.

“이건…… 뭐라고 하면 될지…….”

“네 맘 알아, 형제. 이거 보고, 무슨 말을 싶은지 난 이해가 돼.”

스바루가 토막토막 끊기는 말을 흘리고 옆에 있는 알이 동의를 표하듯이 끄덕였다.

그 뒤에 두 사람은 얼굴을 마주 보고, 눈앞의 그것을 가리키며 동시에 말했다.

"——졸부."

둘의 눈앞에 있는 건 그야말로 쓸데없이 온갖 호사를 부릴 대로 부려 요란하게 꾸민 용차였다.

객차 부분에는 정묘한 조각이 새겨져 있으며, 그 조각을 수많은 장식이 덮어서 호화현란. 번쩍이는 광채는 외장에 씌운 금박 때문이고, 차바퀴 부분에도 보석이 박혀 있는 걸 알 수 있다.

결정타는 용차를 끄는 지룡의 모습으로, 진홍색 피부의 지룡 두 마리는 호사스러운 모피를 등에 걸쳤으며 고삐와 재갈에도 세밀하게 디자인된 패션의 진수를 추구받고 있었다.

"……여기에 타는 거야? 뭔가, 누군가 착각한 게 아니고?"

"유감스럽지만 제아무리 왕국이 넓다고 해도 여기에 부끄러운 내색도 없이 탈 수 있는 건 우리 공주뿐이지."

알이 꽁무니를 빼는 스바루의 등을 두드리고 당당히 거리를 점거 중인 용차로 발길을 옮겼다.

중앙의 큰 길거리로부터는 벗어나 있지만, 이 불필요한 규모의 용차가 한없이 대기하고 있으면 오가는 사람들에게도 영향이 지대하다. 용차에 쏠리는 시선 대다수가 거추장스러운 용차에 대한 시기보다 그저 얼토당토않은 걸 보고 아연실색한 것뿐이라고 하더라도.

그 시선들에 노출되면서 스바루 역시 포기하고 용차에 올라탈 각오를 다졌다.

등판에 "저거에 타는구나……."와 비슷한 눈길을 끌어 모으며 객차에 올라가는 스바루.

"――소녀를 퍽도 기다리게 만든지고. 이 무례, 비싸게 치이니라."

1인용으로 개조된 좌석에 헤프게 앉아서 악랄하게 웃고 있는 소녀의 마중을 받는다.

소녀의 오늘 복장은 어제보다 한층 더 화려함을 강조하고 있었다. 가슴이 크게 트인 드레스는 풍만한 가슴을 아낌없이 내세워, 달갑지 않은 색기가 눈에 해로웠다.

"……이번에 초대해주셔서 참으로 황공하옵니다."

"되었다. 흥이 오른 김에 벌이는 놀이에 불과해. 상황이 맞으면 그러자는 정도의, 사소한 유흥인 게야."

"그 놀이라는 여흥에 맞춰주는 난 엄청 갸륵한 시종 아냐? 눈물이 나온다, 눈물이."

입구에서 비꼬는 스바루 앞에서 좌석에 앉은 주종이 시선을 주고받았다.

분위기 불편해서 스바루가 이를 앙다물고 있으려니, 알이 "앉으셔."라고 말을 걸어왔다.

"멀거니 서 있으면 용차가 마냥 출발 못해. 가호로 안이 흔들리지 않는다고는 해도, 서 있는 것보다 앉아 있는 쪽이 더 마음이 편하다고. 그리고 공주는 누가 내려다보는 걸 싫어해."

"흠, 알도 제법 깨우치기 시작한 모양이군. 그런 연유다, 범부. 어서 앉아. 마냥 소녀를 내려다보겠다면, 몸을 반으로 잘라 키를 줄이겠다."

농담으로 웃어넘길 얘기가 아닌 분위기에, 스바루도 허겁지겁 자리에 앉았다. 그 즉시 용차가 움직이기 시작해 창 바깥의 경치가 느릿하게 움직이는 걸 알 수 있었다. 정말로, 느릿하게.

"외견 중시라서 기민함이 딸려. 기능성보다 미의식 우선이다. 알기 쉽지?"

스바루의 속마음을 짚은 듯이 웃음을 참는 목소리로 알이 말했다.

사고방식이 근본부터 다른 세계에 스바루는 머리를 긁지만, 그런 스바루에게 객차의 안쪽에 있는 소녀가 말을 걸었다.

"해서, 범부. 넌 무슨 목적으로, 이 용차에 같이 탄 것이냐?"

"뭐, 어? 무슨 목적이고 뭐고…… 네가 아저씨한테 지시해서 날 부르지 않았냐."

"아니다. 그건 계기지 근본적인 이유가 아니야. 소녀가 물은 건 네가 이곳에 온 이유가 아니다. 네가 이곳에 있는 이유지."

말장난 같기도 한 소녀의 말투에 스바루는 반론을 일시적으로 참고 말을 찾았다.

분하긴 해도 비위를 거슬러서 이득을 볼 상황이 아닌 건 명확하다. 용차에서 내리는 것만으로 끝난다면 천만다행. 최악의 경우 알의 허리 뒤춤에 있는 칼날이 휘둘러질 결과를 부르더라도 이상하지는 않다.

그리고 '온 이유' 가 아니라 '있는 이유' 를 물은 데에는 의미가 있는 듯 여겨지므로.

"……왕성에 갈 필요가 있었기 때문이야. 난 그러기 위해서 이 용차에 탔어."

"그러하다. 그게 이곳에 있는 이유야. 역설적으로 말하면 넌 그 이유를 품고 있는 한, 이 용차에 타지 않더라도 다른 수단으로 왕성을 목표했겠지."

"그래……. 그랬겠지. ……아예 왕도의 상층으로 들어가는 용차에 밀항했을지도 몰라."

소녀의 말에 스바루는 부정할 수 없는 반향을 느끼면서 주억거렸다.

'포기한다' 라는 선택지가 존재하지 않는 이상, 스바루는 억지로라도 왕성에 발붙일 수단을 모색했을 것이다. 최악의 경우, 귀족가로 들어가는 용차에 숨어들어서라도. 하지만.

"그건 무모했군. 평범한 날이라면 또 몰라도 오늘은 특별한 날이야. 검문도 훨씬 엄격해. 대기소의 경비병과 올라탈 용차의 관계자를 끌어들이지 않으면 성립되지 못할걸."

그리고 당연하지만, 스바루에게는 그런 연줄도, 사전 준비도 없다.

가령 실행했다고 치더라도, 미흡한 곳투성이인 작전은 보기 좋게 실패했었을 것이다.

"그런 의미론, 권유를 받아서 목숨을 건졌단 말인가……."

"글쎄다. 정말로 그리될지 말지는 네 마음가짐 나름이니라,

범부."

스바루의 한숨에 소녀가 의미심장하게 웃는다. 차내에 불온한 분위기가 자욱하게 끼기 시작했다.

"너는 본디 왕성에 갈 목적으로 이 용차에 올라탔다. 즉, 이 용차가 왕성에 가는 것이라 여기고…… 감출 의미도 없으렷다. 알고 있는 게다. 아니더냐?"

"……아아, 그래. 아니 그게 틀렸으면 지금 당장 내려줘. 잘못 탄 거야."

"특급 쾌속은 다음 다음 다음 역까지 멈추지 않습니당—."

낄낄 웃고 있는 알이 작은 소리로 참견했다. 그 말의 내용에 스바루는 눈살을 찡그렸지만, 그걸 캐묻는 것보다 소녀의 말 쪽이 더 빨랐다. 그녀는 스바루를 스치듯 바라본다.

"왕성으로 가는 용차에, 너는 마침 잘됐다고 함께 탔다만…… 알고나 있는 것이냐? 넌 이 용차가 대관절 무얼 위해서 왕성으로 가는지를."

"————."

"눈앞의 정보에 휘말려 그 부분을 못 보고 놓쳤다……라는 범우가 아니기를 비마. 가령 그러하다면 살 만한 가치가 없는 아둔한 놈인 게지. ——그러니 주의하여 대답해라."

숨을 집어삼키는 스바루 앞에서, 소녀가 다리를 바꿔 꼬며 자세를 일으켰다.

소녀는 옆으로 앉아있던 다리를 내리고 좌석에 깊이 고쳐 앉아 스바루를 주시했다.

"이 용차는, 왜 왕성으로 향하지?"

"이 용차가, 왕성에 가는 건……."

스바루는 얽혀드는 붉은 눈에 사로잡히며 내장이 압박당하는 감각을 맛봤다. 극도의 압박감은 소녀가 뿜고 있는 것으로, 마음이 약한 사람이라면 이것만으로도 굴복해버릴 것만 같다.

오만한 행동거지의 소녀. 높은 곳에서 세계를 깔아보는 언동. 순순히 따르는 시종. 호화현란한 용차. 그것들로 바깥 테두리를 메우고, 가장 중요한 피스를 끼워 넣어 퍼즐을 완성시킨다.

도출되는 답은 단 하나뿐이다.

"왕선에 참가하기 위해서다. 이 용차는 왕선에 참가하는 왕후보자를 나르고 있어."

"——호오. 즉, 넌 알고 있는 게다."

"……네가, 루그니카 왕국의 왕위 선발전, 그 후보자 중 한 명이라는 뜻이겠지."

스바루의 답변에 소녀가 핏빛 눈을 가늘게 뜨며, 오싹할 만큼 가학적인 미소를 띠었다.

"——알."

"예이, 예이. 알고 있습죠. 형제의 상상대로, 이쪽에 계시는 분이 바로 루그니카 왕국 왕위 계승의 후보자. ——프리실라 바리에르 님, 그분 되신다."

알은 그렇게, 느긋하게 자세 잡는 소녀—— 프리실라의 이름을 경의와 함께 불렀다.

시종의 말에 프리실라는 만족스럽게 주억이고, 그다음 스바루를 쳐다봤다.

"이만큼 힌트를 뿌려두면 아무리 굼벵이여도 답을 건질 수 있다는 게로군. 그렇다고는 해도 우선은 안도하여라. 적어도 이 자리에서의 유혈은 피할 수 있었어."

"나도 일단 안심했어. 넉넉하게 만들었다고는 해도 안에서 썩둑 해버리면 피 냄새가 안 가시게 돼버릴 테니 말이야."

"그러면 새로운 객차를 준비하면 그만이지. 하찮은 심려를 하기보다 소녀의 비위를 맞춰라."

"소시민인 내게는 공주의 금전 감각은 아무리 지나도 이해 못한다고."

프리실라와 알이 주종끼리 너스레를 주고받는다.

그 모습을 바라보며 스바루 또한 겉으로는 내색하지 않는 긴 탄식을 흘리고 있었다.

상상은 어제의 작별 시점부터 어느 정도 됐었다. 프리실라의 오만한 행동은 상류 계급의 인간이란 증거이며, 그것만으로도 지체 높은 집안임은 알았다.

그러나 결정적인 증거는 에밀리아의 태도일 것이다.

그녀는 인식저해의 로브로 정체를 은폐하고 있는 중인데도 불구하고 프리실라와의 접촉을 상당히 두려워하고 있었다. 그 또한 에밀리아에게 프리실라가 정적(政敵)이라면 수긍이 간다.

하기야 이렇게 스바루를 용차에 불러들였다는 건…….

"어제, 나와 함께 있던 게 누구인지 너희는 알았다는 뜻이겠군."

"꼴사납고 볼품없는 넝마로 숨기고 있던 모양이었다만. 길 한 구석에서 웅송그린 모습 한번 참 몸에 배어 있지 않던고. 어울리더구나."

"너 이 자식. 해도 되는 소리와, 안 되는 소리가……."

에밀리아를 업신여기는 프리실라의 말에 스바루도 분개를 감추지 못한다.

일어서서 지금의 발언을 철회시키고자 덤벼든다. 그러나 그 목덜미에.

"어—이, 부탁 좀 하자, 형제. 모처럼 유혈 사태는 없기로 하자고 얘기 났으니까."

한순간의 일이었다. 일어서는 스바루의 턱 바로 밑에, 알이 뽑은 청룡도의 칼몸 중앙 부분이 닿아 있다. 앞으로 한 걸음만 더 파고들었더라면 목이 떨어질 위치다.

"공주의 캐릭터는 대강 파악했지? 저게 디폴트야. 넓은 아량으로 받아주라고. 그걸 못 한다면…… 선택 미스지."

"외팔이 주제에 꽤 손재주 있으시군."

"두 개였던 시기보다 한 개인 시기 쪽이 길어진 인생이라서. 사람은 다 적응하는 법이더라."

표정이 보이지 않는 알의 농담에 스바루는 혀를 차고 한 걸음 물러섰다. 그 행동을 접수한 알이 무기를 칼집에 집어넣는다. 그 모습을 지켜본 스바루는 원래 위치에 주저앉았다.

알이 만족스럽게 투구를 내젓자 스바루는 콧대 눌린 것이 분하기도 해서 얼굴을 찡그렸다.

그다음에 그를 정면으로 쳐다보고, 여태까지 화제로 삼기 힘들던 부분에 뻔뻔스레 치고 들어갔다.

"그 팔, 어디서 잃어먹고 왔는지 배려심 없이 물어도 되겠어?"

알의 왼팔을 가리키고 어떻게 보면 가장 특징적인 부분을 지적한다. 그의 말문만 막을 수 있으면 그걸로 충분하다고, 그런 생각에 나온 발언이었다.

——하지만 그건 스바루에게 예상 밖의 전개를 불러일으켰다.

"상관없는데? 궁금할 테니까 말이야. 이세계의 세례란 거지. 형제에게도 남의 일로는 끝나지 않을 얘기고."

"——아?"

앙갚음할 작정으로 돌린 화제가, 생각지 못한 사실을 부르는 계기가 되었다.

스바루의 아연실색한 얼굴에 알은 왼손으로 투구 이음매를 건드리면서 갸우뚱거렸다.

"뭐야, 여보쇼? 설마 못 알아챈 거냐. 내가 형제와 고뇌를 나눌 수 있는 단 한 명의 동료란 사실을."

"——허."

갈라진 숨을 내뱉고, 눈을 한계까지 부릅떴다.

알의 말에 스바루의 사고가 정지한다. 머릿속이 공백이 생기고 말이 나오질 않는다.

스바루는 손을 들고 알의 발언을 곱씹으면서 머리가 요동치는

듯한 착각을 맛봤다.

"잠깐. ……잠깐. 고뇌를 나눌 수 있다니…… 댁, 아니, 진짜로?"

"못 믿는 것도 알 만해. 나도 어제는 귀를 한참 의심했거든. 소매만 스쳐도 전생의 인연이라느니, 붉은 실이라느니…… 들은 지도 벌써 18년쯤 되니까."

"십……?!"

어마어마한 세월을 들은 스바루는 무심코 목소리가 막혔다. 스바루가 소환되고 현실 시간으로는 대략 1개월. 하지만 지금의 알의 발언이 옳다면.

"그래. 내가 소환된 건 벌써 18년이나 전의 일이야. 팔을 잃은 것도 같은 시기……. 지금의 형제와 그리 다르지 않은 나이일 적의 일이지."

대수롭잖게 알은 자신이 스바루와 같은 처지에 있음을 고백했다.

그러나 스바루는 이를 두고 동료를 찾았다며 안이하게 기뻐할 수가 없다.

알의 그 장렬한 18년의 결과가, 그럴 기력을 스바루에게서 빼앗고 있었다.

"원인, 같은 건…… 알고……?"

"건 팔 잃어버린 원인 말이야? 아니면 소환? 팔 쪽이라면 아직 천지분간도 못할 무렵이어서. 다들 하듯이 뻘짓했지. 소환 쪽이라면…… 그건, 지금도 몰라."

"________."

"적극적으로 이 세계에 불린 이유를 찾지는 않았어. ……사는데, 필사적이었어."

18년이라는 시간 동안 알은 이세계에서 살아남아왔던 것이다. 스바루처럼 시작부터 에밀리아 같은 좋은 인연에 도움받는 건 그리 있을 법한 일이 아니다.

팔을 잃은 것도, 사는 데 필사적이라 시간을 잊은 것도, 남의 일이 아닌 것이다.

나츠키 스바루는 그토록 가혹한 길을 걷고 있음에도 운이 좋았던 것이다.

"사내 둘이서 답답한 낯짝을 자랑하지 마라. 소녀의 용차의 품위가 훼손돼."

침울한 분위기가 내려앉은 차내를, 프리실라가 오만한 태도로 깨트렸다.

"가만히 듣고 있자니, 지나간 얘기와 지루한 이야깃거리로다. 명색이 대폭포의 저편이 고향이라고 큰소리치는 광대끼리, 더 소녀의 흥을 돋울 얘기라도 하여라."

"대폭포의, 저편……?"

"모르는 게냐? 대륙도의 끝, 세계의 네 귀퉁이에는 대지가 끊기고, 그곳에는 모든 것을 밀어 흘려내는 물의 분류—— 다시 말해, 대폭포가 있다. 너와 알처럼 그 저편에서 왔다고 퍼뜨리는 패거리가 때때로 있는 것이야. 대개는 흰소리 부류지만…… 알은 다르다."

"——! 왜 그렇게 생각해? 뭔가, 결정적인 이유라도……."

"——감이니라."

기대를 배신하는 프리실라. 그러나 본인의 심지는 전혀 흔들리지 않은 대답이었다.

"알겠느냐? 이 세계는 소녀에게 편리한 일밖에 일어나지 않는다. 요컨대, 소녀의 감에 이유는 없어. 이유 따위 필요 없다. 그것이 그대로 답이니 말이다. 알은 다른 헛소리를 지껄이는 아둔한 무리들과는 색다른 광대야. 그리고 너도…… 아무래도 그런가 보군."

"벌어진 입이 안 다물려……. 정적의 관계자인 나를 이렇게 함께 용차에 태워준 것도, 그게 너한테 편리하기 때문이라는 뜻이냐?"

언동의 일관성은 어쨌든, 행동의 일관성이 따르고 있지 않다. 스바루로선 그 점을 꼬집으려는 심산의 발언이었다. 그러나 프리실라는 먹잇감을 포식하는 육식동물의 눈으로 웃었다.

"예를 들어, 이런 건 어떠하냐? ——정적의 관계자인 널 인질로 삼아, 왕선에서 빠지도록 상대를 협박한다. 혹은 네 목을 직접 보내 다음은 너라고 협박을 해도 되지. 둘 다 지금이라면 간단히 할 수 있는 일이로군."

"————."

스바루가 눈을 크게 뜨자, 프리실라는 그 경악을 음미하며 즐기고 있었다.

그건 이 순간까지 스바루가 조금도 상상하지 못했던 가능성이었다.

이는 틀림없이 스바루가 자기 자신을 하잘것없는 존재라고 평가하고 있어, 에밀리아의 인질로 잡고 써먹을 만한 가치라곤 없다고 무의식중에 믿고 있었기 때문이다.

"상상의 범주 밖이라는 표정이로구나. 이건 가면 갈수록 턱없는 광대 아니더냐."

내가 에밀리아의 약점이 된다. 그런 가능성을 깜빡 잊고 있던 스바루. 프리실라는 기르는 애완동물의 멍청한 거동을 보며 웃듯이 박수쳤다.

"네 눈을 보고 있으면 무슨 정욕을 이유로 그 여자의 편을 드는지 손에 잡힐 듯 알지. 간절한 감정에 눈이 멀어 발밑을 소홀히 하다니…… 어리석기 짝이 없어서 할 말이 없다."

스바루는 찍소리도 내지 못하고 프리실라 앞에서 밑을 볼 수밖에 없었다. 도움이 되고 싶다. 힘이 되고 싶다는 일념으로 에밀리아 곁으로 달려가려 했는데, 이래서는 희극이 아닌가.

"공주, 내 고향 친구야. 너무 괴롭히지 말아주라고."

"소녀는 별달리 몰아세우지 않았다. 이 범부가 자신이 놓치고 있던 얼빠진 짓을 저 혼자 깨닫고, 저 혼자 자신에게 실망하고, 저 혼자 암투를 벌이고 있을 뿐이니라. ——시시한지고."

알의 말에 프리실라는 어깨를 으쓱이며, 그 시선에 따분한 빛을 머금었다.

"아랫것의 괜한 의심은 집어치워라. 소녀가 널 이용할 거면 어제 시점에 골목에다 사지를 뽑아서 뿌렸어. 그러지 않고 용차에 동승시킨 시점에서 소녀의 마음은 명백하지 않느냐.”

“……인질이 된다, 되지 않는다 때문에 자기혐오 일으킨 게 아냐. 그 생각에 이르지 못한 것이 한심스러운 거야. ——결국 왜 나를 용차에 태워준 건데.”

자신의 모든 행동이 에밀리아에게 반사된다고 염두에 둬야 한다.

프리실라가 한 지금의 충고는 스바루에게 그런 의식을 심었다.

성질은 나도 배운 면이 있는 것 또한 사실. 스바루가 묻는 시선을 보내자 프리실라는 좌석 위에 다시 몸을 누이고 턱을 괴었다.

“말했잖느냐. 유흥, 여흥의 부류라고. 널 인질이나 협박 재료로 삼기보다도, 왕선의 마당에 끌고 가는 편이 ‘재미있게’ 돼. 그것이 소녀의 결정이다.”

“재미, 있다니…….”

상상 바깥쪽에 있는 발상에 스바루가 절로 말을 잃었다. 그 스바루에게 프리실라는 하품하며 말했다.

“이 세상의 모든 것은 소녀에게 편리하게 만들어졌다. 따라서 온갖 일의 결과는 소녀의 이득이 되도록 결정지어져 있어. 무엇을 고른들 마찬가지다. 그렇다면 가는 길은 소녀의 흥이 이나, 일지 않나, 그걸로 고른다. 잘못된 게 어디 있어.”

“————.”

계속 말을 잃고 있는 스바루 앞에서 프리실라는 더 이상의 대화를 거부하듯이 눈을 감았다. 자세와 태도를 보아 도착할 때까지 잠자며 보낼 심산 같다.

앞으로 한 시간도 지나지 않아 왕선의 대무대에 설 텐데, 웬 담대함.

스바루가 알에게 눈길을 보내자 그 또한 분방한 주인에게 두 손 들었다는 듯이 한 손을 들고 소리를 내지 않도록 좌석에 허리를 깊게 묻었다. 스바루도 그를 본받아야 하나 싶어 몸을 어떻게 놓을지 망설였을 때——.

"한 가지, 유흥 말고 이유가 있다고 한다면."

"어——?"

"삼과."

프리실라는 어안이 벙벙해진 스바루에게 그 단 두 글자를 고하고, 이번에야말로 침묵했다.

질문도, 의문도 용인하지 않는 태도에 스바루는 혼란스러운 머리를 필사적으로 굴려 가까스로 한 가지 답을 도출한다. 즉.

"내 목숨은, 과일가게 아찌에게 구원받았다는 뜻인가……."

웬 팔자인지 왕도에서 발생하는 이벤트에 대한 그 가게주인의 관여율은 비정상적인 수치를 기록하고 있었다.

그런 시시한 감상으로, 스바루는 구사일생과 자기혐오의 일단락을 지은 것이었다.

6

——용차가 왕성에 도착하고 정문을 통해 성안에 입성한다.

정면으로 성의 위층을 목적해 발을 디딘 스바루는 이제 와서야 자신이 어마어마한 짓을 저질렀다는 사실을 자각했다.

"이봐, 지금 난 괜찮은 건가? 솔직히 엉뚱한 곳에 왔다는 느낌이 장난 아니라서 무서운데."

"엉뚱한 곳에 왔달까, 입장상으로는 초대장 없이 파티에 온 거나 똑같으니 말이지. 환영 준비가 안 된 것만은 틀림없어."

스바루는 자기 복장을 내려다보면서 옆에 걷는 알을 쳐다봤다. 그는 변함없이 표표한 태도로, 스바루 이상으로 이 자리에 어울리지 않는 복장을 신경 쓰는 기색도 없다.

드레스 코드라는 개념은 이세계에서의 18년 동안에 잃어버린 모양이다.

한층 더 말하자면 앞에 가는 소녀── 프리실라는 왕성 안, 그 중추로 이어지는 통로를 당당한 발걸음으로 나아간다. 회화와 미술품이 전시된 통로에는 좌우로 완전 무장한 경비병들이 줄지어 서 있으며, 검을 받든 그들의 시선은 프리실라 한 명에게 쏠려 있었다.

주목을 모으고 있는 건 자신이 아닌데도 스바루는 압박감에 숨 막히는 느낌을 받았다.

그사이에 통로가 끝나고, 눈앞에 있는 건 양옆으로 열리는 올려다봐야 할 만큼 큰 문이었다.

"병사가 줄지어 선 통로 안쪽에 있는, 커다란 문……."

닫힌 문에서는 보는 사람을 압도하는 장엄함 같은 것이 넘실거리고 있다. 정면에 서기만 해도 등골이 곧추서는 감각. 지금

최고조로 자리가 불편하다.

"기다리고 있었습니다, 프리실라 님."

문 앞에 선 병사가 한 걸음 앞으로 나와 선두에 선 프리실라에게 검을 받들고 경례를 바쳤다. 완전 무장한 거구가 투구를 벗고 이지적인 눈길로 프리실라와 이쪽을 응시했다.

나이는 마흔 안팎으로, 굳건하다기보다는 우락부락한 생김새의 남자다. 바위처럼 선 굵은 얼굴은 험악함과 역전을 느끼게 하는 강자의 분위기를 띠고 있었다.

남자의 경례에 프리실라는 불손하게 끄덕이고는, 고개만으로 스바루와 알을 돌아봤다.

"소녀의 동행이니라. 한쪽은 소녀의 기사고, 다른 한쪽은…… 삼과 담당이지."

"잠깐……!"

스바루는 순간적으로 프리실라의 입을 막으려다가 그런 짓이 용납될 자리가 아님을 떠올리고 급정지. 한편, 기사는 그 표정근을 꿈틀거리지도 않는다.

"——삼과 담당입니까."

"그래, 삼과 담당이다. 소녀에게 빨갛고 새콤달콤한 삼과를 헌상하는 것을 더없는 사명으로 삼은 가엾은 광대 족속이지. 무해해. 개의치 마라."

막무가내인 프리실라에게 반론하지 않고 스바루 일행을 바라보는 기사는 푸른 눈동자를 희미하게 빛냈다.

"위험한 마력 반응은 감지할 수 없습니다. 기사님이 반입하는 건 그 검뿐이군요?"

"…………아, 기사라면 날 말하나. 그래그래, 예스예스. 만약 수상한 행동을 보이는 눈매 사나운 흑발이라도 있으면, 내가 이 손으로 두 동강."

"행여 만에 하나의 사태가 있으면 그때는 주군인 프리실라 님을 지켜주십시오. 그 밖의 일은 우리 근위에게 맡겨주시길."

너스레가 야단스러운 대꾸로 돌아오자 알은 "넵넵." 하고 애매한 대답으로 얼버무렸다. 남자가 끄덕이고 시선을 문으로 돌리자—— 대문이 천천히 열리기 시작한다.

"모두 안에서 기다리고 계십니다. 서둘러주시길."

"범속을 기다리게 하는 것도 소녀의 우월성이지. 반대는 절대로 용서치 않으나."

거들먹거리며 이기적인 소리를 뱉은 프리실라가 봉송(奉送)을 받으며 문 안으로 들어섰다. 아무 내색 없이 알이 그 뒤를 따르는 모습을 본 스바루도 결심하고 안으로 들어간다.

——시야에 펼쳐진 건, 붉은 융단이 온통 깔린 광대한 공간이었다.

휘황한 장식이 붙은 벽에, 호화로운 조명이 매달린 높디높은 천장.

실내의 넓이에 비해 비치된 물건은 적어서 가장 눈에 띄는 건 방의 가장 안쪽—— 자그마한 단차 위에 부설된 의자였다. 좌우로 다섯 개씩, 그리고 중앙 안쪽에 한 개.

배후에 용을 본뜬 의장이 새겨진 벽을 등진 가장 안쪽 의자. 거기에 앉는 이는 그 용을 등지고 있는 것처럼도, 지켜지고 있는 것처럼도 보일 것이리라.

그 광경은 그야말로 왕성 옥좌의 홀. 그렇다면 저 의자야말로 틀림없이 루그니카의 옥좌다.

맨 먼저 시선을 사로잡았던 옥좌에서 눈을 뗀 후에야, 스바루는 쭈뼛쭈뼛 주위를 둘러볼 수 있었다.

실내에는 밖과 다르게 검을 잡고 있는 경비병은 한 명도 눈에 띄지 않았다. 대신에 줄지은 것은 백색 기조의 제복을 갖춰 입고 기사검을 허리에 찬 정병(精兵)── 근위기사대의 기사들이다.

더욱 안쪽에는 예복을 두른 문관풍의 인물들 및, 높은 지위에 있는 듯한 풍모의 인물 등, 옥좌의 홀에 걸맞은 쟁쟁한 인물들이 줄 서 있었다.

그리고 방의 중앙── 기사와 귀족이라는 집단에서 떨어진 위치에, 극히 소수의 인영이 모여 있다. 그 가운데──

"──스바루?"

대문을 지나와 입실한 세 명을 본 은발 소녀가 놀란 얼굴로 스바루의 이름을 불렀다.

당혹으로 요동치는 남보랏빛 눈은 스바루가 이곳에 있는 것을 믿을 수 없는 듯 활짝 뜨였다. 에밀리아의 경악을 한 몸에 받고 있는 스바루의 심장은 아플 만큼 크게 뛰었다.

에밀리아의 존재를 확인할 수 있었다는 것의 기쁨과, 그녀의 말을 배신해 이곳에 왔다는 것에 대한 죄책감. 다양한 감상을 밀어젖혀서까지 이곳에 오게 만든 원동력은, 막상 떨리는 에밀리아의 눈동자 앞에서는 말이 되기 전에 모양을 잃어버렸다.

"그, 에밀리아……. 나는……."

"————."

스스로 바란 장면이었을진대 나와야 할 말이 떠오르지 않는다. 에밀리아도, 스바루의 모습에 말을 더듬듯이 시선의 갈피를 잡지 못하며 입술을 다물고 있었다.

"소녀의 몸종이나 빤히 쳐다보고. 무슨 일이 있었느냐, 반편이."

"——어흐."

그러나 그 침묵을 깨트린 건 스바루도 에밀리아도 아니라 등 뒤에서 발생한 목소리와 충격.

등에 밀어붙이는 무시무시하리만큼 부드러운 감촉. 더구나 둘러온 팔이 스바루의 가슴팍과 목을 요염한 몸짓으로 끌어당긴다. 뒤쪽에서 발돋움한 프리실라가 스바루의 어깨에 턱을 얹으며 얼굴을 이웃하는 모양새로 에밀리아를 바라보고 있다.

"무슨……! 떠, 떨어져! 에밀리아땅에게 오해받아!"

"오해고 뭐고, 소녀와 넌 유대로 맺어진 깊은 관계 아니더냐? 허락하마. 가까이 오너라."

"유대 어린 삼과는 그런 흉계에 이용해먹으라고 준 게 아냐!"

야유하는 듯한 말투의 프리실라를 떨쳐낸 스바루는 그녀와 거리를 벌렸다.

그 거절의 자세에 뒤꿈치를 땅에 붙인 프리실라의 눈이 언짢게 가늘어졌다.

"이건 또오— 또, 프리실라 님. 이번에는 당가의 사용인이 턱없는 민폐를. 설마 성안에서 미아가 된 걸 보호해주실 줄이야……. 대단히 실례했습니다."

그러나 불온한 분위기가 퍼지기보다 앞서 귀에 익은 기생오라비의 늘어지는 목소리가 끼어들었다.

정신이 드니 스바루의 옆에 남색 장발의 인물—— 요사하게 웃는 로즈월이 서 있다. 궁정 마도사라는 직함과 관계없이, 마블 무늬의 예복을 껴입은 모습이다.

"필두 사기꾼이 출장하셨나. 한데 아는 바 없는 얘기로다. 거기 범부는 소녀가 주운 놈이거늘…… 그래, 너희 쪽의 사용인이라는 증거 같은 게 있는가?"

악랄한 추궁을 하는 프리실라. 그러나 로즈월은 그 물음에 어깨를 으쓱였다.

"예에—, 다행히도. 저어—는 옛날부터 자기 소유물이라고 알 수 있도록 표시를 하는 게 버어—릇이라서요. 저 친구 제복 안쪽 천에, 당가의 문장을 꿰매애—놓았을 겁니다."

"————."

프리실라가 표정을 지우고 확인하듯이 스바루를 쳐다봤다. 시선에 포착된 스바루가 상의의 소매를 걷으니 확실히 안쪽 천에 매와 닮은 자수가 있는 걸 찾을 수 있었다.

프리실라에게도 그 자수가 보이도록 들추자, 그녀는 작게 코웃음 쳤다.

"농간을 부렸군. 하긴, 되었다. 거기 광대와 반편이의 일그러진 작태 덕분에, 오는 길은 그럭저럭 따분함을 피했어. ——시종의 부탁이기도 했었으니까."

"공주, 그건 말하지 않는단 약속……."

"자잘한 걸 가지고 신경 쓰지 마라. 키가 못 큰다."

"마흔 직전에 있는 아저씨의 성장성에 얼마나 말도 안 되는 기대를 하고 있는 거야……."

알의 말을 눈초리로 잘라낸 프리실라는 그대로 스바루에게 시선 한 번 주지 않고 앞으로 나아갔다. 그녀가 향한 곳은 방의 중앙, 에밀리아를 포함한 소수가 모인 자리다.

프리실라가 걸어오자 에밀리아가 몸을 굳히지만, 옆을 지나가는 프리실라는 그녀를 거들떠보지도 않는다. 무시당한 에밀리아는 어깨를 축 늘어뜨리고, 그다음 다시 스바루를 돌아봤다.

"그으—건 그렇고, 도중에 프리실라 님께 발견될 줄이야……. 너도 제법 악운도 강하안— 걸. 발견한 게 저분이 아니었으면, 어어—떻게 되었을는지."

"뭐야 그거. 저래 보여도 자비로움이나 관대함으로 유명하단 농담이 나오는 건 아니겠지."

"아아—니. 프리실라 님이 아니라면 잘해야 투옥, 못하면 그 자리에서 즉결처분…… 쯔—음이 아니겠어. 그런 의미로, 프리실라 님이라면 기분에 따라 생사는 반반이지."

"터무니없는 외줄 타기를 했었던 건 이해했어. ……화내지,

않는 거냐?"

당연한 듯이 대화를 꺼내오는 로즈월에게 스바루가 조심조심 물었다.

"뭘 이제 와서. 올지도 모른다…… 고는 생각했었기이—에. 실제로 넌 이곳에 도착했지. 제복의 문장이 중간에 도움이 되지는 않았는가아—?"

"중간……? 아니, 지금 막 구사일생인 순간인데. 중간에는 딱히……."

이해할 수 없는 말에 스바루가 갸웃거리자, 반대로 놀란 얼굴을 한 쪽은 로즈월이다.

"입성을 그냥 통과했어? 너, 어떻게 성안에 들어왔다아—는 것이야."

"성 밖에서 오만방자 공주님에게 주워졌거든. 아니, 경위를 설명하자면 길어지는데……."

정보가 어긋나서 그런지 대화가 맞물리지 않는다. 그러나 스바루는 말의 앞뒤를 맞추어 보는 것보다 먼저, 결심한 표정으로 에밀리아가 걸어오는 것을 깨달았다.

"어째서……?"

"————."

열심히 쥐어짜서 내놓은 한 마디로, 에밀리아의 속마음에 착잡한 감정이 소용돌이치는 것이 전해졌다.

많은 의문이 한데 뭉친 '어째서'에 스바루는 숨을 집어삼켰다.

“어떻게……가 아니라, 어째서. 어째서 스바루가 이곳에 있는 거야?”

“그건, 설명하면 길어진달까……. 따져 보면 한마디로 끝나는 문제이기도 한데…….”

“얼렁뚱땅 넘기지 마. 나, 스바루에게 말했어. 분명히 말했지? 기억 못해……?”

확인하듯이 겹쳐지는 말에, 스바루는 입을 다물고 눈길을 피했다.

에밀리아가 하는 말은 당연히 여관에서 나눈 약속을 가리킨다. ‘기다리고 있어줘.’ 라고 한 약속을 바로 저버리고 이곳에 있는 것이다.

약속을 깨트린 데에 미안한 마음은 있다. 하지만 그 반면에 에밀리아의 몸을 염려해서 이렇게 이 자리에 온 것 또한 거짓이 아닌 것이다.

갖은 우연과 배려에 의지하고 매달려서, 에밀리아를 위해 이곳에 왔다.

그 사실과 마음만은 믿어주기를 원했다.

“——모두 모이셨습니다. 지금부터 현인회 여러분께서 입장하십니다.”

스바루가 그 속내를 털어놓기 전에, 옥좌의 홀에 낭랑한 목소리가 울렸다.

대문이 다시 열리고, 문 앞에 대기하고 있던 갑주 차림의 기사를 선두로 노령의 인물들 몇 명이 잇달아 입실한다. 노령의 인물들은 전원이 장소와 신분에 맞춘 복장을 하고 있다. 걷는 모양이나 태도만 봐도 위엄과 확고한 경험이 배어나오고 있는 걸 알 수 있었다.

개중에서도 한층 눈길을 끄는 것이 땅에 스치리만큼 길게 수염을 기른 백발의 인물이다.

허리는 구부러지지 않았어도 키는 스바루보다 머리 하나 몫 정도 작았다. 집단 중에서도 유난히 나이가 느껴지는 주름 깊은 얼굴이지만, 그 눈빛은 '칼날'을 연상케 하는 날카로움을 감추고 있었다.

"저분이 현인회의 대표—— 즉, 왕이 부재한 현재의 루그니카에서, 최대의 발언력을 가진 인물. 마이크로토프 님이시란 마알—이지."

말도 없이 집단을 지켜보는 스바루에게 작은 소리로 로즈월이 주석을 넣는다.

"현인회면, 분명히 임금님 대신에 나라의 운영 따위를 하고 있는 사람들……이었지."

"명목상은 보좌다아—만. 지금은 실제 운영도 현인회에 매달리는 형편……. 그렇다고는 해도 왕가가 존명 중이던 때부터 그 부분은 그다지 변함없을지도 모르겠지이—만서도."

로즈월은 불경하기 짝이 없는 발언을 하고 어깨를 으쓱였다. 요컨대 나라를 굴리는 능력이 모자란 선왕 시절부터, 나라의 실권은 현인회가 쥐어왔다는 뜻이리라.

"그런데 형제. 우리가 설 곳은 이쪽이 아니라 저쪽이야."

거기서 그때까지 말없이 있던 알이 턱을 내밀어 근위기사가 정렬하고 있는 일대를 가리켰다. 기사와 무관 같은 이들이 왼쪽, 문관과 귀족들이 오른쪽. 열은 자연히 그렇게 나뉘어 있다.

"요런 모양새인데, 난 저쪽에 서도 되는 건가?"

"올바른 조치라면 이대로 스으—리슬쩍 널 성 밖으로 내보내는 게 옳은 바아—인데…… 재미있으니 거기 그를 따라가도 돼."

"잠깐, 로즈월!"

로즈월의 태도에 에밀리아가 눈꼬리를 치켜뜨며 항의하고자 다가붙었다. 하지만.

"안타깝지만 지금은 에밀리아 님의 정론에 따르고 있을 시간은 없습니다. 사태를 똑바로 밝히면, 스바루와는 여기서 이별…… 기이—나긴 의미로 말이죠."

"그렇다고 이런 장소에 동석시켰다간 스바루가……."

"의견 가지고 싸울 수 있는 것도 그만 끝입니다. 에밀리아 님, 회의가 시작됩니다. 중앙으로."

표정을 다잡은 로즈월의 눈길이 가는 곳, 옥좌를 둘러싸듯이 설치된 좌석이 입장한 현인회의 노인들로 메워진다. 공석은 중앙의 왕이 앉는 옥좌뿐이다.

그리고 그 현인회의 노인들 앞에 가지런히 선 것이, 천성적으로 다른 이를 뒤흔드는 광채를 뿜고 있는 존재들이었다.

주황색 머리카락의 소녀를 필두로, '이채'를 발하는 소녀 세 명이 당당히 줄지어 서 있다.

중앙에 서 있는 프리실라는 허리춤에 손을 대고, 거만하게 가슴을 펴며 진홍의 드레스 옷자락을 팔락이고 있다. 나라를 움직이는 현인들을 앞에 두고도 그 표정은 미동도 하고 있지 않다.

그 프리실라의 오른쪽 옆에는 군복 같은 의상을 두른 여성이 서 있다. 빛깔이 짙은 머리카락은 검정에 가깝지만, 잘 뜯어보면 그것이 고운 광택의 녹색임을 알 수 있다. 긴 머리카락 끝부분을 하얀 리본으로 묶고서, 아름답고 늠름한 얼굴로 똑바로 앞을 응시하고 있었다.

신장은 여성치고는 커서 스바루와 비슷한 정도. 그러나 골반 높이가 크게 다르다. 이빨을 드러낸 사자의 문장이 들어간 검을 허리에 찬, 남장미인이라는 표현이 어울리는 미녀다.

그리고 프리실라를 사이에 두고 왼쪽 옆에 선 사람은, 진지해 보이는 분위기를 띤 앞의 여성에서 돌변해 어딘가 명랑한 인상이 떠오르는 연보랏빛 머리카락의 소녀였다.

등 중턱까지 기른 머리카락은 웨이브가 졌고, 부드러운 인상은 솜사탕을 떠오르게 만든다. 나란히 선 두 사람과 비교하면 자그마한 몸을, 모피를 듬뿍 사용한 하얀 드레스로 치장하고 있었다. 특히 눈길을 끄는 건 어깨에 걸친 하얀 여우의 목도리와, 허리 밑으로 늘어뜨린 황당하게 큰 돈지갑이었다.

제각기 다른 종류의 '이채'를 뿜는 미모들. 이 자리에서 명백히 이질적인 존재.

"――――나중에 꼭, 제대로 이야기 나눌 거야."

미련 남듯이 입술을 깨문 에밀리아가 스바루에게 다짐을 주고서 소녀들의 줄에 종종 돌아갔다.

은발을 찰랑이는 에밀리아가 그녀들 곁에 나란히 서니 얼핏 복장 면에서 한 걸음 떨어진다. 그러나 알맹이가 귀여운 걸로 머리 하나 앞질렀다. ……라는 게 스바루의 편애 섞인 시각이었다.

"즉, 저곳에 있는 게 왕선의 참가자── 미래의 임금님 후보란 건가."

참가자는 에밀리아를 포함해 다들 여성. 그 사실을 뜻밖으로 여기고 있으려니, 주위 사람들이 속속 이동하기 시작했다. 스바루도 근위기사의 열로 가는 알의 등을 쫓는다. 그 순간.

"──역시 네가 왔구나, 스바루."

기사들의 선두에 선, 붉은 머리 미남자가 상쾌한 미소로 스바루를 맞이해주었다.

한 달 만이어도 잊을 수 없는 이 호청년은 라인하르트다. 타오르는 붉은 머리에, 하늘을 가둬넣은 듯한 파란 눈. 이전과의 차이점은 복장이 근위의 제복이라는 점 정도일까.

"에밀리아 님께서 출석하셨다는 말을 듣고, 아마도 네가 오지 않을까 했어."

"너의 그 무턱대고 높은 내 평가는 대체 뭐야? 난 네 앞에선 가성으로 도움을 청하거나 꼴사납게 배가 째이거나 해서 좋은 이미지 없을 텐데."

"에밀리아 님을 흉인(凶刃)에서 지킨 건 물론, 그 밖의 면에서도 넌 한결같이 최선을 선택했어. 과소평가가 지나친 것도 미덕이라고는 생각하지만."

라인하르트는 비꼬는 기색 제로로 스바루에게 응답. 소탈한 모습으로 어깨를 으쓱였다. 그러한 몸짓 하나까지도 세련되게 보이니 질투심조차 솟질 않는다.

그대로 라인하르트 이웃에 스바루, 그 옆에 알이 선다. 눈치채고 보니 기사들의 최전열이라, 스바루가 꽤 주제넘게 나서는 위치에 서버렸다는 생각을 하고 있을 때.

"야호, 스바루 큥."

야옹이 귀 소녀가 웃는 얼굴로 손을 팔랑팔랑 흔들면서 허물없이 스바루를 부르고 있었다.

왕도 방문의 계기가 된 사자 노릇한 소녀다. 하반신이 치마인, 여성용 근위기사 제복을 입고 있어, 스바루는 그녀도 근위기사의 입장에 있었음을 알고 조금 놀랐다.

그리고 야옹이 귀 소녀 이웃에는 말없이 묵례를 보내는 청년 ── 율리우스의 모습이 있었다.

"스바루, 갑자기 찌푸린 상을 짓고 왜 그래?"

"내 고향에선 '연적가시' 란 벌레를 발견하면 이런 표정 짓는 풍습이 있어."

무심코 떠올린 혐오를 스바루가 얼버무리자 라인하르트가 살짝 쓰게 웃었다.

"나쁘게 여기지 말아줬으면 해, 율리우스. 스바루는 이렇게 자신을 낮추어 보여서 초면의 상대를 재어 보는 버릇이 있어서 그래."

"지금 얼굴에 그렇게 깊은 의미 없어. 내게 그런 교활한 설정 붙이는 거 관둬줄래?"

스바루의 일거수일투족에 평가가 높은 라인하르트. 거북함에 스바루가 딴죽을 걸지만, 방금 대화를 들은 율리우스는 단정한 머리카락을 매만지면서 말했다.

"상관없어, 라인하르트. 입장과 행동거지에 맞춘 도량을 보여주는 것도 기사의 역할이다. ——근위기사단 소속 율리우스 유클리우스다. 잘 지내보지. 그쪽 기사님도."

얄밉게 이름을 밝힌 율리우스가 스바루의 옆에 선 알을 떠봤다.

"아—, 그렇게 격식 차릴 놈이 아니니 기사님이라고 부르는 건 관둬줘. 나야 그거라고. 일개 방랑무사 있잖아. 외갈래 길 따라간 댁네하고는 다르거든."

착 가라앉아 응수하는 알. 그 태도에 스바루는 반사적으로 눈썹을 치켜들었다. 누구에게나 허물없는 인물이라고 생각했던 만큼, 율리우스에 대한 태도는 뜻밖이라고 할 수밖에 없었다.

그러나 그 사실을 따져볼 시간은 아쉽게도 없다.

단상에 선 갑주 차림의 기사—— 아마도 이 자리에 있는 기사들의 대표격인 남자가, 낭랑하게 울리는 목소리로 개회를 선언한다.

"——현인회 여러분. 후보자 제현, 모두 모여주셨습니다. 외람되오나 근위기사단 단장인 저, 마코스가 의사 진행을 맡기로 하겠습니다."

"흐음. ……잘 부탁드리겠습니다."

자리에 앉은 채로 손에 깍지를 끼고, 희미하게 턱을 주억이며 수긍한 사람은 마이크로토프다. 기사단장 마코스가 묵례하고, 바위 같은 표정으로 전원을 바라본다.

"이번 소집은 다음 대 왕의 선출—— 왕선에 관한 분들에 대한 중대한 전갈이 있는 까닭입니다. 왕성까지 왕림해주시고, 현인회 여러분께서 모여주신 것도 그 때문이지요."

마코스의 목소리는 그리 크지 않지만, 그럼에도 왕좌의 홀에 있는 전원에게 공평하게 닿았다. 천부적으로 다른 사람을 이끄는 이의 음색은, 기사단장이라는 그의 직함에 걸맞은 것이었다.

"사태의 발생은 약 반년 전—— 선왕을 비롯한, 왕족 제위께서 잇달아 승하하신 데에 기인하고 있습니다. 왕이 없다는 사태는 왕국으로서 가장 큰 궁지. 특히 친룡왕국 루그니카에서는 '맹약' 과 깊이 관련된 문제이기도 했습니다."

맹약——이라는 것은 왕국이 드래곤과 나누었다는 약속을 말한다.

동화와 로즈월 저택에서의 회담 중에서 몇 번씩 보고 들은 단어이기도 하다. 단 그 속사정에 관해서는 확실하지 않은 부분이 많다. 왕선의 내용에 대해서도 마찬가지다.

스바루에게 이 회의가 흘러가는 추세는 달가운 것이었다.

"왕국과 드래곤의 관계는 자그마치 수백 년 전으로 거슬러 올라갑니다. 당시의 국왕인 파르세일 루그니카 님과 신룡(神龍)

볼카니카 사이에 주고받은 맹약. 이후로 왕국은 수없는 궁지를 드래곤에게 구원받고, 그 번영을 도움받았습니다."

"신룡 볼카니카. 그 드래곤은 신의가 두텁고 의리 깊은 바. 대를 거듭하고 시간이 지나도, 먼 대폭포의 저편에서 우리를 지켜봐주시지."

수염을 만지고 있는 마이크로토프가 마코스의 엄중한 말을 받으며 끄덕였다.

"흐음. 따라서 맹약의 유지는 왕국의 존속과 큰 연관이 있어요. 그만큼 왕의 혈족이 일제히 병마에 침범당한 것은 통한의 실수. 한시라도 바삐 다음 대 용의 무녀가 필요해졌습니다."

"맹약의 갱신이 거행되는 친룡의(親竜儀)── 그때 드래곤과 의사를 주고받을, 선택받은 자질을 가진 무녀의 존재. 대대로 왕가에 계신 분께서 맡아온 역할이, 새롭게 요구받는 추이에 이른 것입니다."

최대한 감정을 죽인 목소리로 말을 맺은 마코스는 단상의 현인회 앞에서 가슴에 손을 얹었다.

"그 때문에 우리 왕국기사단 일동은 현인회 여러분의 명을 받아, 용주(竜珠)의 빛에 선택받은 무녀를 찾아내기 위해서 임무에 임했습니다."

품속을 뒤지던 마코스가 손바닥에 올린 물건은 보석이 박힌 자그마한 휘장. 스바루도 몇 번씩 본 적 있는, 왕선 참가자의 자격을 의미하는 물건이다.

걷기 시작한 마코스가 정렬한 후보자들에게 묵례하고 휘장을 앞에 내세웠다.

"여러분, 용주를 제시해주시길——."

소녀들이 요청에 호응해 자신의 휘장을 앞에 내세웠다.

순간, 광채가 옥좌의 홀을 선명하게 물들였다. 빛의 근원은 휘장의 보옥. 에밀리아의 손안에서 빛나는 적색을 비롯해, 휘장마다 다른 색깔의 빛이 홀 안을 난무한다.

기사들의 감탄 어린 한숨. 현인회 인물들의 주름 깊은 얼굴에도 희미한 안도가 떠올라 있다.

"보신 바대로 후보자 제현께는 모두 용의 무녀로서의 자격이 있습니다. 이를 확인한 다음에, 우리는 용력석(竜歴石)에 따라……."

"……저 말이가?"

엄숙하게 진행되는 의사 중에 너글너글한 목소리의 제지가 들어갔다.

숨을 죽인 마코스 앞에서 작게 고개를 갸웃거린 사람은 용주를 파랗게 빛나게 한 소녀.

하얀 드레스를 몸에 두른 보랏빛 머리 소녀다.

"단장님이 단디 야기 진행하고 싶은 끼는 알겠는데, 내도 바쁘다카이. 카라라기에선 '시간과 돈은 같은 값' 이라 카데야?"

온화한 어조와 너글너글한 표정에 비해 직설적으로 요구를 들이미는 소녀. 그녀는 용주를 집어넣고는 해사하게 미소 지었다.

"다 아는 야기 또 해뿔 끼면, 우리를 모은 야기의 핵심을 듣고 싶데이."

독특한 억양으로 요구를 매듭짓는 소녀의 말에 마코스도 다소 당황한 기색이다. 하지만 그 이상의 충격을 느낀 건 스바루 쪽이었다.

"이봐이봐……. 칸사이 사투리라니, 진짜냐."

"오, 형제는 처음 들었어? 서쪽 카라라기라는 나라에선 저 사투리가 당연한가 보더라고. 나도 실제로 본 건 아닌데 말투 한번 진기하지."

나직이 중얼거린 스바루에게 이웃한 알이 똑같이 작은 소리로 동의를 표시해온다. 동향인 그에게도 칸사이 사투리는 친근한 것이리라. 표현에 얼핏 위화감은 있었지만.

다만 서쪽 땅 카라라기―― 그곳에 어떠한 풍토가 펼쳐져 있는지, 흥미가 솟았다.

"합당한 말이로군."

놀란 낌새가 퍼지는 옥좌의 홀에, 다른 여성의 늠름한 목소리가 울렸다.

팔짱을 끼고 턱을 주억거려 보랏빛 머리 소녀에게 찬동한 사람은 녹발의 여성이었다.

"크루쉬 님. 칼스텐 가문의 당주가 그 같은 말을……."

"격식을 중시하는 건 중요한 사항이지만, 시간이 유한한 것도 사실 아닌가. 우리가 모인 이유에 서둘러 언급해야 마땅하다. 하기야 대강 그 상상은 가고 있다마는."

마코스의 말에 크루쉬라고 불린 여성이 한쪽 눈을 감았다. 그

녀의 남은 눈에 응시당한 현인회, 마이크로토프가 감탄한 듯이 한숨을 지었다.

"과연 칼스텐 공작가 당주. 이미 이 소집의 의미를 알고 계셨습니까."

"그래, 마이크로토프 경. ――주연이겠지? 우리는 언젠가 경쟁하는 입장이지만, 지금은 아직 서로 모르는 점이 많다. 같은 탁자를 놓고 술잔을 나누면 절로 인품도 알게 되리라고……."

"아니, 틀렸습니다만."

장엄한 느낌으로 술자리의 절차를 정하려고 한 크루쉬를 마이크로토프가 꼬집었다.

그녀는 그 반응에 미간을 좁히고, 천천히 스바루 쪽을 돌아보았다.

"페리스. 들었던 얘기와 다른데."

"어머― 참. 페리는 그냥 성에 식사거리랑 술 같은 게 많이 운반되기에 '주연이라도 열지도 모르겠네염.' 하구 말했을 뿐이잖아요. 아유―."

"그래. 내 지레짐작인가. 미안하다. 널 의심했다."

도량이 넓은 듯도 하고 그렇지도 않은 듯도 한, 신기한 주종의 대화였다.

앞으로 다시 돌아선 크루쉬는 방금 대화를 감안한 다음에 가볍게 한숨짓고는 말했다.

"그런 이유로, 내 방금까지의 발언은 취소시켜주게. 부끄러운 고로."

"어쩜, 크루쉬 님도 참 너무 사나이다우셔……."

빰에 손을 대고서 몸부림치는 소녀—— 페리스라고 불렀던가. 그녀는 주군에게 잘못된 정보를 흘린 사실에는 신경 쓰고 있지 않은 모양이었다. 그리고 지금 태도를 보건대 일부러 그런 느낌이다.

"마, 보소. 크루쉬 씨가 빠져도 내 의견은 변함없데이. 인자와서 왕선의 겉핥기 사정 따위 설명 안 해두 다들 알고 있다 안카나. 아이가?"

박수치며 다른 참가자에게 동의를 구하는 칸사이 사투리 소녀. 그 물음에 크루쉬는 끄덕이지만, 프리실라는 작게 코웃음 치며 무시하는 태도. 그리고 에밀리아만은 자그맣게 손을 들고 이의를 제기했다.

"나, 나는 이야기 착실히 들어야 한다고 생각하는데……."

"미안한데 난 댁네 의견은 안 물었다카이."

그러나 에밀리아에 대한 소녀의 태도는 너무나도 매몰찬 것이었다.

내리꽂힌 악의에 에밀리아의 옆얼굴에 아픔이 퍼진다. 참지 못한 건 스바루다.

"야, 너. 뭐야 그 태도——."

"어허허—이! 난 왕선이 뭐 어떤지 몰라서 다음 얘기를 듣고 싶고 그런데—!"

노호를 지를 뻔한 스바루를 이웃한 알이 팔을 뻗어서 가로막았다.

익살스러운 행동으로 주목을 모은 알은 손바닥을 팔랑팔랑 흔들며 더욱더 넉살을 부렸다.

"그렇게 보지들 마셔, 창피해라. 자리 잘못 온 건 자각하고 있으니, 너무 부외자 방해자 취급하지 말라고. 나이 먹을 대로 먹은 어른이 울고 울부짖으며 대소동 피운다."

"프리실라 님. 저 남자는 당신의 기사라고 들었습니다만…… 왕선에 대한 설명은?"

"소녀가 하지 않아도 긴 이야기 좋아하는 너희가 알아서 할 거 아니냐? 소녀는 소녀의 헛수고를 줄인 것에 불과하다. 같은 소리 되풀이하는 것 따위 잠꼬대나 다를 바 없지. 잠꼬대는 자고 있어도 하지 마라."

마코스만이 냉정하게 대응하는 가운데, 거만한 어조로 프리실라가 도발한다.

하나같이 개인주의뿐인 패거리를 보니 에밀리아가 얼마나 인격자인지 두드러진다.

그런 그녀가 멀쩡한 대우를 받지 못하고 있는 건 방금 대화만 봐도 명백했지만.

"——빚 하나 졌어. 아니, 두 개째인가?"

손가락을 두 개 세우고 스바루 쪽에 고개를 기울여오는 알. 스바루는 속으로 감사했다.

격앙해서 그대로 언성을 높였더라면 어찌 될지 생각하자니 무섭다. 스바루가 한 몸에 받았을 비난을 알이 대신 떠맡아준 것이다.

"소녀가 범속을 뜻에 따르게 하는 건 하늘의 뜻이다. 기뻐하며 손바닥 위에 놀도록. 계속하라, 마코스. 소녀의 기사에게, 소녀가 어찌하여 왕이 되는지 가르쳐줘."

"남에게 홀랑 다 넘기뿔겠다는 기를 고까지 할 수 있으믄 잘 나신기라. 내도 고마 암 소리 안 하련다."

어깨를 축 늘어뜨린 소녀가 프리실라의 태도에 손을 뗐다. 그렇게 결론이 나온 것을 보자, 마코스는 에밀리아와 크루쉬 두 사람에게도 확인했다.

"그럼 잠깐 탈선했지만, 이야기를 되돌리지요. ——용의 무녀의 자격을 가진 여러분께서 이렇게 모이신 것은, 용력석에 새롭게 새겨진 예언에 따른 것입니다. 석판에 새겨진 예언은 '루그니카의 맹약이 끊길 때, 새롭게 용을 떠맡는 자가 나라를 이끈다.' 였습니다."

"흐음. 석판이 표시한 것은 그야말로 하늘의 뜻. 맹약을 나눈 때부터 함께 역사를 쌓아온 용력석은 왕국의 명운을 좌우하는 사태에 임해서 문자를 아로새기지요. 그 내용이 훗날의 역사를 움직여왔음을 감안하면, 따르는 것이 우리의 의무이겠군요."

마이크로토프의 말에 다른 현인회의 노인들도 엄숙히 끄덕인다.

"신룡 볼카니카가 내려준 용력석은 과거에도 왕국에 길을 제시해주었습니다. 오랜 일로는 '쿠테그라의 대기아(大飢餓)' 나 '사룡(邪竜) 발그렌의 악몽' . 근년에는 흑사(黑蛇)의 국토 유린을 미연에 보고해 피해를 최소한으로 억누른 것 역시 들 수 있습니다."

"흐음. 실적은 충분. 그건 여기 계시는 누구나 익히 아는 사항이니 말이지요."

거론된 예는 어느 것이나 왕국사에 새겨질 대사건이겠지만, 무지한 스바루에겐 느낌이 딱 오질 않는다. 앞으로의 방침을 예언판에 통째로 떠넘긴다는 꽤 호쾌한 내용이라고도 여겨졌다.

어쨌든 예언에 따라 에밀리아를 비롯한 소녀들은 왕 후보……라기보다 드래곤과 의사를 통할 수 있는 무녀로서의 역할을 사서 모였다는 사정 같다.

"문득 생각했는데, 드래곤과의 맹약만 문제 삼을 거면 용의 무녀가 꼭 임금님이 될 필요 없지 않아? 임금님과 무녀, 따로따로 있으면 안 되는 거야?"

작은 소리로 옆에 서 있는 라인하르트에게 의문을 던진다. 그는 쓴웃음을 입 끝에 실었다.

"스바루의 말은 지당하다고 나도 생각해. 그런데 그렇게 되지가 않아."

"어째서? 와이?라고 물어도 돼?"

"답은, 왕국 번영의 맹약은 드래곤과 왕 사이에 주고받은 것이기 때문이야. 드래곤은 의사소통만을 이유로 맹약의 상대를 고른 게 아냐. 그 인물이 왕국을 짊어지는 왕이었기 때문에, 맹약을 맺기에 이르렀어. 드래곤도 사귈 상대를 가린다는 뜻이지."

"하지만 그럼 더더욱 급조한 무녀에 임금님은 드래곤의 역린을 건드리는 거 아냐? *잇큐 씨의 재치 이야기도 아니잖아. 얼렁뚱땅 임금님이 없어졌으니 대신할 무녀를 임금님으로 만들었습니다—라고 하면 납득을 못 받는 거 아냐?"

"그 주변의 의견은 꽤 충돌했다고 들었지. 하지만 최종적으로는 왕국의 명운을 새기는 용력석의 글귀를 우선하기로 결정 났어. 현인회 분들께서 결정하고, 기사단인 우리에게 명령했지. 나쁘게 되리란 생각은, 하고 싶지 않은걸."

불안요소쯤이야 높으신 분들 안에서도 고려 끝. 드래곤이 어떻게 판단할지는 드래곤만이 안다. 그야말로 람이 이전에 말했던, '용만이 알고 계신다.' 라는 얘기다.

의문에 대강 결론을 얻은 즈음해서, 웅성거리는 소리가 잦아든 회장에 마코스의 목소리가 울렸다.

"그리고 예언은 이렇게 이어집니다. '새로운 나라의 인도자가 될 수 있는 다섯 명. 그중에 한 무녀를 뽑아 용과의 맹약에 임할 것.' 이라고."

새겨진 예언의 한 문장. 그 글귀를 들은 스바루는 걸리는 것을 느껴 눈썹을 찡그렸다.

"다섯 명……?"

"그래, 다섯 명이야. 현재, 후보자 분들은 네 명뿐. ——왕선은 아직 시작하지도 않은 거지. 그 점은 다섯 명째 후보자를 좀처럼 찾아내지 못한 우리의 잘못이지만."

---

* 잇큐 씨의 재치 이야기: 일본의 옛날이야기. 동자승 잇큐가 기발한 재치로 난제를 해결하는 형식의 일화 모음이다.

"인구 5,000만이라면서? 거기서 반년 만에 네 명이라면 오히려 신속한 편 아닌가."

통신 수단이 국토 전역에 확립되지 않은 세계에서의 인명 수색. 그건 제법 가혹한 조건일 것이다. 단기간에 네 명의 후보자를 찾아낸 것만으로도 충분히 평가받아 마땅하다.

"이상이, 현재까지의 설명이 됩니다. 아나스타시아 님, 거듭거듭 무례를 사과드립니다."

설명을 마친 마코스가 설명에 부정적이던 소녀에게 사과하는 말을 던졌다.

"관둬라 관둬. 내가 악당 아이가. 공주님 쪽이야말로 이기로 만족해쌌노?"

"글쎄다. 알, 그 보잘것없는 머리로 이해했느냐?"

"니—엡, 양호. 일부러 고맙수다. 그쪽의, 카라라기 사투리 아가씨도."

알이 팔랑팔랑 외팔을 흔들고, 프리실라가 "그렇다더군." 하고 답했다. 소녀——아나스타시아는 건성건성인 주종의 모습에 미간을 주무르다가, 현인회를 올려다봤다.

"암튼, 그 밖에 할 야기 있으믄 빨리 하그라? 내도 한가하지 않으니께, 이담에도 해고 싶은 일이 이만치 있다카이. 나라 지갑 잡고 있는 할배들도 알끼 아이고?"

불손한 아나스타시아의 발언에 스바루는 소란이 일지 않을까 몸을 굳혔다. 하나 아나스타시아는 분위기가 어떤지 상황판단이 되는 모양이라 현인회에서 그녀를 책망하는 분위기는 없었다.

"바쁘신 아나스타시아 님께는 미안하지만, 조금만 더 이 회의에 어울려주시길 바라는 바예요. 누가 뭐래도…… 오늘은 왕국사에 새겨질 하루가 될 테니 말이지요."

별안간 마이크로토프의 목소리가 낮아진다.

그 말을 듣고, 그때까지 어딘가 처음의 긴박감이 사라져가고 있던 홀에 누구나 등골을 곧추세울 수밖에 없을 정도의 분위기가 내달렸다.

그런 와중에 먼저 입을 뗀 사람은 주눅도 들지 않고 가슴을 펴고 있는 소녀, 프리실라다.

"역사가 움직인다……라고 말했군, 늙은이. 즉 그런 얘기란 말이렷다. 그렇겠지?"

프리실라의 조용한 물음에 마이크로토프가 단상에서 자그맣게 끄덕인다. 그다음 그는 진한 눈썹 밑의 눈으로 마코스를 바라보며, 눈짓으로 신호를 삼는다. 그 신호에 마코스는 묵례.

"——기사 라인하르트 반 아스트레아! 이곳으로!"

"옛!"

돌연, 홀에 울려 퍼지는 마코스의 목소리.

무심코 어깨를 흠칫한 스바루의 옆에서, 불리기를 기다리고 있던 것처럼 라인하르트가 응답. 당당히 앞으로 나서고는 후보자 네 명에게 묵례를 바치고 단상의 마코스 앞에 선다.

"그럼 라인하르트. 보고를."

"옛."

마코스가 한 걸음 자리를 양보해 단상의 중앙을 비운다. 앞으로 나선 라인하르트는 관중의 시선을 받으며 추호의 긴장도 없는 표정으로 현인회와 마주한다.

"영예로운 현인회 여러분. 근위기사대 소속, 라인하르트 반 아스트레아가 임무 완료의 보고를 하겠습니다."

"흐음. 그럼 전원이 들을 수 있도록."

마이크로토프의 지시에, 돌아선 라인하르트가 홀의 전원을 내다보았다.

"용의 무녀, 왕의 후보자—— 마지막 다섯 명째, 발견했습니다."

술렁거리는 소리가 줄지어 선 기사들 사이에 퍼지고, 후보자들의 표정이 제각기 강한 감정에 호응해 바뀐다. 투지 · 환희 · 무료 · 당혹 등의 감정으로.

정체 중이던 왕선이 움직이기 시작한 것이다. 새로운 후보자는 에밀리아에게도 대립 후보가 된다. 도대체 어떤 인물이 나타나려는 것인가.

"모셔와다오."

짧은 라인하르트의 요청. 그 말을 받은 문 앞의 경비병이 경례하고, 이어서 문이 천천히 열린다.

——문 너머에서, 시녀를 동반한 한 인물이 옥좌의 홀로 불렸다.

그 인물을 목도한 스바루는 무심코 입을 쩍 벌리고 아연실색했다.

옅은 노란색 드레스의 옷자락을 팔락이며, 뒤꿈치가 높은 구두로 융단을 밟는 모습. 두루 손질된 금빛의 빛나는 머리카락. 고집 있어 보이는 붉은 눈에, 장난기 맺힌 덧니가 특징적인 소녀다.

다른 사람인가 의심할 만큼, 다르게 변한 모습에 말을 잃을 수밖에 없다.

"소관이 왕으로서 우러르는 분—— 이름을, 펠트 님이라고 하십니다."

놀라서 들러붙은 스바루의 고막에, 그 목소리는 몇 번씩 반복하듯이 울리며 들렸다.

——루그니카 왕국의 앞날을 정하는 왕선이 시작되려 하고 있었다.

제4장 『왕의 후보자와, 그 기사들』

1

넝마쪼가리 같은 너저분한 의복을 두르고, 빛바랜 금발에 삭막한 눈을 한 소녀.

씩씩하다기보다 억척스럽다는 말이 어울리는 빈민가의 왕근성 소녀.

그게 스바루가 펠트라는 소녀에게 품고 있던 인상 전부였다.

라인하르트의 선언 아래, 시녀와 함께 펠트가 옥좌의 홀을 조용히 걷고 있다.

붉은 융단 위로, 드레스 자락을 흐트러뜨리지 않으며 청초하게 걸어가는 모습은 버젓한 귀족영애의 그것이다.

갈고닦으면 빛날지도 모른다. 이전의 스바루는 그녀를 그렇게 평했다. 그러나 라인하르트 집안의 힘으로 연마되었을 펠트라는 원석은, 갈고닦으면 빛나는 수준이 아니었다.

——압도적으로 찬란하게 빛난다. 그렇게 평해야 마땅했다.

간이 떨어지도록 놀란 스바루가 보는 방향에서, 천천히 라인하르트 앞에 서는 펠트.

그녀의 모습에 라인하르트는 미소를 새기며 끄덕였다.

"펠트 님. 왕림해주셔서 감사합니다."

공손히 묵례하는 라인하르트. 펠트가 눈길을 들고 부른다.

"――라인하르트."

"예."

맑은 음성으로 불러 반응하는 라인하르트. 마주 보는 기사와 영애. 그리고.

"――너 이 자식. 아무 설명도 없이 데리고 와서 이건 뭔 수작이야?!"

드레스 옷자락을 들어 올리고 매끈하게 빠진 긴 다리가 호를 그린다.

그 다리는 라인하르트의 턱 끝을 직격――하기 직전에, 앞세운 기사의 손에 막혔다.

"놀랐어요. 갑자기 무슨 행동이십니까."

"가볍게 막고서 천연덕스레 말하지 마! 이곳! 옷! 이 녀석들! 너! 전부 깡그리 다 뭐냐고! 나도 슬슬 인내심의 한계란 말이다!"

펠트는 외다리로 균형을 잡으면서 드레스를 난폭하게 두드리며 분노를 표출했다.

그녀를 위해 맞추었을 값비싼 드레스. 그 옷이 함부로 취급받는 광경을 보고 곁에서 시중드는 시녀들이 현기증을 일으킨 것처럼 쓰러졌다.

"드레스가 마음에 들지 않으셨습니까? 잘 어울리는데요."

"옷 얘기가 아니고, 부끄럼 타는 것도 아냐! 싫다고 그러는 거다! 옷만의 얘기가 아니라고! 너도 똑같아! 기사님이 납치감금하다니 부끄럽다고 생각하지 않냐!"

"그것이 왕국 번영을 위해서라면."

망설임 없는 라인하르트의 단언. 두통이라도 느낀 듯이 펠트가 이마에 손을 짚었다.

"완전히 변해버린 줄 알았더니, 겉모습뿐인 얘기 아니셔. 다행이다—. 역시 인간이란 그리 쉽게 뿌리가 바뀌지 않더라. 나 말고도!"

롬 영감에게 보고하려는데 사람이 너무나도 돌변했더라면, 잔혹한 보고가 된다.

생각지 못한 곳에서 펠트의 무사를 확인할 수 있는 데에 안도. 그 반면, 펠트가 왕 후보로서 끌려나온 우연성에 운명적인 뭔가를 느끼지 않을 수 없다.

원래 펠트는 에밀리아의 휘장을 훔치려고 했기 때문에 라인하르트와 만난 것이다.

"저 애…… 그때의……?! 그래서 라인하르트가 그토록 놀라서……."

펠트를 알아본 에밀리아도 스바루와 같은 결론에 도달한 모양이다. 휘장을 두고 빼앗는 관계로부터, 이번엔 왕위를 다투는 관계가 된 판국이다.

다른 후보자를 비롯해 참석한 기사, 귀족들도 그에 맞는 반응을 보이고 있다. 단지, 어느 것이나 펠트의 막된 행동거지에 호의적인 면은 결코 없었다.

펠트는 자신에게 쏠리는 엄한 시선을 느끼고, 불량한 태도로 혀를 차 보였다.

아주 약간의 짧은 관계지만, 이렇게까지 삐뚤어진 소녀는 분명히 아니었다. 근 1개월 동안 어지간히도 많은 일이 있었으리라고 짐작된다. 내용의 농도로 따지면 스바루도 지지 않을 거라 보지만 일개 부랑아에서 왕 후보가 되는 신데렐라 스토리도 상당한 것이었으리라.

"오! 왜 이런 곳에 있는 거야, 오빠!"

홀을 품평하듯이 둘러보던 펠트가 기사단의 최전열에 서 있던 스바루를 알아채고 표정이 확 밝아졌다.

라인하르트의 가슴을 떠밀고 이쪽으로 쿵쾅거리며 다가오는 펠트.

아까의 귀족 영애다운 행동거지는 무엇이었나. 의문을 느끼면서도 스바루는 손을 들고 지인을 발견해 기쁜 듯한 그녀를 맞이했다.

"여어, 오랜만인데. 건강하게 있람다박!"

상큼하게 인사를 입에 올린 순간, 앞차기가 배를 직격해 스바루가 무너졌다.

느닷없는 흉행. 스바루가 신음하고 있으려니, 한쪽 다리를 든 상태의 펠트가 팔짱을 끼고 끄덕였다.

"그 느낌을 보니 배의 상처는 멀쩡한가 보셔. 그에 비해 다른 데 상처가 무지막지 늘었는데, 괜찮은 거냐."

"그거 걱정할 거면 사람 좀 돌봐라, 너……. 왜 인사 대신에 혼신의 한 방이야. 임시로 땜질한 상태에서 찢어졌으면 어쩔래……. 실제로 그에 가까운 시기도 있었단 말이다."

지금이야 단단히 아물긴 했어도 스바루의 배에는 가로 일자로 하얀 흉터가 선명하게 남아있다. 더구나 마수의 이빨에 당한 흉터 또한 온몸에 남아있는 것이다.

이미 등의 상처는 검사의 수치라는 말이나 하고 있을 지경이 아니다.

"펠트 님. 옛 정을 새로 다지는 것도 좋지만, 이리로 오시길 부탁드립니다."

옆에서 보기엔 화기애애하게 보였는지, 담담하게 의사를 진행하는 마코스가 단상을 손으로 가리켰다.

그 바위 같은 표정에 펠트는 얼굴을 찡그리다가, 마지못해서 한다는 표정과 함께 앞으로.

"그래서, 나더러 뭘 시키겠다고?"

"숙녀로서의 행동을. ……이라고 말하고 싶은 바지만, 먼저 이것을 들어주시길."

라인하르트의 농담에 께름칙한 얼굴을 하는 펠트. 그런 그녀의 손바닥에 라인하르트는 품속에서 꺼낸 용의 휘장을 올린다. 바로 보옥이 손바닥 안에서 하얀빛을 내기 시작했다.

"훔쳤을 때부터 생각했지만 희한한 돌이구만. 왜 빛나는 건지."

"훔쳤다?"

"그건 펠트 님께서 자격 있는 자라고 용에게 인정받았기 때문입니다."

깜빡 위험한 소리를 누설한 펠트. 마코스는 경솔한 그녀의 발언을 알아챈 모양이었지만, 즉각 라인하르트의 지원사격이 들어가 넘어갔다.

"이와 같이, 용주는 틀림없이 펠트 님을 무녀로서 인정했습니다. 이분의 참가를 승인하고서 이번의 왕선이 진정한 의미로 개시되리라고 사료됩니다."

마코스가 가슴에 손을 얹으며 허리를 굽혔다. 라인하르트가 그에 따르자, 근위기사들도 전원이 그에 따랐다.

임무 완료의 보고를 행하는 기사단원들. 그들의 진력이 있기에 이 자리에 다섯 명의 용의 무녀── 즉, 미래의 루그니카 여왕 후보가 모인 것이 된다.

"오호라. 그래서 역사가 움직이는 날이라는 거군."

그야말로 놓칠 수는 없는 대 이벤트가 벌어지는 장소. 스바루는 모두 자못 감개 깊은 감상을 맛보고 있으리라고 주위를 둘러보다가 눈치챘다.

──맞은편. 문관 계통의 집단에서 튀어나온, 곤혹과 당혹을 머금은 불온한 소란을.

"실례. 괜찮겠소이까?"

문관 집단에서 한 남성이 앞으로 나섰다. 건강하지 못하게 거뭇거뭇한 눈 밑이 두드러지는, 등 굽은 중년 남성이다. 훌륭한 턱수염을 신경질적으로 매만지고 있다.

“이번의 왕 선출의 의식에 앞서, 근위기사단을 비롯해 왕국기사단의 진력에는 더 이상 감사할 말이 없소. 제군들의 힘이 없이 이만큼 단기간에 상황을 정리할 수는 없었을 것이오.”

“황송한 말씀입니다.”

“하나 이런 말은 하고 싶지 않지만, 용력석이 제시한 상황을 따른다고는 해도 다소 인선에 문제가 있는 건 아니겠소이까.”

“그리 말씀하심은?”

“용의 무녀로서의 자격, 그쪽에 지나치게 눈길을 빼앗기는 바람에 중요한 왕국의 보관을 받을 자격을 무시하지는 않았는가 이 말이오.”

등 곱은 남자가 차갑게 꾸짖듯이 내뱉은 말에, 문관 집단에서 “옳소 옳소.”하고 찬동하는 소리가 여럿 터져 나왔다.

“용과의 맹약은 가장 중요하오. 친룡왕국으로서 루그니카가 존속해온 이상, 맹약 없이 나라는 성립하지 않지. 하지만 맹약을 중시한 나머지 백성을 경시해서는 본말전도요.”

“즉, 이런 뜻입니까? 우리 기사단은 용의 무녀를 찾는 데에 심혈을 기울인 나머지, 충성을 맹세해야 할 왕에 걸맞은 인물을 잘못 봤다고.”

“다, 다소 표현에 어폐는 있지만, 그런 뜻이 되겠구려.”

마코스의 단적인 표현에 철렁했는지, 남성은 에두른 말투를 찾았으나 늦었다. 오랫동안 불가능에 가까운 과제에 필사적으로 움직여 결과를 낸 기사단원들. 그 성과에 생트집을 잡은 것이니 그들의 심정은 당연히 온당하지 못하다.

기사단의 열에 선 스바루에겐 주위의 열기가 높아지는 게 직접적으로 느껴졌다.

"뒤숭숭하달까, 불온한 분위기가 되기 시작했어……."

"뭐, 기사단 입장에선 생트집밖에 안 되니까. 나야 신경 쓰지 않는데 두 분께선 어떠셔."

스바루가 중얼거린 말을 주워 들은 알이 탁한 웃음소리를 터트리며 같은 열의 두 사람에게 말을 돌렸다. 화제가 돌아온 형국이 된 율리우스와 페리스는 각자 얼굴을 이쪽으로 돌리고 말했다.

"페리는 딱히 아무렇지두? 왜냐면 봐봐, 저 수염이 뭐라구 하건 간에 페리의 충성은 이미 단 한 명에게 바쳐버렸으니."

"페리스와 같은 의견……이라고까지는 말하지 않지만, 나도 같은 기분이야. 이미 검은 바쳤다. 저들도 머잖아 자신의 충성을 맡기게 돼. 그렇게 되기 전의 흔들리는 마음을 책망할 만큼 도량이 좁지는 않아서."

"핫. 훌륭들 하시군. 하긴 그건 나도 공주에 대해서 마찬가지지만."

대항하듯이 알이 말하자, 두 사람이 입가에 미소를 새기는 게 보였다.

왠지 모르게 따돌림 당한 것 같아 스바루는 탐탁지 않았다.

페리스가 크루쉬. 알이 프리실라. 그리고 흐름으로 보아서 율리우스는 아나스타시아의 지원자라는 소리일까.

세 명 모두 기사로서, 주군에게 전폭적인 신뢰를 의탁하고 있다. 그런 그들과 자신의 입장을 비교해서, 암만 해도 지고 있는 듯한 열등감이 스바루 본인을 덮친 것이다.

에밀리아의 소원을 이뤄주고 싶다. 그 마음으로는 아무에게도 지지 않을 터인데.

묘한 초조감에 내쫓긴 스바루를 제쳐두고 홀의 대화는 확대되기 시작하고 있었다. 앞서 나온 의견을 시발로 문관 집단이 잇달아 불만을 입에 담았다.

"무녀임과 동시에 왕이기도 하다. 혹은 왕이 된다는 자각이 부족해."

"외견을 꾸며봤자 그 본질이 태도로 나오는 것이야."

"품위가 모자라. 교육도 부족해. 그래 가지고 왕이라 우러러볼 수가 있겠는가."

"별 상관없지 않나아—. 개성 풍부하고 즐거운 왕선이 되지 않을까아—하는 생각도 들기는 하아—는데."

"경은 잠자코 있게나!"

스바루는 귀에 익은 목소리가 문관 집단을 분열시키려는 것을 무시하고 에밀리아를 비롯한 소녀들을 쳐다봤다. 문관 집단이 진두에 세워 규탄하고 있는 건 조금 전의 불량한 태도가 두드러진 펠트일 것이다. 하지만 그 외의 후보자에게도 불똥이 튀지 않는다고 단언할 수 없다.

실제로 에밀리아의 옆얼굴은 아픔을 참는 양 통절하다.

지금 당장 달려가 그 어깨를 부축해주고 싶다고 마음속 깊이 생각한다.

"——정숙히."

마이크로토프의 한마디에 홀이 쥐 죽은 듯이 고요해진다. 그 자리를 수습한 장본인인 마이크로토프가 가늘어진 눈으로 펠트를 바라본다. 잠시 침묵이 이어진 다음, 노인은 한숨을 지었다.

"흐음. 다소 불경한 언행이긴 했습니다만, 리케르트 경의 의견도 이해합니다. 그러므로 우선, 후보자 제현의 경력을 가볍게 배우는 것부터 시작하는 게 좋지 않을까 합니다만."

"……맞는 말이구려. 걸맞거나 그렇지 않거나, 우선은 거기부터지."

마이크로토프의 제안에 대머리의 험상궂은 노인이 동의한다. 현인회의 거두들이 고개를 주억이는 것을 보자, 문관 기질의 남자—— 리케르트라고 불린 인물도 한 걸음 물러섰다.

"기사 라인하르트. 그대가 먼저 그녀를 발견한 경위를 들려줄 수 있겠습니까."

스바루는 불린 라인하르트가 무릎을 꿇는 최고의 예를 표하는 모습을 보면서 당사자가 아닌데도 식은땀이 이마에 맺혔다.

진실을 그대로 전할 경우, 당연히 펠트가 저지른 도난 소동에도 문제가 파급된다.

"펠트 님께선 약 한 달 전, 소관이 왕도의 하층구—— 통칭 '빈민가'의 일각에서 보호했습니다. 그때 사정상 용주에 접할 기회가 생겨, 이분께서 무녀로서의 자격을 가졌음이 판명되어 이렇게 모셨을 따름입니다."

스바루의 걱정은 아랑곳없이 천연덕스럽게 문제의 부분을 어물어물 넘기며 보고하는 라인하르트.

구멍이 크게 두드러지는 설명이었지만, 이 자리에 있는 사람들의 관심을 모은 건 그 구멍이 아니라, 더 다른 부분이다.

"빈민가의 부랑아라고……. 기사 라인하르트, 제정신인가! 미래의 루그니카를 걸머질 왕을 선출하는 이 의식에, 하필이면 부랑아라고?! 자네는 왕조를 뭐라고 알고 있어!"

"————."

라인하르트는 단상에 경례를 바치며 듣고만 있다. 그 태연한 옆얼굴에는 어두운 감정이 일절 보이지 않는다. 리케르트는 공격의 화살을 마이크로토프에게로 돌린다.

"마이크로토프 님, 역시 생각을 고쳐주십시오. 용주에게 선택받은 것만으로 옥좌를 얻을 자격이라니…… 왕의 보관은 걸맞은 이가 얻어야 마땅하오. 되는 대로 건져도 될 리가……."

"리케르트 경, 조오—금 지나치게 뜨거워진 게 아아—닐까요?"

마이크로토프에게 뜻을 뒤집기를 호소하는 리케르트의 매서운 말에, 귀에 익은 목소리가 찬물을 끼얹었다.

리케르트는 명확한 적의를 머금은 시선으로 로즈월을 쳐다봤다.

"허튼 소리다, 로즈월. 경의 태도에도 납득하지 않았네. 나만이 아니라 궁중의 많은 이들 모두. 지금까지는 비상시이기에 못 본 척해왔지만, 일이 이 지경에 이르러선 얘기가 못 돼. 부랑아를 받들어 올리려는 아스트레아 가문은 물론, 반마(半魔)를 왕으로 내세우는 경의 어리석은 짓도…….”

“——리케르트 경. 지금 말은 정정하시는 편이 좋습니다.”

얼어붙은 목소리가 홀에 조용히 울리고, 흥분으로 벌게져 있던 리케르트의 낯빛이 창백해졌다.

“하프엘프를 반마라느니 부르는 건 삿된 풍습이에요. 하물며 에밀리아 님께선 여전히 왕 후보—— 분수를 분별하지 못한 게 어느 쪽인지, 알고 계십니까?”

평소와 변함없는 로즈월의 음색이지만, 리케르트는 기가 죽은 듯이 시선을 피했다. 위압당한 사실을 감추듯이 고개를 젓고, 큰 몸동작으로 단상을 가리켰다.

“그, 그렇다 쳐도 그래. 난 내 주장이 그릇됐다고는 생각지 않아. 용의 무녀의 자격이 있는 것하고, 그게 왕에 걸맞은 인물이냐는 같은 뜻이 아니야. 마이크로토프 님! 부디 재고를! 분별없이 왕 후보를 선출해 봤자 왕국의 미래에 번영이라곤…….”

“——기사 라인하르트.”

현인은 마음을 바꾸길 간절히 청하는 리케르트에게 답하지 않으며, 붉은 머리 기사를 부른다.

“설마 그대는 저 소녀가 그러하다고?”

“확신은 없습니다. 확인할 수단은 이미 잃었습니다. ——하오나, 이만큼 들어맞는 것을 우연이라고 치부하기에는 저항감이 있습니다.”

“그렇다면 무엇이라고?”

"——운명이리라고."

라인하르트의 대답에 마이크로토프는 느끼는 바가 있듯이 눈꺼풀을 감았다.

그 두 사람의 대화가, 스바루를 비롯해 주위의 인간에겐 당최 알아먹을 수 없다. 서로 이해한 건 이 두 사람뿐이다. 그런 주위의 태도에 마이크로토프가 개탄스럽다고도 하는 양 턱에 손을 얹었다. 노인은 주위를 내다보았다.

"알아채지 못하셨습니까? 펠트 님을 보고서, 그러고도 여전히. ——이걸로도 무리라면, 각각이 자신의 왕국에 대한 충성을 의심받으리라고 여기도록 하십시오."

시험하는 듯한 마이크로토프의 말투에 전원이 숨을 삼키고 펠트에게 시선을 모았다.

서슴없는 눈총의 소용돌이 중심에서 펠트는 노골적으로 싫은 티를 내고 있었다.

"보고서 알아볼 점이라곤…… 아직 한참 어리군. 왕좌에 앉기 이전에 배워야 할 점이 너무 많아서…… 헉!"

리케르트는 펠트의 고쳐야 할 점을 지적하려고 했으나, 그 표정이 별안간 뭔가를 알아챈 듯이 굳고 아연하게 눈을 부릅떴다.

"그, 금색 머리카락에 홍색의 눈——?!"

리케르트의 한마디로, 그 뜻을 파악한 문관들에게도 비슷한 충격이 퍼져 나간다. 느낌이 딱 오지 않은 건 이 세계의 상식이 부족한 스바루뿐.

흘끗 옆을 보니 페리스와 율리우스도 수긍이 갔다는 표정. 알은 변함없이 무슨 생각을 하고 있는지 알 수 없지만, 별달리 놀란 기색은 아니다.

"금색 머리카락에 홍색의 눈── 그건 루그니카 왕가의 핏줄에 나타나는 용모의 특징이오. 하나! 그런 이상한 이야기가 있을까 보냐! 왕가는 반년 전의 사건으로, 혈족 분들 모두가 승하하셨어! 끼어들 여지라곤 어디에도 없……."

"──14년 전, 궁중에서 일어난 사건에 대해서 알고 계십니까, 리케르트 경."

강한 부정을 입에 담으려는 리케르트를 라인하르트가 조용히 가로막았다.

그리고 그 라인하르트가 거론한 내용에, 리케르트의 표정이 더더욱 굳었다.

"설마 기사 라인하르트……. 자네가 하고 싶은 말은……."

"14년 전에 성내에 역적이 침입해 선대의 왕제(王弟)── 폴드 님의 따님이 유괴되는 사건이 있었습니다. 역적은 감쪽같이 도주하고 따님의 행방도 알 수 없는 채로 끝난."

그것은 결코 외부에 알려서는 안 되는 부류의 왕국의 대실태였다.

"용력석에 기록되지 않았기 때문에 당시의 왕궁은 쉽사리 역적의 침입을 허용했습니다. 따님의 수색에도 다른 문제와 시기가 겹쳐 만전을 기하지도 못하고."

"흐음. 전 근위기사단의 해체와 재생의 계기가 된 한 건이었지요. 분명 그대의 친족도 무관계하지 않았을 텐데."

"본래는 알지 못해야 할 정보를 알고 있는 것. 그걸로 헤아려 주시길."

라인하르트의 말을 아낀 응답에 마이크로토프는 그저 끄덕임으로 답했다. 그러나 리케르트 쪽의 혼란은 잦아들 기색이 보이지 않았다.

"극론, 아니 폭론이야! 14년 전에 행방불명되신 따님이 왕도의 빈민가에 영락해 생활하고 있으며, 그걸 우연히도 자네가 찾아냈다고? 뿐만 아니라 그 몸은 용의 무녀로서의 자격에도 적합했다고?"

연이어 날아온 정보를 나열하고 나서 리케르트는 웃었다.

"어처구니없어! 너무나도 안성맞춤인 얘기야. 차라리 무녀의 자격을 가진 소녀를 찾아낸 자네가, 그 소녀의 머리카락을 염색하고 눈동자 색을 마법으로 바꾸었다고 하는 편이 차라리 억지가 없어. ——그런 파렴치한 짓거리, 하지는 않았을는지."

"검에 맹세코."

라인하르트는 허리에 찬 검을 바닥에 놓고, 검을 바치는 최대의 예를 표했다.

기사 중의 기사가 보인 최고의 경례에 리케르트는 크게 어깨를 떨어뜨렸다.

"……이미 왕가의 피는 전부 유실되어 혈족인지 아닌지를 확인할 수 있는 수단은 존재하지 않아. 억측뿐인 내력에, 누구나 머리를 조아리리란 생각은 마시게."

"그건 당연한 일입니다. 하오나 소관은 펠트 님이야말로 왕위를 잇기에 걸맞은 분이라고 확신하고 있습니다. 피를 따지지 않더라도."

"당대의 검성씩이나 되는 이가 꽤나 빠져들었군그래."

라인하르트의 흔들림 없는 대답에 리케르트는 포기한 듯이 한숨. 그 뒤에 그는 다시금 화제에 오른 펠트를 응시했다.

"무녀의 자격이야 둘째 치고, 빈민가 출신. ——그리고 혹은 잃은 줄 알았던 왕족의 혈통일 가능성. 당신이 겪을 고난은 상상을 초월하오. 그 각오가, 있으신가."

시험하는 듯한 말투였다. 그건 리케르트가 그녀 자신의 대답으로 자신의 불만과 결별하기 위한 의식이다. 펠트의 대답을 얻고서야 비로소 이 대화는 끝을 맞이한다.

"엉? 뭔 소리하는 거야, 아저씨. 난 왕 노릇 한다고 한마디도 안 했어."

하지만 펠트는 지금까지 흐르던 대화의 추세를 완전히 무시하고 명확하게 자격을 거부한다.

홀의 전원에게 상상과 다른 대답을 들은 데에 대한 동요가 퍼졌다.

"난 억지로 빈민가에서 이리로 끌려온 거라고. 돌려보내라고 해도 이놈은 보내지도 않지, 원래 옷은 감추고 이런 팔랑팔랑한 옷만 입혀대. 지긋지긋하단 수준의 얘기가 아니라고, 나한텐 이만한 민폐가 또 없어! 누가 납득한 줄 알아!"

노성을 터트리는 펠트의 말에 다시 거북한 침묵이 홀을 지배했다. 분위기를 파악하는 기능에 결함이 있는 스바루조차 바람직하지 못한 분위기라고 알 수 있는 상황이다.

"――한도 끝도 없이 고시랑고시랑, 하잘것없기 짝이 없는 얘기로구나."

여태껏 침묵을 지키고 있던 후보자들 가운데, 따분한 눈초리로 팔짱을 낀 프리실라가 내뱉었다. 주목을 모은 그녀는 팔짱 위로 풍성한 가슴을 흔들었다.

"모양만이라도 개막에 필요한 다섯 명은 모였다. 이제 시작만 하면, 걸맞지 않는 이는 자연히 솎여 나가겠지. 어차피 끝에 남는 건 소녀야. 다른 잉여분이 왕의 자질을 가졌든 아니든 관계없느니라."

"아앙……?"

프리실라의 폭언 같은 폭론에 열이 뻗친 펠트가 반응. 그녀는 훌쩍 단상에서 내려오더니 프리실라와 정면으로 눈싸움한다.

"아까부터 모자란 복장의 여자다 싶었는데, 머릿속까지 꽃밭이었어? 시비 거는 거라면 받아준다. 난 금방 발끈하는 걸로 유명하다만."

"불손하다. 소녀가 누군 줄 아느냐."

"핫, 알 리가 있겠냐……!"

펠트가 프리실라의 발언을 코로 웃어넘겼다. 직후, 프리실라의 눈이 싸늘하게 가늘어진다.

"공주, 그건――."

분위기에 결정적인 변화가 생긴다고, 숨을 죽이고 있는 스바루의 옆에서 알이 외쳤다. 그는 더 구체적으로 프리실라가 무슨 짓을 하려는지 알았던 것이리라.

그리고 알이 외치는 소리에 따라 바람이 홀에 불어 닥쳤다.

"——실례하겠습니다, 프리실라 님."

차분한 목소리는 프리실라의 눈앞으로 일순간에 이동한 라인하르트에게서 나온 것이다.

단상에 무릎을 꿇고 있었을 터인 기사는, 그야말로 눈 깜빡일 새에 두 소녀 사이에 들어와 있었다.

마주 보는 붉은 머리 기사와 주황빛 소녀—— 그 배후에서 에밀리아가 펠트를 지키듯이 가슴속에 껴안고 있었다.

"이런 중요한 장소에서 그런 적의…… 무슨 생각이야?!"

남보랏빛 눈을 분노로 채운 에밀리아는 프리실라를 꾸짖었다. 하지만 규탄당하는 데에 아무 가책도 못 받는지 프리실라는 번잡스럽다는 양 손을 내저었다.

"버릇이 덜 든 암캐에게 입장이라는 걸 가르쳐주려고 했을 뿐이다. 하긴 소녀에 대한 무례의 응보는 목숨으로 지불하는 것 말고 없다만."

"미안하다고는 못 말하니? 나쁜 짓을 하고 있다는 자각이, 정말로 없어?"

주눅 들지도 않는 프리실라의 태도에 에밀리아가 평소와 같은 기세에서 점점 말이 격해졌다. 그 내용에 한순간 프리실라는 얼떨떨한 표정을 지었다. 그리고 금세 웃음을 채 참을 수 없다는 얼굴로 에밀리아를 보았다.

"아아, 이건 재미있군. 지금 건 드물게도 즐거웠다. 칭찬해주도록 하마."

"꼬치꼬치 불쾌한 아이네. 무슨 소리를……."

"나쁜 짓을 하면 사과한단 말이렷다. 허면 흡사 네 경우에는 '태어나서 죄송합니다.' 라고 사과라도 해 보겠느냐? 은색의 하프엘프야."

충격이, 에밀리아의 온몸을 뚫고 나간 것을 스바루도 알 수 있었다.

크게 어깨를 들썩인 에밀리아의 표정에서 굳센 기운이 사라지고 큰 아픔이 눈을 흐릿하게 채운다.

"나, 난…… 마녀와 관계라곤."

"그런 변명이 누구에게 무슨 의미를 가지겠느냐. 의미가 있는고? 넌 세계의 금기인 존재의 현신으로써, 인심은 그 모습을 보기만 해도 사시나무 떨 듯이 두려워한다. 그렇기 때문에 그런 허울만 치장하는 넝마조각에 매달려 있는 것 아니더냐."

프리실라가 신랄한 말을 거푸 퍼붓자, 얼굴이 창백해진 에밀리아가 말없이 고개 숙인다.

프리실라가 하는 말의 뜻은 스바루도 이해된다. 이해되지만, 납득은 할 수 없다. 그건 에밀리아와는 관계없으며, 그녀는 아무 이유도 없는 일로 부당하게 상처받고 있다.

더 이상은 참고 있을 수 없다. 그런 스바루의 의사는, 또다시 앞질러졌다.

"공주, 거기까지 해두지? 너무 적 늘려도 난감해, 진짜로."

알이 표정이 보이지 않는 투구 속에서, 프리실라의 폭군 행태에 진정을 올렸다.

"특히 검성과 대립하다니 이런 특대의 말썽거리도 없어. 순순히 사과하자고?"

"소녀의 시종씩이나 되는 자가 한심스러운 말을 지껄이는 게 아니다. 검성이 무어냐. 고작해야 이 지상에서 최강이라는 것뿐 아니더냐. 어떻게든 해라."

"1분도 못 버티거든."

알은 피아의 전력 차를 냉정하게 판단하고 다급히 백기를 든다. 프리실라는 그 태도에 어이없는 표정을 지은 다음, 맥이 빠졌다는 기색으로 그때까지의 전의를 날려버렸다.

맹수 조련사 같은 알의 조종에 스바루를 포함한 홀의 전원이 놀람과 곤혹을 감추지 못했다.

하지만 최소한 자리가 즉각 일촉즉발의 사태를 맞이하는 것만은 피할 수 있었다.

그대로 태세를 바로세울 계기를 찾아 침묵하는 홀에, 불현듯 날카로운 소리가 울렸다.

"——다들, 기분은 풀리셨습니까."

튕긴 동전을 도기 속에 떨어뜨려 전원의 주의를 끈 사람은 마이크로토프다.

"펠트 님에 에밀리아 님, 두 분 모두 진정되셨습니까."

"으, 응……. 난 괜찮아. 이 아이 쪽도……."

"슬슬 좀 놓으라고! 딱히 난 아무렇지도 않아—!"

말을 받은 에밀리아가 당황해 끄덕이고, 펠트를 포옹에서 해

방했다.
"별거 아닌데 쓸데없는 짓 하지 마—! 내가 약해빠진 꼬맹이로 보이잖냐."
"……그래, 쓸데없는 짓을 해서 미안해."
"——고맙단 소리는, 안 할 거다."
앵돌아진 얼굴의 펠트. 그 태도를 본 라인하르트가 에밀리아에게 눈인사하고 기사의 열로 돌아가자, 에밀리아와 펠트도 어색하게 후보자의 열에 섰다. 사태의 발단인 프리실라만이 변함없이 따분한 듯한 표정이다. 반성의 빛이 눈곱만큼도 보이지 않는다.
어쨌든, 한바탕 말썽의 결판을 지켜본 마이크로토프가 다시 선언한다.
"그럼 본래의 의제—— 왕위 계승전. 왕선에 대해서, 후보자 제현을 섞어서 현인회를 개최하는 것을 여기서 제안하겠습니다."

2

위엄에 찬 마이크로토프의 선언으로 홀에 재차 팽팽한 긴장감이 퍼진다.
자연히 후보자들도 자세를 바로잡고 지켜보는 관중의 표정에서도 여유의 빛이 사라졌다.

마이크로토프는 개회의 선언에 대한 동의를 구하듯이 자기 외의 현인회의 구성원을 둘러본다. 그 행동에 노인들이 잇달아 찬동하듯이 주억거렸다.

"동지의 찬동에 감사드립니다. 그럼 논의에 들어가기로 하지요. 의제는 물론, '어느 분께서 왕이 되실까' 입니다만…… 문제는 선출의 방법이겠군요. 용력석에는 후보자를 모으라고 되어 있었지만, 선출 방법은 지정되지 않았습니다. 그 부분을 결정하기 위해서도 우선은 후보자 제현의 각오가 어느 정도인지 들어 보고 싶습니다만."

마이크로토프의 말에 현인회의 구성원들이 긍정. 이견이 없는 것을 확인한 마이크로토프가 단상 구석에 대기 중인 마코스에게 눈짓했다. 그 신호를 받은 기사가 다시 앞으로 나섰다.

"그러면 외람되오나 다시 제가 진행하겠습니다. 후보자 제현께는 각각 주장과 입장이 있으실 터. 우선은 홀의 전원에게, 그것을 알려주셨으면 합니다."

홀의 전원의 마음을 대변해 마코스가 깊이 묵례한다.

"그럼 먼저, 크루쉬 님부터 부탁드리겠습니다. ——기사 펠릭스 아가일!"

"음."

"네에—."

마코스의 목소리에 크루쉬가 의젓하게 끄덕이고, 페리스가 가볍게 손을 든다.

앞으로 나오는 크루쉬 곁으로 종종 다가가던 페리스는 도중에 마코스를 쳐다보면서 말했다.

"단장님. 늘 말하지만 펠릭스 말고 페리스라구 불러줘요—. 페리 상처받네."

"난 부하 중 누구도 특별 대우할 생각은 없다. 당연히 너도 그렇다. 앞으로 나가라."

마코스는 뺨에 손가락을 세우며 부탁하는 페리스를 떨쳐내고 턱을 내밀어 재촉했다.

페리스는 불만스럽게 혀를 내민 다음, 부리나케 주군인 크루쉬 옆에 섰다.

"왕 후보자, 칼스텐 공작가 당주. 크루쉬 칼스텐이다."

"크루쉬 님의 첫째 기사, 아가일 가문의 페리스입니다—."

"기사 펠릭스 아가일입니다. 현인회 여러분."

당당하게 서슴없이 이름을 밝히는 크루쉬와, 끝까지 가벼운 태도의 페리스. 그녀가 밝힌 이름을 마코스가 정정하자 페리스가 노골적으로 얼굴을 찡그린 것을 알 수 있었다.

"흐음, 저 애, 본명은 펠릭스라고 하나. 엄청 남자 이름 같은 이름이군."

일본에서도 오랜 무가(武家) 등지에선 장자의 이름이 계승되어, 남녀의 성별이 달라도 그대로 이름을 짓는 경우가 있다고 한다. 역사를 소재로 삼은 미소녀 게임 등에서는 성별 역전 무장 따위 흔해빠져서, 여체화 무장이 범람하는 건 이미 양식미였다.

"스바루, 못 들은 거야?"

"뭐가?"

"남자 이름 같은 게 아니라, 페리스는 엄연한 남성이야."

"————."

라인하르트의 한마디에 사고가 멎는 스바루.

그대로 팔짱을 끼고, 고개를 갸우뚱하며, 눈을 감고서 진지하게 말뜻을 곱씹으려다가 입을 열었다.

"지금, 뭐라고, 한 거냐."

"남자 이름 같은 게 아니라, 페리스는 엄연한 남성이야."

일언일구 어긋남 없이, 중요한 사항을 두 번 말해주는 라인하르트.

"뭐, 으, 어——?!"

의식이 이해를 따라잡자마자 스바루의 절규가 홀에 울려 퍼졌다.

그 목소리에 광장 안의 주목이 모이지만 경악에 휘말린 스바루는 그 사실을 알아채지 못했다.

"저게 남자?! 기사 중의 기사도 역시나 농담은 취약인 거야? 못 웃겠다고!"

비명에 이어 연방 꽥꽥대며 페리스의 모습을 위에서 아래까지 바라본다.

확실히 여성치고는 큰 키라고 생각했었다. 하지만 얼굴의 조형과 가느다란 체형을 보면 아무리 봐도 여성으로밖에 여길 수 없다. 살짝 여성으로서의 기복이 부족한 면은 부정할 수 없지만, 세상에는 성인이 돼도 가슴이 평평한 소녀도 적지 않게 있

다. 반론은 되지 못한다.

“아아, 경은 처음 보나. 내 기사인 페리스는 남자다. 내가 단언하지.”

그러나 그때까지 침묵을 지키고 있던 크루쉬가 경악의 원인이 사실이라고 긍정한다.

“마, 말뿐이라면 뭐라고든 할 수 있지……. 증거다. 그래, 증거가 없으면 난 믿지 않아!”

“어린 시절, 페리스와는 함께 목욕도 하던 사이인데, 틀림없이 남자의 성기가 가랑이 사이에…….”

“죄송했습니다! 미녀의 입으로 남자의 성기 같은 소리 듣고 싶지 않아! 제가 잘못했어요!”

당당한 말투에 스바루는 항복. 그리고 크루쉬 옆에 선 페리스를 노려봤다.

“너도 너지, 빌어먹을! 그렇게 생겼으면서 달려 있다니 누구 좋으라고! 야옹이 귀까지 달렸는데 실은 남자라니 그것도 누구 좋으라고! 지금, 잘근잘근 깨물린 기억이 저주스러운 것으로 바뀌고 있어!”

“그으런 소리해두, 맘대로 착각한 건 스바루 큥 쪽이구. 페리, 자기가 여자라구 한마디도 안 했는걸—.”

“웃기지 마, 이년── 정정, 이놈아!”

‘에헤잇’ 하고 혀를 내밀며 윙크해 보이는 페리스.

“페리스의 성별을 알면 다들 똑같이 얼굴에 놀람을 드러내지. 이것만은 몇 번 맛봐도 그만둘 수 없이 즐겁더군. ──지금만큼 큰 반응은 제법 희귀한 편이지만."

"흐음. 아시면서 계속하는 것이니 사람이 못되셨군요, 크루쉬 님."

만족스럽게 입술에 웃음기를 띤 크루쉬를 언외로 마이크로토프가 나무랐다.

하지만 그에 대해 크루쉬는 표정을 다잡고 고개를 가로저었다.

"마이크로포트 경께는 오해가 있는 것 같은데, 페리스의 행색은 내가 지시해서 시킨 것이 아니다. 모두 다 본인의 자유의사에 따른 것이지."

"시종에게 걸맞은 모습을 시키는 것도 주군의 의무라 생각합니다만."

리케르트가 크루쉬의 말에 이의를 제기했다. 크루쉬는 그의 말에 눈을 가늘게 뜨고 말했다.

"걸맞은 모습을 시키는 것이 주군의 의무……라고 말했군. 그렇다면 역시 난 페리스에겐 지금 같은 모습으로 있기를 바랄 것이야. 왜인지 아는가?"

"왜 그러합니까."

"간단한 얘기지. ——그 사람에겐, 그 사람의 영혼을 가장 빛내는 모습이 주어져야 하기 때문이다. 페리스에겐 기사 갑주를 입히기보다, 지금의 모습이 훨씬 더 어울려. 내가 드레스를 입기보다 이쪽 복장을 선호하듯이."

크루쉬는 말을 뱉고, 자기 자신을 자랑하듯이 가슴을 폈다. 그

선 모습에 페리스가 나란히 서서, 그녀── 아니, 그 또한 주군의 당당한 자태 옆에 미소와 함께 시종했다.

한두 번 겪은 게 아닌 크루쉬의 분위기에 리케르트는 반론의 말을 잃고 입을 다물었다.

스바루조차도 크루쉬의 그 침착한 소신을 보고 가슴속에 떨리는 것이 치밀어 올랐다.

"과연 크루쉬 님……. 후보자 중에서 최초의 소신표명이긴 하지만, 최유력 후보니까요. 말하기는 뭐하지만, 다른 분들과는 안정감이 다르군요."

나직이……라기에는 살짝 큰 성량으로 그런 말이 들렸다.

그 말을 주워들은 스바루는 "무슨 뜻이래?" 라고 옆의 라인하르트에게 물어봤다.

"크루쉬 님께서 당주를 맡고 계신 칼스텐 가문은 루그니카 왕국의 역사를 오래도록 지탱해온 공작 가문이야. 나라에 대한 충절의 역사와 확고한 집안. 그리고 젊어서 당주로서 공작가를 지탱하는 크루쉬 님 본인의 재기──. 두말할 것 없는, 왕선의 최선두 주자지."

"그건 또……. 그렇군. 최유력 후보라는 사전 평판이 나올 만해."

작위에 관한 지식이 별로 없는 스바루여도 공작이라는 지위가 위에서 세는 편이 빠른 나라의 요직임은 알 수 있다. 왕족이 멸족한 현 상황이라고는 해도, 다음 대의 왕은 원래 왕가와 가까운 존재이길 바라는 게 사람 마음일 것이다.

희미한 술렁임이 홀에 퍼지고, 주위의 참석자들도 재차 크루쉬의 우위성을 다 함께 확인한다. 왕선의 최유력자, 그 인식은 주지의 사실이라고 봐도 될 것 같다.

"약간 착각하고 있는 이들이 많은가 보군."

그러나 그 술렁임을 중단시킨 건 다름 아닌 크루쉬 본인이었다.

그녀는 고요함이 돌아온 장내에서 태연한 낯으로 끄덕였다.

"사람들이 왕좌에 앉는 내게 무엇을 바라고 있는지, 내 딴에 이해한다고 생각한다. 칼스텐 가문은 왕가와 인연이 깊은 중진이고, 여태까지의 국정에도 영향력을 가져왔지. 내게 왕위가 이어지면, 정치와 나라의 운영에 풍파 없는 계승이 약속된다――. 그렇겠지?"

유창하게 설명하는 크루쉬의 말에 주의 깊게 듣던 홀의 여러 명이 끄덕였다.

"하지만 기대하는 경들에게는 미안하지만, 그 약속은 해줄 수 없다."

크루쉬의 발언에 옥좌의 홀에 한순간의 정적―― 몇 초의 뜸을 들이고, 격진이 퍼졌다.

"무슨 소리냐." 하고 참석자들이 목소리를 높이는 가운데, 크루쉬는 표정을 바꾸지 않고 단상을 올려다본다. 깊은 녹색의 머리카락이 흔들리고, 늠름한 시선이 꿰뚫는 건 옥좌의 홀의 벽에 그려진 용의 도안이다.

"친룡왕국 루그니카. ――일찍이 용과 나눈 맹약의 수호를 받은 이 나라는 번영을 쌓아왔다. 전란도, 병마도, 기아마저도. 온갖 위기는 용 덕분에 피할 수 있었으며, 오랜 왕국의 역사에서 '용' 이란 글자가 사라지는 일은 없다."

'드래곤과의 맹약' —— 그것은 이 회의가 시작할 때 마코스가 설명한 내용이다.

루그니카 왕국이 용과 나눈 맹약의 수호를 받아 번영과 영달을 이어왔다는 역사의 경과. 그 의미를 곱씹는 전원을 둘러본 크루쉬가 팔짱을 꼈다.

"용과의 맹약으로 성립된 번영, 아주 좋다. 전란에선 적국을 숨결로 태워버리고, 병마가 있으면 마나의 활성화로 사람들을 치유하며, 기아가 발생하면 용의 피가 스며든 대지에 풍양의 은혜가 주어진다. 모든 고난은 존귀한 드래곤의 구원을 받고 영광이 약속되노라——."

이야기하는 내용은 빛으로 가득 차 있음에도 불구하고, 그 말을 입에 올리는 크루쉬의 표정은 밝지 않았다. 말없는 전원의 앞에서 눈을 감은 그녀는 자그맣게 중얼거렸다.

"묻겠다. ——부끄럽다고는 여기지 않느냐고."

쥐 죽은 듯이 고요해진 홀에, 지금까지 이상의 긴장감이 팽배해졌다.

하지만 다양한 격정이 응어리지기 시작한 홀에서 지금 가장 분노를 느끼고 있는 존재가 누구냐고 한다면 그건 틀림없이 옥좌의 앞에 선 크루쉬였다.

"어떠한 고충에도 맹약의 수호는 약속받고 있어. 그에 기대어 타락해서 막상 존속이 위태로워지면 대체 수단에 의지하려고 하지. 기가 막히지 않을 도리가 있겠나."

"——크루쉬 님. 말이 지나치시오!"

매서운 크루쉬의 발언에 현인회 중 한 명이 일어나서 분노를 표현했다.

"맹약을 가벼이 보는 것은 용납될 수 없소이다! 일찍이 용과의 맹약으로, 왕국이 얼마나 많은 희생을 치르지 않고 넘어갔는지…… 공은 역사가 쌓아올린 것을 부정하는 것이오!"

"과거의 번영에 대해 나는 아주 좋다고 말했다. 나 스스로도 그 은혜를 받지 않았다고는 입이 찢어져도 말할 수 없어. 칼스텐 가문 또한 왕국과 탄생을 함께해온 집안이다. 왕국이 위기에 직면하면 당가 또한 마찬가지. 나라가 용에게 구원받았다면 그건 당가 또한 마찬가지다."

'하지만.' 하고 그녀는 잠깐 쉬고 말을 이었다.

"미래의 이야기는 다르다. 지금 우리가 보이는 추태에 아무 생각도 없는가? 용과의 맹약에 매달린 나머지, 사고를 정지하고 있지는 않은가? 전란이, 병마가, 기아가 다시 왕국을 덮쳤을 때, 우리는 용에게 빌붙는 것 말고 달리 방도가 없는가?"

"그건——."

"맹약에 기대고 용력석의 글귀를 중시한 나머지, 이 나라는 제 힘으로 존속하기에는 지나치게 나약해졌다. 국가를 뒤흔드는 사태에는 그래, 용도 예언판도 힘을 빌려주겠지. 하나 그러지 않는 사건에, 우리는 저항했다고 말할 수 있는가? 근년까지의 무수한 변고……. 14년 전 대정벌의 실태는, 그 나약함이 초래한 것이야."

크루쉬가 거론한 내용에 장내의 누구나 숨을 집어삼키고 눈을 부릅떴다.

경악과 분노의 시선을 받으면서 크루쉬는 주먹을 쳐들고 늠름한 음성으로 고했다.

"용의 비호가 없어서 멸망한다면, 왕국 따위 멸망해버리도록. 지나친 혜택은 정체를 낳고, 정체는 타락을 부르며, 타락은 종언을 초래한다. 내 생각은 그렇다."

"당신은…… 당신은 나라를 멸망시키겠다고 하시는 게요!"

"아니다. 용이 없어서 멸망한다면, 우리가 용이 되어야 한다. 여태껏 왕국이 용에게만 의지해왔던 모든 것을, 왕이, 신하가, 백성이 짊어져야 해."

'따라서.' 라고 크루쉬는 한 호흡을 띄우고 말을 이었다.

"내가 왕이 되었을 때에는 용에게 지금까지의 맹약은 잊어 달라 하겠다. 그 결과 결별하게 되더라도 어쩔 수 없지. 친룡왕국 루그니카는 용의 것이 아니야. 우리의 것이다."

"————."

"고난은 기다리고 있겠지. 혹은 예전 용의 힘을 빌려 극복한 재앙, 그것조차 능가하는 변고가 우리를 기다릴지도 모른다. 하나 나는 내 영혼에 부끄럽지 않은 삶을 살고 싶다."

성조를 낮춘 크루쉬는 고개를 저으면서 시선을 아래로 돌렸다.

“전부터 나는 왕국의 존재방식을 의문스럽게 여기고 있었다. 이번의 이 형세는 하늘이 시정할 기회를 내려준 것이라 생각 중이다.”

선왕에 대한 충의를 고려하면, 불경하다고 내쳐져도 이상하지 않을 한마디였다.

“이상론인 건 틀림없는데…….”

그러나 부정할 수 없는 무게가 있다고, 스바루는 크루쉬의 말을 귀 기울여 들어버렸다.

주위도 비슷하게 느꼈는지 소리 높여 그녀에게 반론하는 목소리는 이미 홀에선 찾을 수 없다. 왕국의 역사와 정면으로 맞서 싸우는 풍격── 그야말로 왕자(王者)의 자질이다.

“흐음. 크루쉬 님의 의견은 알겠습니다. 그럼 기사 펠릭스 아가일. 그대는 따로 할 말이 없습니까.”

크루쉬의 주장을 다 들은 마이크로토프가 이번엔 옆의 페리스에게 의중을 물었다.

시종의 입장에서도 주군을 어필하라는 취지 같다.

“말씀은 그리하셔도 제가 보충할 만한 건 아무것도 없습니다. 크루쉬 님의 뜻은 크루쉬 님께서 말씀하신 대로. 그리고 크루쉬 님께서 하실 일의 정당성은 훗날의 역사와 따르는 제가 증명해 가겠습니다. ──저는 제 주군이, 왕이 되실 것을 아무 의심도 하지 않고 있습니다.”

페리스가 엄숙하게, 호리호리한 허리를 굽히면서 절대적인 신뢰를 말로 뱉는다. 그 뒤에 페리스는 표정을 지금까지와 같은 애교 있는 것으로 되돌리고 옆의 크루쉬에게 미소 지어 보였다.

"역시, 크루쉬 님은 언제냥 멋지셔요. 페리 아예 홀딱 반했어."

"때때로 페리스가 하는 말은 의미를 알 수 없을 때가 있군. ——하나 용서하겠다. 네가 내게 불리한 짓을 할 리가 없어."

페리스를 보는 크루쉬의 눈은 다정해서, 옆에서 봐도 두 사람의 좋은 관계를 이해할 수 있었다.

"자, 간신히 한 분의 이야기를 들었는데…… 흐음. 아무래도 처음부터 꽤 파란을 일으킨 내용이 되고 말았군요."

크루쉬의 소신표명이 일단락 지어지고, 마이크로토프가 간단히 자리를 정리한다. 현인회와 문관들에게 최유력 후보였던 그녀의 방침은 아닌 밤중에 홍두깨쯤 되었을까.

아마도 그녀는 방금 대화로 끌어들일 수 있었을 다수의 표를 잃었을 것이다.

하지만 방금 연설을 듣고도 그녀를 지지하는 것이라면, 그건 절대적인 신뢰가 만들어내는 마음이다.

"그런데 왕선이란 게 어떻게 결판이 나는 건지 도통 모르겠군……."

그걸 결정하겠다는 취지로 하고 있는 게 지금의 소신표명 타임이다. 뚜렷한 기준이 없는 만큼, 답답한 심정으로 논의의 진행을 지켜보고 있을 수밖에 없다.

"그럼 계속해서 이어가겠습니다. 순서는, 크루쉬 님의 옆에 계시는 순서대로."

"흥, 겨우 왔나. 하이퍼 소녀 타임이로군."

마음을 다잡은 듯한 마코스의 진행에 주황빛 소녀가 불손한 표정으로 앞에 나섰다.

"지금, 저 녀석 하이퍼 소녀 타임이라 그랬어?"

외래어가 마구 섞인 썩은 문법에 스바루가 펄쩍 놀라자, 공훈을 자랑하듯이 엄지로 자기 자신을 가리킨 알도 프리실라의 옆에 맞춰 섰다.

"금세 고저스한 소녀에게 어중이떠중이의 천한 시선이 모이기 시작했나 보군."

"제법 잘 써먹고 있는데, 공주. 꽤 약빤 모습이 새끈해."

기이……하다기보다 해괴한 걸 보는 눈으로 보고 있는데도 불구하고, 자랑스럽게 가슴을 펴는 프리실라와 엉뚱한 칭찬을 보내는 알.

"그러면 프리실라 바리에르 님, 잘 부탁드립니다."

"못마땅하지만 맞춰주마. 게 있는 늙은이들에게 소녀의 위광을 깨우쳐주고, 그런 다음 소녀를 따를 것을 선택하게 만들어주면 되는 게 아니냐. 간단한 얘기로다."

말한 그녀는 가슴골에서 부채를 뽑아내어 소리를 내며 펼치더니, 입가를 가리면서 작게 웃었다. 아리따운 용모에 어울리지 않는, 독부 같이 가학적인 미소였다.

"——저 핏빛 신부가. 부아가 치미는군."

깊디깊게, 증오를 졸인 듯 밉살스러워 하는 한마디가 홀을 내달렸다.

크루쉬의 폭탄 발언을 거쳐 결코 평온한 분위기가 아니었던 홀 안에 그 중얼거림을 계기로 흉험한 분위기가 끼기 시작했다.

아직도 왕선의 서장은 갓 시작한 직후였다.

3

"시시한 데에다 재미없는, 몰개성한 욕이야. 너무 자주 들어서 자장가 대신도 못 되겠구나."

홀을 지배하려던 좋지 않은 분위기를, 프리실라가 진정 따분한 듯한 목소리로 주저 없이 깨트렸다.

조금 전 주위의 반응을 보아, '핏빛 신부'라는 살벌한 호칭은 매도나 모멸에 가깝게 취급되고 있었으리라. 프리실라 본인은 개의치 않고 있지만, 부정도 하지 않았다.

"이전부터 궁금했었습니다만, 바리에르……라고 하면, 라이프 바리에르 경의?"

프리실라의 발언에 의아해하는 말을 끼워 넣은 사람은 마이크로토프다.

"흐음. 그러고 보니 라이프 경의 모습이 보이지 않는데, 경은 어디에……?"

"그 호색 영감이라면 반년 전에 느닷없이 노망들어 폐인이 됐지. 그 꿈과 현실의 경계를 모르는 상태로, 바로 전날에 꼴딱 숨이 넘어간 직후다."

"허, 라이프 경이. 흐음. 그렇다면 라이프 경과 프리실라 님의 관계는 어찌 되시는지요?"

"소녀에게는 망부(亡夫)라는 게 되겠군. 손끝 하나 대지 않았으니 참된 의미로 이름뿐인 관계가 된다."

놀라는 마이크로토프에게 프리실라는 반려의 죽음을 따분하다는 듯이 내뱉었다.

"공주, 아무리 그래도 그렇게 말하면 너무 가엾지 않아?"

"무의미한 죽음, 무가치한 삶이니라. 그 늙은이의 삶에 유일하게 의미가 있다면, 쌓아두고 있던 모든 것을 소녀에게 그대로 양도한 것이겠지. 따라서 바리에르 가문은 소녀의 것이다."

프리실라는 알의 발언에 귀도 기울이지 않고, 불평이라도 있느냐며 주위를 둘러봤다.

그녀의 눈길에 수긍 못하는 감정이 장내에 높아지지만, 실제로 입에 담는 사람은 없었다. 크루쉬에게 그토록 항변하던 리케르트도, 말이 통하지 않는 상대와 설전을 벌일 용기는 없나 보다.

"흐음. 이야기는 이해했습니다. 오랜 지기여서 라이프 경의 부보에는 느끼는 바가 있습니다만…… 프리실라 님의 이야기는 사리에 맞습니다. 주장은, 확실해요."

"당연하지."

"더 자세한 이야기를 듣고 싶은 바입니다만, 그쪽 기사님은?"

프리실라가 오만하게 끄덕이자 마이크로토프는 이번엔 옆에 서 있는 시종에게 대화의 방향을 돌렸다.

"아함…… 아, 나?"

명백하게 하품 중이던 목소리로 알이 대답해 멋지게 주위의 반감을 샀다.

마치 경쟁하듯이 실내의 온도를 뜨뜻미지근하게 만들어가는 주종이다.

"그래요, 그대 말입니다. 별난 복장인데, 근위기사단에선 보지 못한 얼굴…… 투구로군요."

"오, 알아보겠어? 이 투구는 남쪽 볼라키아제(製)인데, 들고 나오느라 고생했다고. 튼튼하고 오래가지. 그리고 겉보기가 멋있어서 아끼고 있지."

"볼라키아 제국의…… 그럼 그대는 근위기사단의 소속이 아니라."

"볼라키아와는 연이 끊어져 지금은 떠도는 나그네── 알이라고 불러줬으면 하네. 그리고 뜨문뜨문 맨 얼굴 내밀지 않는 데에 불만 있나 보던데…… 좀 봐주셔."

무례한 발언을 거듭하는 알에게 관중의 비난하는 시선이 모인다. 알은 그 눈총을 한 몸에 사면서 가볍게 외팔을 투구 목덜미에 집어넣고, 슬쩍 투구를 들어 올려 보였다.

"으──!"

투구 틈새로 엿본 알의 입가를 본 누군가가 저도 모르게 터트린 죽는 소리가 들렸다.

그도 당연한 얘기이리라. 누가 뭐래도 알의 안면에는 보인 부분만으로도 화상과 열상, 다양한 상처가 겹쳐진 오랜 흉터가 새겨져 있었다.

과장 없이 스바루보다 열 배는 더 심각한 흉터가.

"뭐 대충, 이런 느낌으로 보기 갑갑한 낯짝이라서, 이렇게 얼굴을 감추고 여러분과 마주하는 실례도 용서해주시길 바라나이다."

"실례를 거듭하는 것 같으나…… 볼라키아 출신에 그 상처, 혹여 검노(劍奴) 경험자가 아닌지?"

"흐응, 역시 기사단장님. 그 비밀주의 제국의, 그 뒤 구린 부분의 사정을 용케도 알고 계시군. 말마따나 검노 경험자야. 10여 년쯤 해먹은 베테랑이지."

술렁거리는 소리가 다시 홀에 퍼지고, 검노라는 단어를 기사들 중 여러 명이 입속으로 중얼거렸다.

글자 뜻으로 상상하건대, '검을 쓰는 노예' 쯤 될까.

"투쟁을 구경거리로 삼는 곳에 있었다, 그런 뜻인가?"

"바로 그거지, 형제. 뭐, 그 젊을 적의 뻘짓 때문에 팔도 덜렁 떨어져버린 거야."

능구렁이 같은 태도의 알은 그 처참한 이야기를 설명하는데도 아무런 주눅도 없다. 도리어 조금 전까지 비난의 눈으로 보던 참석자들 쪽이 말을 잃고 있는 형편이다.

그러나 그들 이상의 충격을 맛보고 있던 건 다름 아닌 스바루였다.

용차 안에서, 알은 스바루에게 자기 몸에 관해 많이는 설명하지 않았다. 외팔이가 된 원인도 에둘러 넘어가고, 투구의 이유도 캐묻게 두지 않고. 하지만 그건 스바루도 무의식중에 캐묻는 걸 피했기 때문이다.

알이 스바루와 똑같이 이세계로부터 불려온 자라는 사실—— 그 말은 즉, 그의 경험은 스바루에게도 남의 일이 아니라는 뜻이다.

실제로 스바루는 '사망귀환' 의 힘을 빌려서, 벌써 몇 번씩 목숨을 잃은 것이다.

팔을 잃고 얼굴에도 남에게 보여줄 수 없을 만큼 끔찍한 흉터를 입는다. ——이미 몸에다 무수한 열상을 새긴 스바루에게 그는 그야말로 미래의 가능성 중 하나였다.

스바루는 뼛속까지 서늘한 감각이 등줄기를 어루만지는 것을 참아낼 수 없었다.

"흐음. 볼라키아 제국 출신……. 그런데 무슨 이유로 프리실라 님 곁에?"

"별것 아니다. 소녀가 놀이를 한 결과야. 무릇 소녀가 왕이 되는 건 하늘의 뜻이나 마찬가지. 그렇다면 시종 따위 누구든 마찬가지인 게야. 따라서 소녀는 소녀의 시종으로 소녀의 마음에 든 자를 골랐다. 구경거리로서 이 사내는 충분하고도 남을 만큼 재미있어."

"그럼 어떻게 그를 찾아낸 것인지요?"

"뭘, 뻔한 일이지. ——눈에 차는 자를 소녀의 시종으로 삼는단 조건으로, 소녀의 영지에 실력에 자신 있는 자들을 모아 겨루게 했다. 그럭저럭 즐길 만한 여흥이었지."

마이크로토프에게 그렇게 응수한 프리실라는 알을 의미심장하게 곁눈으로 보았다.

"흐음, 과연. 즉, 그 대회의 우승자가 저 사람이라는 뜻……."

"아니, 우승은 안 했는데? 외팔이가 실력에 자신 있는 것들 틈에서 튈 수 있을 만큼 인생 쉽지 않다고. 승자 진출 형식으로 상위 네 명에 남은 것만으로도 제비 운이 확 트인 거지."

생각도 못한 간섭을 알이 찔러 넣으니 제아무리 마이크로토프라도 얼굴에 놀란 기색이 퍼졌다.

"허. 그럼 왜 프리실라 님께서는 저 사람을 시종으로……?"

"말했던 텐데. 소녀는 소녀의 마음에 드는 상대를 골랐다고."

프리실라는 가슴을 펴고, 옆에 선 알의 등을 힘껏 때렸다.

마른 파열음이 울리며 알이 "아힝!" 하고 비명을 지르는 소리와 함께 말했다.

"애초에 실력에 자신 있느냐는 덜떨어진 선전으로 모일 정도로 과도한 자신감에다, 괴이한 시선을 받고 있는데도 이 장애를 위장하지 않아. 그리고 무엇보다 볼라키아에서 달아났으며 출신은 '대폭포'의 저편이라고 거나하게 허풍을 친 건 이 사내뿐이야."

프리실라의 미소는 그 깊이를 더하고, 붉은 두 눈이 형형하게 희열로 빛나기 시작한다.

말이 빠르게 돌아간다. 프리실라는 중인의 시선을 모으겠다고 그 자리에서 소리 높여 발을 굴렀다.

"따라서 소녀는 소녀의 시종으로 알을 골랐다. 소녀에게 알을 고르게 한 것도, 소녀가 왕의 길을 걷게 하는 것도, 모두 다 소녀를 빛나게 하고자 하는 하늘의 뜻이다."

거기에는 한 점의 주저도 의심도 존재하지 않는다. 왠지 두려울 정도의 자신감만이 차 있었다.

"하늘이, 자신을 선택했다고……."

"당연하다. 누가 뭐래도 이 세계는 소녀에게 편리한 일밖에 일어나지 않아. 따라서 소녀야말로 왕에 합당하다. 아니, 소녀 말고 그건 맡지 못해. 네놈들은 그저 조아리며 뒤따르면 족하다."

오만불손한 말투에 회장에 있는 모두가 말을 잃는다. 그 안에서 태연히 있을 수 있는 건 그 오만함이 유쾌하다며, 소녀를 주군으로 받드는 남자 단 한 명뿐이다.

"공주님, 그렇게 하면 대체 무슨 보답이 있지?"

"단순한 얘기니라. 소녀를 따르면 그건 그대로 승자 편이다. 원하는 건 원하는 만큼 얻도록 해라. 소녀가 허락하겠다. 소녀를 따르는 자 외에는 그걸 허락하지 않아. 그뿐이다."

주황색 머리카락을 쓸어 올려 위풍당당하게 하늘에 흘린 프리실라가 대범하게 돌아봤다.

그 모습은 얘기할 말은 다 얘기했다고 표현하고 있었다. 그녀는 바로 단상의 현인회에게서 돌아선 채로 중앙으로 되돌아갔다. 그 돌아가는 등을 따라가기 전에, 시종은 단상을 쳐다봤다.

"말하는 투야 뭐하지만, 우리 공주가 하는 말은 옳아. 공주 쪽에 붙으면 공주의 뜻에 반하지 않는 한, 반드시 보답받아. ——

하늘이 프리실라를 선택하고 있거든. 영감님의…… 이크, 고(故) 라이프 씨 영지가 대번에 일어선 정황은 그쪽에서도 파악했겠지?"

알의 의미심장한 물음은 마코스에게 향한 것이었다.

"그건 이쪽에서도 확인했습니다. 라이프 바리에르 경이 돌아가신 뒤, 영지의 내정은 프리실라 님께서 집행해…… 전례 없는 융성의 극치에 있다고."

"저런데 타인을 위해서 열심…… 같은 착각만은 마셔. 공주의 수완은 천재 기질을 탄 요행수야. 단지 그게 하는 족족 완벽하게 들어맞을 뿐이지."

"────."

"뭐, 언제 공주 슬하로 들어올지는 마음대로 하면 돼. 내 생각으론 기왕이면 빠른 시기에 이기는 편에 붙어야 한다 싶지만."

주종 모두 얼마나 자신감이 있는지 겸허를 어미의 배 속에 두고 온 듯한 두 사람. 그녀와 그가 후보자 열에 돌아가자 자연히 팽팽하던 분위기가 가볍게 이완한다.

"낭자애에 남장미인. 부자 미망인과 이세계인이라니 장르가 너무 여러 군데로 뻗쳤어……."

"그럼 다음으로, 아나스타시아 님. 그리고 기사, 율리우스 유클리우스 님! 앞으로!"

스바루가 한창 중얼거리는 와중에도 왕선은 진행된다. 다음에 불려나온 사람은 보랏빛 머리 소녀다.

해사하게 응하는 소녀지만, 홀에는 아직 프리실라가 남긴 열기의 잔재가 떠돌고 있다. 거기서 율리우스가 하늘로 쳐든 팔을 내리쳤다.

메마른 파열음이 울려 퍼지고, 싫든 좋든 그때까지의 분위기가 일신된다. 그 조처에 아나스타시아가 "고맙데이."하고 미소 지으면서 앞으로. 그 옆에 율리우스가 나란히 선다.

——이렇게 이 왕선에서도 가장 주종다운 면에서 앞서가는 두 사람이 한데 모인다.

다음 후보자를 앞에 둔 스바루 또한 의식을 다시 긴장시키고 앞을 보는 것이었다.

4

"요 앞에 두 사람 같이 강렬한 걸 기대받으믄 내게는 짐이 무거워서 난처하데이. 개성이 너무 세믄 별루 환영 못 받으니께 몰개성으로 나뻔다."

느긋한 미소를 띠고 있는 아나스타시아. 그녀의 언행과 미소에 긴박감으로 팽팽하던 홀의 공기에 온도가 돌아온다.

"그라믄, 저—— 아나스타시아 호신이 이야기하겠습니다. 타관사람이니 사정 어두운 건 봐주이소?"

"아나스타시아 님의 첫째 기사, 율리우스 유클리우스입니다. 잘 부탁합니다."

율리우스는 앞머리를 가볍게 쓰다듬으며 유난히 세련된 움직임으로 자신의 존재를 어필한다.

과연. '몰개성이 내세울 점' 이라니, 고도의 농담이었다고 스바루는 판단했다.

그리고 스바루에게 걸리는 건 역시 이만저만 위화감이 드는 게 아닌 아나스타시아의 어조다. 그 점이 걸리는 건 아무래도 스바루뿐만이 아닌 모양이었다.

"그 독특한 어조는, 카라라기 출신으로 봐도 되겠습니까?"

"그 말이 맞아요. 출신은 카라라기의, 자유교역도시군의 최하층이 됩니다."

아나스타시아의 말에 마이크로토프의 눈이 살짝 가늘어졌다.

"흐음. 최하층――이라면, 루그니카에는 어떤 연고로?"

하층구라는 말의 의미가 루그니카와 똑같다면, 아나스타시아의 지위는 평민이라는 뜻이 된다. 혹은 최하층의 어의가 가리키는 대로 더 낮을 가능성도 있다.

"출신은 최하층이지만도, 지금은 착실히 도읍에 저택을 가지고 있습니다. 그 밖에도 도시 몇 군데에 상점을 갖추고 있어서…… 루그니카에 방문한 것도 처음에는 그 건입니다."

"호신 상회는 이분이 회장을 맡고 있는, 카라라기 일대 세력이 된 상회입니다. 그 나라에서 오래도록 그 지위를 반석에 올린 류시카 상공회―― 그 상공회를 아나스타시아 님께선 당신의 상재(商才)로 사들여 이름을 바꾸고 호신 상회 회장의 지위에 앉으신 겁니다."

율리우스의 말에 옆의 아나스타시아가 난처한 듯이 눈썹을 팔자로 꺾었다.

지금 발언이 사실이라면, 아나스타시아가 한 말은 여간 겸손이 아닐 정도의 실적이다.

"카라라기에서 규모가 확대함에 따라 루그니카 진출에 관한 얘기도 나왔습니다. 저와 아나스타시아 님의 접점도, 처음은 그것이 계기입니다."

"흐음. 하층구 출신임에도 그 상재로 출세한 젊은 상인이라는 겁니까. ……그건 그렇고, 지금 이야기는 마치 카라라기 건국 영웅의 일화 같군요."

마이크로토프가 입술에 웃음을 머금자 아나스타시아는 손뼉을 치며 눈을 빛냈다.

"그래, 그렇데이. 내 그 '황무지의 호신' 을 동경했카든? 상인 돼서 성씨 지을 때, 고거 본받아 호신이라 칸기다."

"아득한 옛날부터 현재에 이르기까지, 대륙 전토에서 가장 위대한 개인이라 하는 호신. 그 이름을 거리낌 없이 대다니…… 과연. 훌륭한 기개입니다."

의기투합하는 아나스타시아와 마이크로토프. 그녀가 입에 담은 '황무지의 호신' 은 스바루도 들은 기억이 있다. 분명히 이 세계에 전승되는 영웅담 중 하나다.

"내 가튼 가이나에게도 기회가 주어지는 기 카라라기의 좋은 점이라예. 재미있게도, 제게는 돈 냄새 맡는 재능이 있나 봐서."

스바루에게는 그때까지의 발언 내용으로 주위에 동요가 퍼지는 모습이 보였다. 평민과 귀족 사이의 벽을 가뿐히 넘어선 그녀의 상재는 그 정도라는 걸까.

그녀가 자신의 상재를 깨달은 게 언젠지는 알 수 없지만, 아나스타시아의 연령은 겉보기로 판단하자면 스바루보다 밑이다. 그 젊은 나이와 주위의 반응을 합치면, 그녀가 경제 세계의 괴물임을 용이하게 알 수 있었다.

"아나스타시아 님의 상재는 천부적인 것……. 그야말로 호신 본인과 필적한다고 해도 과언이 아닙니다. 재능 없는 제 입장에선 선망으로 넘칠 뿐입니다."

"그건 참, '가장 뛰어난 기사' 가 그렇게까지 호언하신다면, 여간내기가 아니겠군요."

율리우스가 늘어놓은 미사여구에 마이크로토프가 의젓하게 끄덕였다.

하지만 그 말에 도통 납득해줄 수 없는 사람이 옆에서 듣고 있던 스바루다.

"방금, 내가 잘못 들은 게 아니라면 쟤 '가장 뛰어난 기사' 라고 불리지 않았어?"

"불렀어. 루그니카 왕국 근위기사단에서, 단장인 마코스 단장님을 제외하면 가장 서열이 높은 건 율리우스야. 부단장도 있기는 있지만, 이쪽은 명목뿐인 명예직 대우라서 거의 공석이라 생각해줘도 돼."

스바루의 의문에 라인하르트가 의리 있게 대답을 돌려준다.

"검의 실력에 마나를 다루는 솜씨. 집안에 실적. 율리우스가 가진 기사로서의 자질은 더할 나위 없어. 군말 없이 '가장 뛰어난 기사' 라고 불리기에 걸맞은 인물이야."

"하지만 수도 번화가에선 '기사 중의 기사' 라고 하면 너를 말하는 모양이던데? 띵똥땡에게도 퍼져 있었고, 너도 부정하지 않았잖아?"

"그 호칭과 실제 자질에는 여러 가지로 차이가 있어서 그래. 다만 확실하게 검의 실력만 따지면 내 쪽이 율리우스보다 위겠지. 나보다 강한 존재와는 만난 적이 없으니까."

선뜻 나온 최강 발언.

스바루는 머쓱해졌지만, 반면에 라인하르트는 그 사실을 뽐내는 것도 아니었다. 오히려 어딘가 선망이 맺힌 눈으로, 그 입술을 다물고 있었다.

라인하르트의 여유 없는 표정에 스바루는 어떡해야 할지 요리조리 머리를 굴렸지만, 무슨 말을 입에 담기보다도 진행 중인 안건에 처지지 않는 걸 우선했다.

"주종의 관계가 양호한 것은 알았습니다. 흐음. 그렇다면 아나스타시아 님께 여쭙고 싶군요. ──카라라기 출신인 아나스타시아 님께선, 무슨 목적으로 왕을 목표로 하시는지."

"아─, 역시 마음에 걸리나예, 제 출신."

당연하다면 당연한 얘기지만, 나라가 있는 이상은 이 세계에도 국가와 민족에 따른 간극이 존재하는 것이다. 그 울타리의 높이는 불명확하지만, 긴급사태라고는 해도 자국의 정점에 있는 자리를 타국에서 온 내방자에게 가볍게 양보할 수 있을 턱이 없다.

온 홀이 마른침을 삼키는 가운데, 긴장감에 싸인 아나스타시아가 옅게 웃었다.

"그렇게 기대받으믄 긴장해요. 공교롭게도 제게는 크루쉬 씨 같은 훌륭한 사상은 없고, 프리실라 씨처럼 내가 그리되고자 선택받았다―라고 장대한 자신감이 있는 기도 아닌걸요."

"그럼 설마, 용주가 반응했으니 형편에 따라――라고는 말씀하시지는 않겠지요?"

"아하하, 그랬으믄 저도 이런 곳에는 쉬이 나오지 않아요. 물론, 제게는 제 딴의 목적이 있어서 한 일이죠. ――저, 실은 조금 남보다 욕심이 많아예."

마이크로토프의 물음에 선선히 혀를 내민 아나스타시아가 단언했다.

예상하던 것과 꽤 분위기가 다른 발언에 회장의 태반이 귀를 의심했다.

"원체 출신이 출신이라, 어릴 적부터 남보다 훨씬 더 물욕이 강한 편이었다고 생각해예. 이렇게 남부럽지 않은 상인으로서 출세할 수 있던 기도, 돈에 관한 후각 이상으로 집착심이 강했기 때문이라 봅니다."

"집착심……입니까."

"처음에는 자그만 상회의 심부름꾼하다, 가게 사람의 방식에 좀 참견해 봤더니 이게 대박. 몇 번쯤 계속해가는 중에 커다란 거래에도 한몫 껴주게 돼서, 최하층에서 살던 기는 다 잊어버릴

만큼 생활은 편해졌어예. 그란디, 편해졌을 턴디 자유로워지진 않고. 아이다, 더 부자유해졌어예."

아나스타시아는 자기가 넘어 온 계단을 손을 꼽으며 헤아리다가 고개를 가로저었다.

"……흐음. 그건 어찌하여."

"그게 욕심의 무서운 점이죠. 요는 눈과 손이 닿는 곳이 늘수록, 차지하고 싶은 게 늘어버리는 거죠. 즈기 갖고프다. 이기 갖고프다. 그기론 모자라다. 얼맨치 있으두 모자라다—— 그카다 눈치챘더니 여기라예."

생긋 미소 지은 아나스타시아가 자신의 발치를 가리켰다. 그것이 발밑—— 왕성을 가리키고 있는 건 명백하다.

"내는 욕심 많으니께 다 갖고 싶어예. 하지만 내는 아직 충족된 적 없어예. 진짜 충족감을 모릅니더. 그라서 내는 내 나라를 원해예."

"물욕의 저울에 왕국을 올리겠다는 얘기십니까."

"그카다 내 저울이 망가져뿐다면 망가지길 바래예. 내 그릇에 다 들어가지 않는다카믄, 내가 충족되었다는 뜻이니께예."

나무라는 듯한 마이크로토프에게 아나스타시아는 억척스러운 웃음으로 대꾸했다.

즉, 그녀는 왕좌를 목표하는 이유를 자신의 '욕망'이라고 단언하고 있다.

"근디 왕국을 손에 넣어도 내가 충족되지 않는다꼬 칸다믄…… 고때는 왕국을 싸잡아서 더 높은 곳을 목표로 해야만도 하겠지예."

"당신에게 손에 넣은 것이 무가치했다면 어떻게 됩니까?"

"말했었지예? 내는 욕심 많아예. 그께네 한 번 손에 넣은 기는 어찌 될지라두 내 낀기라. 카고 손에 넣은 내 끼는 내 새로운 탐욕을 채우기 위해서 이용해야지예. 그라니께 카라라기에서의 생활도, 호신 상회도, 상회에서 일하는 종업원도, 전부 내를 채우기 위한 내 정열의 일부라예. 버릴 리 없습니더."

'그러니.' 하고 아나스타시아는 홀 전원의 얼굴을 내다보면서 말했다.

"——안심하꼬, 내 끼 되어줘도 된데이?"

그녀는 해사하게, 이 홀에서 최초로 얼굴을 마주했을 때의 인상 그대로 온화하게 웃었다.

그 온화함 밑에 숨겨진, 광기마저 느껴질 정도의 갈망을 맺혀놓은 채로.

발상이야 속된 것이었지만, 그런 만큼 그녀의 주장은 심플했다.

그녀는 자신의 욕망대로 왕좌를 원하고 있으며, 그리고 왕좌를 손에 넣었을 때에는 왕국의 번영에 전력을 다할 것을 공약하고 있다. 손에 넣으면 버리지 않고, 손에 넣은 이상은 그것을 높은 곳으로 밀어 올리지 않고는 가만있지 못하는 성격이다. 그녀는 지금 이야기로 그렇게 전달한 것이다.

"흐음. 아나스타시아 님의 주장은 충분하겠지요. 기사 율리우스는 따로 할 말이 있습니까?"

주군의 연설이 끝나면, 다음은 시종의 어필 타임이다. 앞선 두 사람은 주군이 가진 왕의 자질을 설파했지만, 앞으로 나선 율리우스는 아나스타시아를 손으로 가리키며 다른 말을 했다.

"아나스타시아 님께서는 속된 말로 욕망이라고 바꿔 말씀하셨지만, 뒤집으면 그건 향상심과 깊은 정을 나타내는 표현입니다. 그 한편으로, 경영자 입장의 관점으로 정에 휩쓸리지 않는다는 선택을 취할 수도 있습니다. 위정자로서, 그 자질은 필요불가결합니다."

"흐음. 확실히, 그렇겠군요."

"덧붙여 조금 전에도 말씀드린 대로, 아나스타시아 님의 상재 —— 그것은 지금의 왕국이 굴뚝같이 원하는 능력입니다. 이웃나라와의 거듭된 충돌. 특히 제국령과의 분규에 따른 전비(戰費), 그리고 작년의 대기아도 있어 루그니카 왕국의 재정난은 심각합니다."

별안간 국가의 치부를 건드리는 율리우스의 발언에 자리가 술렁인다.

"공공연한 자리에서 경솔하게 입에 담아도 될 내용은 아닌가 싶습니다만, 기사 율리우스."

"재정 재건이 요 수십 년, 국가의 대사인 건 주지의 사실입니다. 이 자리에 모여 있는 사람들 앞에서 감출 필요를 느끼지 못하겠습니다. 국가사업조차 정체된 현재, 그렇게 눈을 돌려온 결과가 이 재정난에 있다고는 생각지 않습니까?"

"일개 기사가 제 마당이 아닌 국정에까지 참견을……."

"물론 우리 유클리우스 가문은 크게 영향받지는 않았습니다. 눈을 돌리고 있어도 제 대에서 돌이킬 여지가 없어지진 않겠지요. 그러나 당가가 무사하다고 하더라도 섬기는 왕가가 곤궁하다면 두고 볼 수는 없습니다."

핏대를 띄우는 현인회의 노인을 가로막은 율리우스는 옆의 아나스타시아를 돌아봤다.

"때문에 카라라기에서 융성의 극치에 있던 호신 상회와 접점을 가지고, 루그니카에 새로운 바람을 불러들이려고 했던 겁니다. 그 도중에 아나스타시아 님에게서 왕의 자질을 보았습니다. 이걸 운명이라고 부르지 않고 뭐라 하겠습니까."

열이 오르기 시작했는지 얘기하는 율리우스의 어조는 높으며, 말은 낭랑하게 속도를 붙인다.

"하늘이 왕을 선택한다면 그건 다름 아니라 아나스타시아 님입니다. 저는 제 왕가에 대한 충성에, 왕국에 대한 충의에 맹세코, 아나스타시아 님이야말로 왕에 걸맞다고 단언합니다. ——경청해주셔서 감사합니다."

마치 무대 배우 같은 동작으로 청중에 대한 연설을 매듭짓는 율리우스. 그가 만들어낸 분위기에 빨려들어가 있던 참석자들은 제정신을 차린 얼굴로 단상의 주종을 새삼 쳐다봤다.

"기사 율리우스. 이미 충분하다고 판단해도 되겠지?"

그런 와중에도 태연한 마코스의 표정은 변함이 없다. 상사의 태도에도 익숙한지 율리우스는 "예, 감사합니다."라는 말을 읊고 아나스타시아 옆으로 돌아갔다.

"훌륭하셨습니다, 아나스타시아 님. 당신이라는 꽃은, 역시 이런 자리에야말로 활짝 핍니다."

"하모하모, 고맙데이. 아— 진짜, 필요 없는 소리꺼정 말한 기분이라 창피하데이."

파닥파닥 손바닥으로 얼굴에 부채질하는 붉은 얼굴의 아나스타시아가 율리우스를 데리고 후보자 열로. 이렇게 세 번째 후보자 진영의 주장이 종료되고, 순서상으로 다음에 오는 게——.

"그럼, 다음 후보자인—— 에밀리아 님."

잠시간의 침묵을 거쳐, 여태까지 정숙을 유지해온 은빛 소녀의 이름이 불린다.

후보자의 열 속에서 단 혼자만 기사를 동반하지 않은 소녀. 이름이 불린 그녀가 고개를 들고 그 하얗고 아름다운 옆얼굴에 불안과, 또 강한 결의로 채색된 감정을 섞으며 대답했다.

"네."

에밀리아가 앞으로 나선다. 그녀의 왕선이 지금 시작된다.

——그때, 나츠키 스바루는.

5

중앙을 향해 걷기 시작하는 에밀리아의 오른손과 오른발이 같은 타이밍에 앞으로 나선 순간—— 스바루는 '이거 내가 어떻게 수를 써야 한다.' 라고 생각했다.

일상이라면 'E · M · G'(에밀리아땅 무지 강아지)라고 긴장하는 그녀를 귀여워할 수도 있었겠지만, 현 상황에서 그걸 해서 상황이 개선될 조짐이 보이지 않는다.

어떻게든 중앙에 도달하기 직전에 걸음걸이가 어긋난 걸 깨달은 에밀리아의 손발이 로봇 걸음에서 평범한 것으로. ——그대로, 현인회의 시선이 쏟아지는 홀 중앙으로 나아갔다.

그런데도 소곤거리는 말소리는 멎지 않으며, '반마'라는 단어가 여러 번 스바루의 귀를 스쳤다.

"——스바루, 괜찮아. 걱정은 필요 없어."

"내 마음속을 읽지 마. 내가 손바닥 위에 있냐."

"풍문 따위 본인의 그릇 앞에선 흩어지는 법이야. 에밀리아 님을 믿어도 돼."

불쾌한 자리의 분위기에 신경이 곤두선 스바루를 라인하르트가 달랬다.

하지만 그건 바로 스바루 쪽이 주장해야 했을 말이다.

그 말을 라인하르트가 했다는 사실에 스바루의 가슴에 표현할 길 없는 불만이 남았다.

그 라인하르트의 발언은 그 뒤에 파도가 물러나듯이 잡담의 기척이 걷히는 걸로 증명됐다. 계기는 앞에 나선 에밀리아 옆에 로즈월이 선 일이다.

의사 진행을 맡은 마코스가 나란히 서는 에밀리아와 로즈월을 보고 침중한 표정으로 끄덕였다.

"그럼 에밀리아 님. 그리고 로즈월 L. 메이더스 경. 부탁드립니다.”

“네에— 네. 아이구야—, 이렇게 기사 일동이 줄줄이 시중을 들어준 다음이면, 내가 어마어마하게 자리에 어울리지 않으니 난감할 따아—름인걸.”

끝까지 가벼운 태도를 관철하는 로즈월.

곁에 있는 에밀리아에게 “그렇죠?”라며 돌아보지만, 그녀의 반응은 당연하게도 없다.

방금까지의 그녀의 긴장을 감안하면 평소의 반응 따위도 바랄 여지도 없다. 무신경한 로즈월에게 스바루가 짜증낼 정도다.

그러나 그런 감개는 다음 순간 즉각 내버려졌다. 왜냐하면——.

“처음 뵙겠습니다, 현인회 여러분. 제 이름은 에밀리아. 가명(家名)은 없습니다. 그냥 에밀리아라고 불러주세요.”

은방울 같은 음성이 흐르고, 그 이름을 전원의 가슴에 동등하게 새긴다.

목소리는 떨리지 않으며 앞을 보는 눈길도 흔들리지 않는다.

방금까지의 긴장은 어디로 간 노릇인지. 현인회를 목전에 두고 자신의 이름을 말한 에밀리아는 여태까지의 후보자와 비교해도 하등 떨어지는 구석이 없었다.

“그리고 에밀리아 님의 추천인은 불초한 몸으로 로즈월 L. 메이더스 변경백이 맡고 있습니다. 현인회 여러분께는 시간을 내주신 데에 감사를.”

“흐음. 근위기사가 아니라 추천자는 궁정마도사인 당신이 됩니까. 그쪽의 경위를 여쭐 수 있을까요.”

수염을 만지면서 이야기의 흐름을 제시한 마이크로토프의 에밀리아를 바라보는 눈이 날카로운 박력을 머금는다. 그는 에밀리아의 모습을 위에서 아래까지 바라본 다음에 말했다.

"후보자인 에밀리아 님. 이분의 내력까지 포함해서, 부탁합니다."

"알았습니다. 우선은 여러분도 주지하고 계실 테지만, 에밀리아 님의 출신 쪽부터 설명해드으—릴까요. 아리따운 은빛 머리카락, 투명한 하얀 피부, 보는 이의 마음을 사로잡는 남보랏빛의 눈에, 한 번 들으면 꿈에서도 잊을 수 없는 은방울 같은 목소리. 마성(魔性)의 미모 곳곳은 아시는 바대로 에밀리아 님께서 엘프의 피를 잇고 있는 것을 증명합니다."

"절반은 인간의 피── 다시 말해, 하프엘프라는 것 아닌가?"

로즈월의 설명에 끼어든 건 현인회의 자리에 앉은 대머리 노인이었다.

덩치 큰 노인은 이마에 핏대를 띄우며 내뱉고, 혐오에 찬 눈으로 에밀리아를 쏘아본다.

"꼴도 보기 싫군. 은발의 반마 따위, 옥좌의 홀에 들어오는 것조차 죄스러운 걸 왜 모르는 것이야."

"보르도 공, 말씀이 과하십니다."

"마이크로토프 공이야말로 이해하시는 게요? 은발의 반마는, 저 '질투의 마녀'의 구전되는 용모 그 자체 아니외까! 예전에는 세계의 반을 들이마시고, 모든 생물을 절망의 혼돈으로 내

쫓은 파멸. 이를 모른다는 말은 못할 것이오.”

“————.”

“그대의 외견과 내력만으로도 몸서리 칠 사람이 얼마나 될 줄 아나. 그런 존재를 감히 옥좌에 앉히겠다고? 가당치 않아. 타국에게나 국민에게나 실성했느냐는 말을 듣는 게 고작이지. 하물며 이곳은 친룡왕국 루그니카—— 마녀가 잠자는 나라야!”

두 팔을 벌리고 발을 구르면서 거친 어조와 태도로 빽빽거리는 보르도. 그 태도에 에밀리아는 아직도 무반응. 장내의 분위기도 대번에 식어간다.

“보르도 님, 다아— 끝나셨습니까?”

“말을 다했느냐는 의미라면 아직 한참 남았을 정도야. 경의 행위는 그만한 짓이다. 알고는 있는가, 필두 궁정마도사여.”

“알고 있다아—마다요. 현인회 여러분의 의견을 대표해주신 보르도 님의 배려도, 에밀리아 님을 보게 될 국민들의 감정 문제도 마알—이죠.”

위압하는 듯한 보르도에게 로즈월은 손가락을 세운다.

“그으—러나, 잊고 계시지 않습니까. 보르도 님이 문제로 삼고 계신 부분은, 정작 왕선에 관해서는 아무 의미도 없는 사항이 아아—닙니까.”

“……무슨 의미지?”

“기이하게도 처음에 프리실라 님께서 이르신 말씀이다마아—다요. 모양만이라도 다섯 명의 후보자가 모이면 왕선이 시작된다고. 시작만 하면, 나머지는 숙연히 진행할 뿐이잖습니까?”

목소리를 낮춘 로즈월이 현인회를 쳐다보고, 마이크로토프가 눈을 가늘게 뜬다.

"흐음. 즉, 그대는 이렇게 말하는 것이요? 에밀리아 님께선 용주에 선택받은 존재라는 그 사실이 중요하며, 실제로 왕위에 앉을 자격이 있는지는 문제가 아니라고."

"들러리 후보……라면 말투가 좋지 않지만, 모쪼록 그으—런 느낌으로 생각하면 어떨까요. 에밀리아 님의 용모는 아닌 게 아니라 특징적이다마다요. 이분을 보고 '질투의 마녀'를 연상하지 않는 인간은 일단 없습니다. 그건 우리에게, 알기 쉬운 반상의 말이 될 수 있죠."

선선히 에밀리아가 왕위에 앉을 가능성을 내버리는 발언을 하는 로즈월.

그 발언에는 조금 전의 폭언을 넘은 충격이 있어서 스바루는 분노를 잊고 멍청해졌다.

그렇게까지 에밀리아가 왕을 목표로 노력한 사실을 알면서, 그 후원자인 남자가 무슨 소리를 지껄이는 거냐고.

"다섯 명의 후보자로 이루어지는 왕선을, 실질적으로 네 명의 경쟁으로 만들자는 말인가."

"선택지가 적어지는 편이 분열할 가능성은 감소한다고 생각지 않습니까? 왕이 부재중이라 타국의 내정 간섭마저 염려되는 현재, 위험을 줄일 방책을 이쪽에서 가다듬어어—야 하지 않을지?"

로즈월의 제안에 고민하는 얼굴의 보르도. 다른 현인회의 노인들도 "그런 얘기라면야." 하고 주워섬기는 걸 보면 적잖게 내켜하는 듯하다.

에밀리아의, 그녀의 노력을, 짜고 치는 경주의 들러리로 버리려는 판단을.

"웃기지들 마——!!"

——노성이 홀에 울려 퍼지고, 메아리치는 그 소리를 발단으로 실내가 싹 고요해진다.

정적이 내려앉은 장내에 유일하게 남은 소리는, 노성을 터트린 스바루의 거친 숨소리뿐.

분노로 얼굴을 붉힌 스바루의 뇌리에 '저질렀다.' 라는 한마디가 스친다.

하지만 이제 와서 무를 수도 없다. 스바루만은, 물러서선 안 되는 것이다.

돌아선 로즈월이 저도 모르게 앞으로 나선 스바루를 냉랭한 눈으로 바라본다.

"이렇게까지 자리를 가리지 못할 줄은 몰랐다. 지금은 너 같은 입장의 인간이 끼어들어도 될 장면이 아아—냐. 사죄하고 퇴실하게."

"내 의견은 전했다고. 웃기지 마. 그리고 이렇게 뒷말을 잇겠어. 사과하는 건 너희 쪽이라고."

"더더욱 놀랄 지경이군. ——목숨이 필요 없다니."

로즈월에게서 평소의 표표한 분위기가 사라지고, 대신에 보는 이에게 전율을 품게 할 만큼 압도적인 귀기가 일러였다. 그의 주위가 일렁거리듯 보이는 이유는 방대한 마나 때문일까.

그 압도적인 힘의 예조로 말미암아 이를 가는 스바루의 뇌리에 대화재가 스친다.

마수의 숲에서 울가름의 무리를 모조리 불사른, 무자비한 불길의 정경이.

"지금 이 자리에서 땅바닥을 기며 용서를 청하겠다면 밖으로 내보내는 것만으로 넘어가겠다. 하지만 여전히 하잘것없는 오기를 부리겠다면……."

왕선이라는 나라의 일대사. 그 일을 개인의 감정으로 더럽힌 스바루를, 로즈월은 왕국의 존엄을 대신해 불꽃으로 단죄하려고 한다.

부풀어 오르는 살벌한 낌새에 스바루의 무릎이 과격하게 후들거린다. 손끝에 떨림이 전염되고, 이 악물고 참지 않으면 이가 딱딱 맞부딪칠 것만 같다.

하지만――.

"나, 난 말했어. 사과할 쪽은 내가 아니라, 너희라고!"

목소리가 떨리고 있었으며, 뒤집히기도 했다.

그러나 그런데도 스바루는 고개를 숙이는 것만은 하지 않았다.

에밀리아가 잘못된 점이라곤 아무것도 없으니까. 그 행동만은 하지 않았다.

"조오―옿겠지. 힘 없이는 아무것도 내세울 수 없다. 그 의미를 몸으로 직접 알아보도록. 내세에는 그 경험을 살리기를 빌다마다."

최후통첩이 선고된 순간, 넘쳐 나오고 있던 힘의 분류가 형상을 이루며 구현화한다.

생겨난 건 홀 전체를 형형하게 비추는 극광을 두른 화구(火球)다. 로즈월의 손바닥 위에 생긴 불덩어리는 소규모의 태양을 연상케 하는 화력으로 떨어진 스바루의 살갗마저도 가볍게 지진다.

"불의 마나 최상급의 화력을 보여주지. ――알고아."

야멸찬 말을 내뱉은 로즈월의 손바닥이 스바루 쪽을 겨눈다.

손바닥 안에 있던 화구가 날고, 열원이 천천히 스바루를 불태워버리고자 닥쳐든다.

순간적으로 회피하려고 하지만, 정작 몸이 전혀 따라붙질 않는다. 다리가 떨고 있기 때문일까. 아니면 목전에 닥친 '죽음'을 의식해서 몸이 움츠러들었기 때문일까.

아니다.

스바루의 배후에 에밀리아가 서 있기 때문이다.

때문에 스바루는 지금 이 순간, 여기서 움직이는 짓은 절대로 할 수 없다.

"――――크!"

찰나, 벌어진 결과에 누구나 숨을 삼켰다.

화구가 스바루에 충돌한 순간, 스바루의 온몸을 덮은 푸르스름한 빛에 상쇄된 것이다. 적색과 청색은 정면으로 화력을 겨루다가―― 결과적으로 하얀 증기만을 남기고 세계에서 소실됐다.

"——거기서 끝이야."

그리고 경악이 남은 홀 안에, 늠름한 은방울소리가 예전과 같은 곡조를 연주한다.

"그 이상의 폭거는 내 앞에선 용납하지 않아. 만약 계속하겠다면——."

『사랑하는 딸의 요구에 따라, 나도 힘을 휘두르기를 불사하지.』

에밀리아의 의연한 목소리에 중성적인 목소리가 겹친다. 그 목소리의 발생원에 의아하게 미간을 좁힌 직후, 전원이 깨달았다.

——온몸을 찌르듯이 홀에 펼쳐진, 그 대정령의 얼어붙을 분노를.

『인간 나부랭이가 눈앞에서 내 딸을 두고 함부로들 떠들었군 그래.』

팔짱을 끼며 분홍빛 코를 작게 울리고—— 회색 체모의 새끼 고양이가 홀 공중에 천천히 강하해온다. 그 검은자위 눈동자를 유례없이 차가운 감정으로 얼리고서.

"————."

무감정한 눈으로 주위를 굽어보는 팩에게 거센 반응을 드러낸 건 경호 중인 기사들이었다.

그들은 순간적으로 검을 잡고 머리 위에 부유하고 있는 팩에게 강렬한 경계를 보냈다.

"——허? 엥? 뭐야?"

상황 변화에 처진 스바루는 무슨 일이 일어나고 있는지 완전히 파악하지 못하고 있다.

로즈월에게 불타 죽는다고 생각한 직후의 이 상황이다. 감싸고 있었을 에밀리아가 스바루 앞에 서 있고, 그녀를 지킬 만한 위치에 있는 팩에게 전원의 경계가 쏠려 있다.

그리고 팩을 바라보는 경계의 눈초리에 섞인 건, 공포에 가까운 빛깔인 것이다.

"——영구동토(永久凍土)의, 종언의 짐승."

쉰 목소리로 중얼거린 말에, 고요한 충격이 홀을 가로질렀다. 그 말은 마이크로토프가 중얼거린 것으로, 그 말을 주워 들은 팩은 그 귀를 쫑긋하고 노인을 쳐다봤다.

『그렇게 불린 적도 있었을까. 조금은 박식한 애송이도 있군.』

"이 나이에 애송이 취급받다니, 귀중한 체험을 시켜주시는군요."

긴장으로 누구나 얼굴을 굳힌 가운데, 팩을 상대하는 마이크로토프만이 강인한 정신력으로 평정을 유지하고 있다.

그 노인의 태도에 팩은 거만한 몸짓으로 꼬리를 출렁거렸다.

『내가 어떤 존재이며, 어떻게 부르고 있었는지는 그쪽 마음이다. 그런데 내가 무슨 짓을 한 존재인지에 대해 잘 아는 것 또한 나보다 그쪽 아닐까.』

"그렇겠지요. ……로즈월 경."

팩의 말에 마이크로토프가 로즈월을 부른다. 그 말을 들은 로즈월은 엄숙하게 고개를 숙이며, 에밀리아와 팩 양자에게 손을

내밀고 말했다.

"마이크로토프 님의 추측대로…… 이쪽의 초월적인 존재는 예전 영구동토의 종언의 짐승이라 불린, 고대의 대정령님이십니다. 그리고 지금은 에밀리아 님의 계약 정령이기도 하죠."

"말도 안 돼! 사대(四大)에 속하는 대정령이 사역되는 쪽에……. 더구나, 반마에게라니!"

그만큼 놀랄 일이었는지 언성을 높이는 보르도에게 팩의 시선이 꽂힌다. 여간내기가 아니던 노인도 손끝 하나로 자신을 얼음상으로 만들 수 있는 상대에겐 따져들지도 못하고 있다.

『지금 애송이를 포함해, 불쾌한 너희가 이 자리에서 얼음덩이가 되지 않는 걸 리아에게 감사해라. 귀여운 딸의 탄원이 있기에 난 이렇게 얌전하게 있는 거야. ——이 아이가 말리지 않으면 이곳은 지금쯤 얼음 상의 홀이다.』

담담한 말은 뼛속까지 시린 냉기를 수반하고 있어 홀의 전원의 간담에 싸늘한 것을 꽂아 넣는다. 그의 말이 결코 허튼소리가 아님은, 그 존재를 앞에 두면 명백하다.

이 자리의 모든 생명을 손바닥 위에서 희롱하는 강대한 힘——. 누군가가 숨을 삼키는 소리가 유난히 크게 들린다.

"——헐헐헐."

그런 와중이었기에 더더욱 유쾌하게 무릎을 친 마이크로토프의 모습은 너무나도 뜬금없었다.

팩의 고요한 눈이 웃는 노인을 바라보지만, 노인은 그 눈길을 정면으로 마주 보고 말했다.

"간담이 쪼그라드는, 재미있는 취향이었다고 말씀드리지요."

『응, 들통 났네. 봐, 로즈월. 과한 건 좋지 않다고 했잖아.』

마이크로토프의 말에 팩이 표정을 편하게 하며 어깨를 으쓱였다.

그러자마자 홀을 석권하던 냉기가 소실. 곤혹 가운데 로즈월이 자기 이마를 쳤다.

"아이쿠우—, 자신 있었는데…… 상처받겠네에—, 참."

"기, 기다려 보게……! 도대체, 그대들은 무슨 얘기를 하고 있나?"

팩, 로즈월, 마이크로토프 삼자만이 납득한 듯한 분위기에, 마지막으로 오싹해지는 시선을 받은 보르도의 곤혹스러운 말이 나온다.

"한마디로 정리하자면—— 방금 장면이 바로 에밀리아 님 진영의 연설 방식이란 것이지요. 지금까지의 후보자 분들과는 취지가 크게 다릅니다만."

마이크로토프의 눈초리에 로즈월이 항복하듯이 두 손을 들었다.

"에밀리아가 계약한 팩의 힘을 전원에게 과시하고, 저 애가 웬만큼 이상의 힘이 있는 존재라고 강조했어. 그러기 위한 일대 연극이라, 그런 뜻이야?!"

스바루가 바닥을 짓밟고 로즈월을 노려보자, 광대의 표정이 낯익은 밉상을 되찾는다. 스바루가 외친 소리에 홀에 이해가 퍼지고, 개중에서도 유별나게 속은 보르도가 부르짖었다.

"지금 것이 연기…… 연기라고?! 하면 이번의 한 장면은 전부 계획된 수작인가! 로즈월! 네 이놈, 이 자리가 어딘 줄 알고 있나?!"

『응, 응. 화내는 건 당연해. 사과할게. 사죄하지. 용서해줘. 미안해. 내가 잘못했어. ——그런데, 아까 한 말은 전부 사실이야.』

사죄를 입에 담으면서도 덧붙인 한마디로 보르도의 심장을 펄떡 뛰게 하는 팩. 새끼고양이는 빙글빙글 노인의 주위를 돌았다.

『——지금, 너희가 얼어붙지 않은 건 에밀리아의 온정이야. 그 사실을 잊지 말아줘.』

"사, 상황이 바뀌니 이번엔 협박인가? 지금 말은 '뜻에 따르지 않겠다면 얼음덩이로 만들겠다' 는 시위행위 그 자체다. 그게, 협박자의 말투가 아니면 뭐라고……!"

한가로운 목소리로 가하는 팩의 위협에 보르도도 고참의 오기로 반론했다.

그러나 결과적으로 보르도의 말에는 일리가 있으며, 부정할 수는 없다.

"——그래요. 전 당신들을 협박하고 있어요."

그리고 에밀리아는 자신에게 모이는 그 의심을 정면으로 긍정했다.

"다시금, 영예로운 현인회 여러분께 말씀 올립니다. 제 이름은 에밀리아. 엘리오르 대삼림에 있는 영구동토의 세계에서 오랜 시간을 보내고, 불의 마나를 관장하는 대정령 팩을 거느린 은빛 머리의 하프엘프. 인근의 마을 사람들은 저를 이렇게 부르고 있었습니다."

한 박자 쉰 에밀리아는 단상의 현인회의 구성원들을 둘러본다.

"얼어붙은 숲에 사는, '빙결의 마녀' 라고."

마녀. 그 단어가 나온 순간에 홀의 분위기가 싹 변한다.

누구나 입을 닫고, 말을 빼앗겼다.

단 한 명, 그 담력을 기른 법부터 다르다고 평가할 수 있는 마이크로토프를 제외하고선.

"힘을 드러내고, 요구를 전한다. 그야말로 마녀의 존재방식이군요. ――그럼 그 빙결의 마녀님은 우리에게 무슨 협박을 하려는 심산이십니까."

"제 요구는 단 한 가지뿐. ――그저, 공평하기를."

"……공평."

"하프엘프라는 사실이나, 마녀와의 공통점 때문에 편견 섞인 눈에 시달릴 건 알고 있습니다. 하지만 그걸로 가능성의 싹을 전부 뽑히는 것은 단호히 거부합니다."

"그대는 이 왕선에 임해 한 후보자로서 대등하게 대우하라고, 그렇게 바라신다는 뜻입니까."

그녀가 보내온 나날 중에, 이유 없는 악의에 노출된 기억은 얼마나 될까.

그 출신을 이유로 박해받은 적도 한두 번이 아니었으리라.

"공평하단 것은 제게 매우 귀중한 일입니다. 그러니 제가 여러분에게 요구하는 건 단 하나. 공평하게 대우받는 것. 계약한 정령을 방패로, 왕좌를 빼앗겠다는 공평하지 못한 소행은 절대로 하지 않습니다."

에밀리아는 그 선택을 고르겠다고 마음먹으면 고를 수 있는 것이다.

하지만 그 선택지를 고르지 않고 일부러 불리해질지도 모르는 상황을 바란다. 왜냐하면.

"저는 다른 후보자에 비교해도 부족한 곳뿐인 미숙한 존재입니다. 모르는 일뿐이고, 배워야만 하는 일은 산더미처럼 있어요. 그래도 목표할 정상을 알고 있으니 노력을 빼먹겠다는 생각은 없습니다."

스바루는 저택에서 면학에 매진하며 온갖 일에 진지하게 몰두하는 그녀를 지켜봐왔다.

그렇기에 스바루만은 이 자리의 누구보다도 에밀리아의 말이 진실임을 알고 있다.

떨림을 감출 수 없다. 스바루는 목이 마르는데 눈은 젖기 시작하는 묘한 상황을 자각하고, 자신의 한심한 오열이 새어 나오지 않도록 필사적이었다.

"제 노력이 옥좌에 어울릴지는 모릅니다. 하지만 그러하기를 바라며 노력을 이어가는 마음은 진짜입니다. 그 마음만은 다른 후보자에게도 지지 않아요. 그러니 공평한 눈으로, 저를 봐주세요. 가명이 없는, 그냥 에밀리아를. 빙결의 마녀도 아니거니와 은빛 머리의 하프엘프도 아닌. 저를 봐주세요."

마지막으로 중얼거린 말은 애원 같은 메아리를 띠고 있었다.

그러나 그곳에 담긴 강한 의사는, 강한 소원은 결코 흔들림이 없다.

잠시의 침묵이 홀에 내려앉았다. 말을 잃고 있는 것이 아니다. 기다리고 있는 것이다.

에밀리아의 물음에 대답이 나오기를, 전원이 몸을 굳히고서.

이윽고 전원의 주시를 받고 있던 보르도가 기나긴 한숨을 내쉬었다.

"내 의견은 결코 바뀌지 않아. '질투의 마녀'를 연상케 하는 네 외견이 국민에게 악영향을 끼칠 건 틀림없어. 왕선에 임해 불리한 입장인 건 여전히 매한가지다."

낮은 목소리로 지금까지의 에밀리아의 주장에 정면으로 이의를 제기한다.

그 답변에 에밀리아의 남보랏빛 눈이 희미하게 그늘을 띤다.

"하나──."

그대로 보르도는 말을 이었다.

"인심에까지 간섭하는 건 그 누구더라도 허용되지 않은 영역이다. 따라서, 네가 어찌 생각될지를 손 써주기란 불가능해. 그래도 조금 전의 내 무례는 사과하리다. ──아니. 무례를 사죄드립니다, 에밀리아 님."

그 자리에 한쪽 무릎을 꿇어 깍듯하게 경례하고 경의를 표하는 보르도.

"당신은 뜻에 따르지 않는 나를 얼음덩이로 만들 수 있었소. 그런데도 불구하고 그러지 않으며 공평함을 요구했소. ――그건 존귀한 행위요."

온화한 표정으로 얘기하는 보르도의 표정은 이지적으로, 스바루는 이제 와서야 이 노인이 현인회의 일원이라고 납득했다. 그의 답변에 에밀리아의 눈에서 그늘이 가시고 인정받았다는 기쁨으로 자연히 표정이 밝아진다. 입술이 호를 그리며 꽃이 피는 듯한 미소를 지었다.

그 모습을 바로 정면으로 직시한 보르도가 숨을 집어삼키며 얼굴을 붉히는 모습이 보였다.

"다소 파란을 띠게 됐습니다만, 이제 충분하다고 할 수 있겠지요. 에밀리아 님께서도 로즈월 변경백도, 모자란 말씀은 없으시겠지요?"

"네."

"나아―는 아직 수다가 모자란데, 이 경우에는 어떡하면……."

"――그럼 감사했습니다."

아직 떠들고 있던 로즈월의 헛소리를 절묘한 타이밍에 마코스가 강제 종료. 불만 띤 꺽다리의 등을 가볍게 두드린 에밀리아는 그 뒤에 우두커니 서 있는 스바루를 돌아봤다.

남보랏빛 눈에 복잡한 감정이 스친다. 무슨 말을 입에 담으려고 붉은 혀가 내비치며――.

"그런데, 그쪽 분은 무슨 입장이 되십니까?"

그 말은 단상에서 스바루를 내려다보고 미간을 좁힌 마이크로토프의 말이었다.

하릴없이 머물러 서 있던 스바루에게 날아간 질문에 에밀리아의 표정에 초조감이 스쳤다.

"아, 저기, 어, 그, 이 아이는 그, 저의…… 그게."

방금까지 보이던 늠름한 태도는 어디로 갔는지. 그곳에는 스바루가 매일 사랑스러워서 뜨거운 가슴으로 접하는, 에밀리아라는 소녀가 돌아와 있었다.

스바루는 그 사실에 안도하면서 앞에 선 에밀리아의 어깨에 손을 얹었다.

"괜찮아, 에밀리아. ——나도, 각오는 했으니까."

"각오라니 뭐가…… 저기, 잠깐, 스바루. 뭘 할 작정이니, 거기 서."

스바루는 부르는 소리를 등지고 성큼성큼 앞으로 나선다.

단상에 선 현인회의 시선을 한 몸에 받으면서, 이를 악물어 기합을 넣고 고개를 들었다.

"만나서 반갑습니다, 현인회 여러분. 인사가 늦어서 우선은 사과를 드립니다."

눈동냥으로 흉내. 한쪽 무릎을 꿇은 스바루는 기사들과 현인이 한 경례로 포문을 열고, 심장 고동에 쫓기는 대로 입을 열었다.

"내 이름은 나츠키 스바루! 로즈월 저택의 머슴이자, 여기 계신 왕 후보—— 에밀리아 님의 첫째 기사!"

스바루는 장내가 일제히 조용해지는 기척을 느끼고, 어금니를 깨물어 긴장을 죽인다.

"부디 잘 지내주시길. 선처를."

자신의 위치를 뚜렷하게 만들기 위해서, 생뚱맞은 스바루의 참전이 시작된다.

분위기가 조금 전 팩이 출현한 때를 넘도록 급속하게 식어가는 것을 느끼면서.

6

제지하는 에밀리아를 뿌리치고 '기사' 라고 밝힌 나츠키 스바루.

스바루의 자칭에 회장은 소리를 잃고, 거북한 분위기가 만연한다. 관중이 복잡한 시선을 마주하는 모습을 본 스바루는 뭔가 상상과는 다르게 흐름이 전개되고 있음을 깨달았다.

"흐음. 기사……입니까. 로즈월 변경백…… 이 사람은 웬?"

"아—, 다소 물정 어두운 아이라서어—요. ……그건 그렇고 때를 잘못 고르긴."

"실제 사정으로, 에밀리아 님의 기사는 어떻게 되어있는 겁니까?"

마이크로토프의 물음에 떫은 얼굴의 로즈월은 "어디 보오—자."하고 턱을 어루만졌다.

"다른 후보자 분들과 달리 에밀리아 님께는 현재, 신뢰를 맡긴 기사는 없습니다. 그 사실은 확실히 심려가 되긴 했죠. 하아—오나, 그렇다고 해서 기사가 아무나 상관없다는 거언— 아닙니다. 머잖아 왕이 되실 분의 기사라 밝힐 거면, 특히 더 말이죠."

평소와 같은 어조로, 스바루에게 타이르듯이 얘기하는 로즈월.

"한 기사로서의 자격—— 주군에 대한 충성심. 더해서 주군의 몸을 지킬 만한 힘. 왕이 되고자 매진하는 주군의 길을 뚫는 특별한 뭔가, 그으—런 것이 없으면."

"——그것만으로는 부족하지요, 로즈월 변경백."

갑자기 후보자들의 열에서 앞으로 나서며 로즈월의 연설에 끼어드는 목소리가 있었다.

"이야기 도중에 실례하겠습니다. 하지만 저 사람에게 꼭 물어야 할 사항이 있어서."

우아하게 묵례하며 홀의 시선을 모은 사람은 보랏빛 머리의 청년—— 율리우스다.

율리우스에게 지명받은 스바루는 왕선 이전부터의 적개심도 있어서 얼굴을 찌푸렸다.

"그렇게 굳을 필요는 없다. 내 질문은 하나뿐. 그게 끝나면 마음대로 해라."

"긴장한 걸로 보여? 그럼 그거 풀기 위해서 질문은 내일로 하고 지금은 접어두는 건?"

"광대 같은 언행은 그만두도록. 네가 진실로 에밀리아 님의 기사를 자칭하겠다면 말이지."

"……거, 무슨 뜻으로?"

"그 말 그대로의 의미다."

율리우스는 눈치가 느린 스바루를 어이없다는 눈으로 보았다.

"모르고 있나 보군. 넌 지금 막, 자신을 기사라고 표명한 거야. ——감히 루그니카 왕국의 근위기사단이 집결해 있는 이 자리에서 말이다."

팔을 벌린 율리우스는 배후에 줄지어 서 있는 기사단을 대표해 그렇게 말했다.

율리우스의 그 말에 정렬해 있던 기사들이 일제히 자세를 바로하고, 일사불란한 움직임으로 바닥을 구르며 검을 쳐들어 경례를 바친다.

"꽤, 꽤나 정연한 움직임인데 그래. 오늘 하루 위해서 열심히 연습한 거냐."

"그렇고말고. 왕국의 위신을 떨치기 위해, 우리는 매일 자각과 의식을 가다듬는다. 심신의 단련, 의례식장에서의 행동거지도 포함해서 말이지. 너에게 그와 비견될 각오가 있을까."

박력에 압도된 스바루의 오기에 대범하게 응수한 율리우스는 흔들림이 없다.

이제 와서나마 스바루는 자신이 받은 물음의 참뜻을 이해했다.

근위기사의 존엄을 업은 율리우스는 기사임을 자청하는 무게를 짊어질 각오에 관해 묻고 있는 것이다.

스바루가 이 자리에서 기사임을 자청한 이유는 전적으로 자신이 에밀리아의 협력자라고, 그것도 가장 그녀를 생각하는 존재라고 알리고 싶었기 때문이다.

대립 후보자에게, 기사단에게, 현인회에게, 왕선에 관련된 모든 이들에게.

"나는…… 나는, 에밀리아 님을, 왕으로 만들고 싶어. 아니, 왕으로 만들 거야."

"그럴 만한 각오가, 그럴 수 있을 만한 힘이, 본인에게 있다고?"

"각오할 만큼 대단한 마음은 아니고 역부족인 건 익히 아는 바다. 내 안에 있는 마음은 충의니 충성심 같은 것과도 달라……. 하지만 내 대답은 변함없어."

숨을 삼키고 입술을 적신다. 스바루는 자기 안의 각오를 확인하며 앞을 바라본다.

"——내가 에밀리아를 임금님으로 만들겠어. 저 아이의 소원은 내가 이루어줄 거야."

"……스스로도 그건 너무나도 오만한 대답이라고 생각지 않나?"

스바루의 말에 율리우스는 마치 몽상이라도 들은 듯이 실망을 눈에 머금었다.

"알겠나? 사람에겐 날 때부터 분수라는 것이 있어. 그릇이라고 해도 될지 모르지. 사람은 제 그릇을 넘어서 뭘 얻을 수는 없다. 또, 요구해서는 안 돼. 네가 경솔하게 주워섬긴 '기사' 라는 명예 또한 그렇다."

율리우스는 자신의 기사검 칼집의 끝부분을 바닥에 찧어 소리를 낸다. 찰나 늦게 같은 소리를 배후의 기사단 또한 떨어 울린다. 중첩되는 찌르기의 음색. 그는 기사단의 찬동을 얻고 끄덕였다.

"기사에게 요구되는 건 주군과 왕국에 대한 충성. 그리고 자신이 존중해야 할 것을 지켜내기 위한 힘. 둘 다 기사를 자칭하는 데에 결코 빠트릴 수는 없지. ——네게, 네 안에, 그 의지는, 힘은, 각오는. 과연 있다고 할 수 있을까."

"동무랑 짜고서 거들먹거리며 거창하신 말씀 늘어놓지 마시지. 지금의 내 힘이, 마음을 따라잡지 못하는 것쯤 나도 알고……."

"넌 현재의 역부족을 인정한다고 방금 말했지. 과연, 그건 중요한 생각이군. 자기 역량을 분별하지 못하면 지금의 너 같은 추태를 이렇게 들춰내기 마련이야."

모멸을 감추지 않는 율리우스는 말을 잃은 스바루를 더욱더 경멸하는 눈으로 바라본다.

"힘이 부족한 것은 알고 있다? 그걸 소리 높여 주장하면서 대관절 넌 누구의 무슨 칭찬을 바라고 있는 거지? 약한 건 부끄러워할 것이지 뽐낼 게 아니야."

"——읏."

"그럼 다음으로는 마음은 지지 않는다는 말이라도 하겠나. 과연. 마음은 지지 않는다. 훌륭하군. 너는 그 강하고 고상한 마음의 힘으로, 이 자리에 설 자격을 얻기 위해서 애써왔나 보지? 우리 근위기사단의 존재를 폄하할 수 있을 만큼 노력해왔나 보지?"

매서운 말에 저며진다. 그러나 아직도 율리우스는 말의 칼날을 거두려 하지 않는다.

"기사의 최고봉, 근위기사단에는 출신이 확실한 사람밖에 천거되지 못해. 그건 핏줄을 편중하는 사고방식이 아니라, 그 자의 몸에 흐르는 피가, 혈통이, 왕국에 대한 충의를 증명하기 때문이다. 나는 네게도, 알이라고 이름 밝힌 용병에게도 기사라고 할 자격을 인정하지 않아."

"핏줄이라니…… 그런 건, 당사자가 어떻게 할 수 있는 문제가 아니잖아……!"

"그렇고말고. 그렇기에 내가 말했을 텐데. 사람에겐 날 때부터 분수가 있다고. 그건 자기가 태어난 집안마저 그래. 사람은 날 때부터 평등하지 못하다."

"――――."

"물론, 기사 집안에 태어난 사람이 모두 기사가 될 수 있는 건 아니지. 당사자의 뜻은 커. 핏덩이를 게워내고, 항상 높은 경지에 이르자고 노력하며, 때로 자기 뒤에 있는 거대한 뭔가를 지키기 위해 목숨조차 팽개친다. 기사의 자격이란 명예 앞에 있어야 마땅한 것이기 때문이다."

율리우스는 정녕 귀족적인 생각으로 스바루의 마음을 짓밟으며 그 존재의 근본부터 부정하려 들고 있다. 그리고 그 인식은 기사단 전원의 품속에 뿌리박혀 있는 것이다.

스바루를 기사라고 인정하는 사람은 이 자리에 단 한 명도 없다.

"——그렇더라도, 난 에밀리아를 왕으로 만들 거야."

"모르겠군. 이만큼 부정당했는데, 왜 그러고도 넌 이 자리에 서려고 하나."

온 회장의 차가운 시선이 스바루의 무모함에 경멸과 연민을 담아 쏟아진다.

하지만 스바루는 그 멸시들을 느끼지 않는다. 아니, 그보다 훨씬 더 강한 것을 느낀다.

에밀리아가, 등 뒤에 서 있는 은발의 소녀가. ——저 아이가 스바루를 보고 있다.

돌아볼 수는 없다. 그럴 용기는 없다.

단지 최소한 존재만은 등에 느끼고 있기에, 스바루는 주저하면서도.

"——그녀가, 특별하기 때문이다."

그렇게 대답했다.

그 대답을 받은 율리우스는 아주 약간 놀란 듯이 눈을 크게 떴다. 그러나 스친 감정의 물결은 곧장 꾸민 표정 아래 숨겨졌다.

"옹고집이군. 그리고 자격의 유무를 따지지 않고 네가 그곳에 선 이유에는 수긍을 했다. 그럼 내가 할 말은 더 이상 아무것도 없겠지."

뒤돌아선 율리우스는 후보자들이 줄지은 열로 돌아가려 한다.

하지만 그 과정에 한 번 발을 멈추고, 고개만으로 스바루를 돌아봤다.

"——단, 역시 난 널 '기사'로서 인정할 수는 없다고 생각한다."

"무슨……."

"네가 지키고 싶다고, 존중해야 할 상대를 정한 건 이해했어. 그러나 너의 그 생각은…… 아니, 말이 많아지면 아름답지 않군."

율리우스는 고개를 저으며 물고 늘어지는 스바루에게 연민을 보냈다.

"곁에 서고 싶기를 바라는 상대가 그런 얼굴을 짓게 하는 자는 '기사'가 아니야."

스바루는 오한 같은 것마저 느끼고 등 뒤의 기척으로 의식을 돌렸다.

그곳에 서 있는 에밀리아가 어떤 표정을 짓고 있는지.

그 얼굴을 확인하는 건 무서워서 할 수 없었다.

"기, 기사가 뭐니 마니…… 집안으로 선택받았단 소리를 거창하게도 하는군."

그래서 스바루의 입에서 다음에 나온 말은 떨리는 듯한 오기에 불과했다.

"부모의 휘광으로 폼 잡고서 뭐가 가장 뛰어나단 거야. 웃기고 있군. 시중에서는 기사 중의 기사란 칭호는 다른 녀석 것이 됐다고. ……그런 놈의 말에, 내가 기죽을 줄."

"나츠키 스바루라고 했었나. 안이하게 남을 깎아내리는 말을 주워섬기면 본인의 가치뿐만 아니라 네 주위의 인물의 가치에마저 흠집을 낸다고 알아야 한다."

스바루의 생각없는 도발. 하지만 율리우스는 감정을 드러내지 않고 담담히 응수한다.

"나츠키 스바루. ——그건, 아름답지 않아."

그때까지의 스바루가 보인 언동, 행동 전부를 총괄해 율리우스가 그렇게 단정했다.

그 한마디에 스바루는 자기 스스로 자신의 행위를 최저로까지 깎아내렸음을 깨달았다.

스바루를 보는 후보자들의 흥을 깨는 존재를 보는 눈. 배후의 기사단은 기사인 율리우스에게 무례한 소리를 떠든 스바루에게 적의에 가까운 감정을 보내는 이가 많다.

마주 보고 줄 서 있는 문관들 무리에서도 감정론밖에 주워섬기지 못하는 스바루에 대한 호의적인 감정은 엿볼 수 없다. 그리고 단상의 현인회를 쳐다볼 배짱은 지금의 스바루에게 없다.

전 세계의 모든 사람을 적으로 돌리더라도 에밀리아 편이 된다.

그런 각오가, 강함이, 적어도 바로 좀 전까지의 한순간 동안, 틀림없이 있었을 터인데.

"그만 됐잖아. 스바루."

돌아볼 각오를 스바루가 결심하기보다 앞서, 정면으로 돌아 들어온 은방울소리.

어깨의 손길에 스바루는 스스로도 눈을 피하고 싶어질 만큼 떨었다는 사실에 놀랐다.

"괜한 시간을 빼앗아서 죄송합니다. 바로 물리겠습니다."

에밀리아는 스바루의 소매를 끌면서 그런 말과 함께 현인회에 머리를 숙였다.

괜한 시간이라고 단정당했다는 사실이 날카로운 칼날로 변해 스바루의 마음을 저며댔다.

그러나 무슨 말을 할 수 있을 턱이 없다.

각오도 결의도 죄다, 자기 자신이 짓밟은 건 틀림이 없으니까.

팔이 이끌리는 대로 저항하지도 못하며 무대에서 끌려 내려오는 스바루. 스바루는 이쪽 팔을 끌고 앞에 가는 에밀리아의 얼굴을 역시나 볼 수 없다.

"유의의한 시간. 그렇게 판단할 수 있는 부분도 있더군요, 에밀리아 님."

단상에서 마이크로토프의 목이 쉰, 그렇지만 묘하게 널리 퍼지는 목소리가 닿았다.

마이크로토프는 발을 멈추지 않는 두 사람에게 여전히 말을 이었다.

"적어도 그 사람은 당신이 세상의 두려움을 받을, 그런 하프엘프와는 다르다고 시사했어요. ──좋은, 시종을 거느리셨군요."

"──스바루는."

발이 멈추었다. 에밀리아가 돌아본다.

그녀의 시선이 가는 쪽은 단상의 현인회이며, 곁에 선 스바루는 시야 귀퉁이에도 들어가 있지 않다. 하지만 스바루에겐 돌아본 그녀의 얼굴이 또렷하게 보였다.

그 얼굴은 감정이 얼어붙은 차가운 눈을 하고 있었고, 조용한 은방울소리는 뭔가를 싹둑 잘라내듯 또렷하게――

"제, 시종 같은 게 아닙니다."

또렷하게, 방금까지의 스바루가 한 말을, 품은 마음을 거절해 보였던 것이다.

7

스바루는 비틀비틀 홀의 바깥 통로를 걸으면서 막막한 심정에 젖어 있었다.

에밀리아 앞에서, 많은 사람들 앞에서 꼴불견을 드러낸 다음의 정황은 별로 기억을 못하고 있다. 다만 기사단장에게 퇴실하기를 권유받고, 에밀리아가 판단을 스바루에게 맡긴 것만은 기억한다.

에밀리아에게 폐를 끼치고 싶지 않다는 거라면 이 자리에 온 일부터 실수다. 그녀가 타이른 말을 어겨서까지 달려온 장면에서 도망친 이유는 훨씬 단순하다.

――그 이상, 에밀리아가 차가운 눈으로 보는 걸 차마 견딜 수 없어졌을 뿐인 것이다.

"왜 그러시죠?"

자조하면서 걷고 있는 스바루를 성내의 대기실까지 안내해주고 있는 경비병이 걱정스러운 표정을 지었다. 대문 밖에서 대기하고 있던 그는 스바루의 추태를 목격하지 않았다.

따라서 그 행동거지에는 왕선 관계자에게 보내는 보편적인 경의가 느껴졌다.

"아니, 아무것도 아닙니다. 중요한 업무 한중간에 쓸데없는 폐를 끼쳐서 죄송합니다."

"상관없습니다. 지금 옥좌의 홀에서 거행 중인 일은 이 나라의 앞날을 좌우하는 큰일입니다. 안에 들어갈 자격은 없어도 이렇게 한쪽 끝에 관여한 것만으로도 영광스럽죠."

명료한 목소리에 비꼬는 것 비슷한 기색을 섞었던 스바루 쪽의 마음이 거북해졌다.

그는 지금 자신의 행동이 왕선 일부에 관여하고 있는 데에 자랑스러워하고 있다.

그에 반해 스바루는 어떨까. 자신의 행위를, 누구에게 자랑할 수 있을까.

아무에게도 인정받지 못하더라도 인정해주길 바란, 으뜸가는 상대에게 거절당했는데.

"————."

못 배겨날 기분에 시선을 피한 스바루는 불현듯 통로 앞이 웅성거리는 걸 깨달았다. 그쪽으로 얼굴을 돌리자, 동시에 건너편에서 당황한 기색의 경비병이 모습을 보였다.

"미안, 길을 터줘! 수상한 자를 잡았다. 단장님의 지시를 듣고 싶어!"

"잠깐, 이 앞은 한창 회의 중이야! 수상한 자 같은 건 뒤로 미루고 병영으로……."

"그럴 수 없는 까다로운 사정이 있어서 그래. 좌우간 이 자리에선 판단할 수 없어!"

경비병은 말리는 동료의 말을 듣지 않고 통로 저편에 말을 걸었다. 남자들 여러 명이 성에 숨어들었다는 침입자를 힘으로 질질 끌고 왔다.

왕선의 자리에 끼어드는 말썽──. 스바루는 경비병에게 끌려오는 침입자를 흘끔 쳐다본다.

그리고 이날 가장 큰 후회가 나츠키 스바루를 덮친다.

"──아?"

멍청해진 스바루의 눈앞에, 네 명의 위병이 손발을 구속한 인물을 질질 끌고 있다. 필사적인 얼굴로 그들이 데리고 걷는 사람은 본 적이 있는 대머리 노인이었다.

그곳에 있던 건, 이곳에 있을 리 없는 롬 영감 바로 그였다.

"────."

과일가게에 전언을 남겨 기다리라고 전갈했을 롬 영감이 왜 이 장소에──.

머리가 새하얘진 스바루는 이때에 한해 즉시 의문의 대답을 얻었다.

"이봐, 이보셔……. 설마, 나를."

'쫓아온 거야?' 라는 결정적인 의문이, 스바루 속에서 확신을 띠고 팽창한다.

오늘 이 순간, 롬 영감이 왕성에 숨어들려고 하는 계기. 그건 스바루가 카도몬에게 남긴 전언 말고 있을 리가 없다. 총명한 노인은 그 전언만으로 왕성에 펠트의 실마리가 있다고 짐작했다. 그리고 수단을 가리지 않고 침입을 시도한 것이다.

그 결과 들켜서 구속당한 건 롬 영감 자신의 잘못임은 분명하다.

그러나 그 결과를 초래한 사람은 틀림없이 스바루다. 롬 영감이 펠트를 소중히 여기고 있으며, 가만히 있지 못할 가능성이 있는 걸 알고 있었을 텐데.

"────으."

경비병 무리가 눈앞을 통과한다. 스바루는 롬 영감이 손만 뻗으면 닿는 위치를 지나가고, 그대로 가버리는 광경을 말없이 지켜보고 말았다.

지금, 이 자리에서 경비병들을 불러 세워 롬 영감의 내력을 설명할 수는 있다.

하지만 그건 불법 침입을 시도한 수상한 인물과 스바루의 관계를 털어놓는 일이기도 하다.

그 문제는 스바루만으로 그치지 않는다. 에밀리아의 발을, 또 다시 꼴사납게 붙잡겠다는 뜻인가.

거기까지 생각한 시점에서 아연실색했다.

롬 영감을 내버리는 가능성을 고려하는 자신이 있다는 사실과, 그 이유로 에밀리아를 써먹으려는 자신의 비열한 근성에.

"잠깐, 기다……."

"항! 귀족님이란 것들은 취미깨나 나쁘구먼! 얼빠진 짓해서 잡힌 늙은이가 그렇게 희한하냐! 웃고 싶으면 웃어라, 이 성깔 지저분한 애송이!"

불러 세우려고 한 스바루의 목소리가 추레한 욕설에 가려져버렸다.

거구를 웅크린 롬 영감이 꼼짝 않고 눈을 크게 뜬 스바루를 입정 사납게 욕한 것이다.

롬 영감은 숨을 집어삼키는 스바루를 쳐다보고, 멍든 얼굴을 밉살스럽게 일그러뜨려 보였다.

"보고 싶으면 단단히 뵈도록 해. 빈민가의 때로 물든 영감태기 얼굴을 말여!"

"——이놈, 입을 삼가라!"

"끄윽!"

요인인 스바루에게 무례한 소리를 떠든 수상한 자에게 주먹의 제재가 내리꽂힌다.

"잠깐 있어봐! 그렇게까지 할 필요는……."

"착하기도 하시군, 애송이가. 여봐, 왜 그래, 기사님들아. 댁들이 사랑하는 개 주인의 명령이라고. 꼬리 흔들며 들으면 어떠…… 억."

"아직도 떠드나, 이 부랑자가!"

매도를 한층 더 올리는 롬 영감에게 제재가 더욱 매서움을 보태 덮쳐들었다.

스바루와 시선과 롬 영감의 시선이 한순간 얽힌다. 그 순간, 스바루는 그의 참뜻을 깨달았다.

——롬 영감은 이 자리에서도 여전히 스바루를 감싸려는 중이다.

쓸데없는 소리를 하게 해서, 스바루의 입장을 어색하게 만들지 않기 위해.

"——쓸데없는 오지랖이여, 애송이가."

자그맣게, 쉰 중얼거림은 조금 전의 욕설에 이어지는 말 같았으며, 경비병들이 문맥이 부자연스러운 걸 느끼게 하지 않았다. 하지만 스바루만은 그 말의 진짜 의미를 깨닫고 있었다.

따라서 그 한마디는, 스바루에게 결정적인 상처자국을 남겼다.

스바루는 내민 손을 거절당하고 또다시 부정당했다. 홀에서와 똑같이. 뭔가를 하고자 스바루가 움직이려 해도 정작 중요한 상대는 그 행동을 필요로 하지 않는다.

"————."

입을 다무는 스바루. 경비병들은 묵례하고, 롬 영감의 연행을 재개한다.

끌려간 쪽은 옥좌의 홀. 왕선의 자리에서, 롬 영감이 어떠한 취급을 받을까.

스바루는 고개를 가로저어 꺼림칙한 상상을 떨쳐낸다. 홀에 있는 멤버들을 감안하면 스바루가 쓸데없는 참견을 하는 것보다 훨씬 더 확실한 은사를 바랄 수 있다. 저 자리에는 롬 영감을 아는 인물만 자그마치 세 명. 그리고 그중에는 그의 식구조차 있다. 분명히 나쁜 처지가 되진 않는다.

분명히 되지 않는다. 되지 않을 것이다. 그러니 판단은 잘못되지 않았을 터이고——

"난, 뭘 위해서…… 나는……."

8

술렁거리는 소리가 옥좌의 홀에 퍼지고, 속삭이는 소리가 여기저기서 억측을 주고받는 걸 알 수 있었다.

소란의 발단은 경비병의 보고를 받은 마코스가 성에 침입한 수상한 자를 이 홀로 끌고 나온 일이다. 처음에는 누구나 기사단장의 그 판단을 의심스러워했으나, 침입자라는 노인의 모습을 언뜻 보고서 몇 명의 참석자는 그 이유를 깨달았다. 그리고.

"난 말했어. 롬 영감을 놔. 내 요구는 그것뿐이야."

"——안타깝지만 따를 수 없습니다."

홀 중앙에서 눈싸움하며 살벌한 분위기를 교환하는 건 펠트와 마코스 두 명이다.

요구를 내치는 마코스의 태도에 펠트의 이마에 핏대가 떠오른다.

"단장님, 그건 다소 설명이 부족하지 않은지……."

"잠자코 있어라, 라인하르트. 검을 바치겠다고 마음먹은 주군의 의향을 내세우고 싶은 건 안다. 하나 그건 네 주군이라고 지목한 상대가 검을 받아들 의지가 있어야 비로소 성립하는 법이다."

마코스는 중재하듯이 목소리를 높인 라인하르트에게 정론으로 반론했다.

"이 왕선의 의사 진행 과정 중에 펠트 님께선 왕선에 참가하실 의지가 없음을 공언하고 계십니다. 그 자격을 방기한 건 이 자리에서 우리 기사단에게 명령할 권리마저 방기했다는 뜻――아시겠습니까?"

펠트의 요구에 따르지 않는 이유를 논리정연하게 읊는 마코스.

그의 말에 펠트는 얼굴을 찡그리고 자신의 금발을 벅벅 난폭하게 쥐어뜯었다.

"말이 복잡하니까 간단하게 정리하자면 말이야. ――넌 다시 말해, 왕선 해먹을 맘 없는 내가 하는 말 따위 못 듣겠다는 거지?"

"――얘기의 근간으로서는 그게 올바를 성싶습니다."

"어허어허. 오호라. 알았어 알았어. ……열 뻗치는데, 너."

펠트의 고양이 같은 눈이 마코스를 사납게 노려본다. 살기에 가까운 감정이 담긴 시선을 마코스는 평시의 표정으로 쉽사리 받아넘겼다.

"그런 얘기 따위 아무래도 상관없지 않느냐! ――어서 날 구해줘!"

그때, 여태껏 침묵하던 노인의 비통하게 뒤집힌 외침이 홀에 울렸다.

"펠트, 나다! 빈민가에서 함께해오던 롬 영감이야! 잘 모르겠지만, 지금의 임자라면 날 구할 수 있는 게지? 구해줘! 죽고 싶지 않다!"

융단이 깔린 바닥에 무릎을 꿇은 노인은 아첨하는 웃음과 함께 애원한다. 그 추태에 펠트가 말을 잃고, 참석자들의 시선에도 비참한 노인에 대한 혐오감이 섞인다.

"네가 힘들 때, 내가 도왔잖아. 몇 번이고, 몇 번이고 말이야! 그 은혜를 지금 갚아! 갚지 못하겠느냐! 어서, 어서어! 어떻게든 못 하겠느냐고!"

노인은 침을 튀기면서 이기적인 논리를 내세우며 빨리 구하라고 아우성쳤다.

동정 및 연민, 그런 감상을 품는 것조차 경원할 정도의, 비열하고 비굴한 모습.

불과 한순간 만에, 노인은 장내에 있는 태반의 사람들을 적으로 돌렸다.

"이건, 안 좋아——."

노인의 태도에 위기감을 느끼고 순간적으로 나서려 한 건 라인하르트다.

붉은 머리 기사는 노인의 발언이 띤 참뜻을 직감하고 상황을 바꿔야 하겠다는 판단에——.

"——움직이지 마라, 라인하르트. 묘한 짓을 하는 건 관두도록 하는 게야."

그 기선을 제압한 건 악랄한 웃음을 띤 입가를 부채로 가린 프리실라였다.
"못 쓰겠구나, 라인하르트. 그렇게 초조한 얼굴로 움직이려 해서야…… 마치 저기 퇴물이 사정에 좋지 않은 말을 하기 전에 입을 막으려고 하는 것처럼 보이지 않느냐."
프리실라가 짐짓 "무섭구나, 무서워." 하고 어깨를 움츠리자, 라인하르트는 "당했다." 하고 속으로 실수를 곱씹었다. 주위 사람들도 제정신을 되찾은 것처럼 지금의 심정—— 즉, 노인의 비참한 목숨 구걸에 대한 감상을 작은 소리로 속삭이며 대화한다.
"보았나, 저 볼썽사나운 모습을."
"그 이상으로 아첨하는 얼굴이야. 동정할 마음조차 달아나겠어. 도둑이 부끄러운 줄 모른단 말은 이걸 보고 하는 말이지."
"설령 펠트 님이 감싸려고 하더라도 방면은 논외 아니겠나."
기사들도 범한 죄를 무시하고 방면을 청하는 노인의 비열함에 얼굴을 찌푸렸다.
"빈민가엔 저 같은 패거리뿐인가…. 펠트 님은 거기서 자랐다고?"
"가령 왕의 혈통이라는 억측이 사실이어도, 그와 같은 출신으로 왕의 책무를 맡을 수 있을까……?"
"역시 생각을 고쳐야 해. 아니면 형식적으로나마 용력석에 따라 숫자만 채워서……."
차차 퍼져가기 시작하는 술렁임에 라인하르트는 걱정이 현실로 변했다고 입술을 깨물었다.

기선을 제압당하는 바람에, 주군으로 우러르는 소녀를 폄하하는 말에 반론할 기회를 빼앗기고 말았다.

그리고 기사는 술렁임의 중심에서, 희미하게 고개 숙인 소녀의 등을 보고——.

"——이놈이고 저놈이고 시끄럽다고, 이 불알 없는 것들아!!"

그건 카랑카랑한 나이 젊은 소녀의, 듣고 못 버틸 지저분한 노성이었다.

조용. 놀람이 선행하고 그대로 홀에 침묵이 내려앉는다.

지금 막 고막을 때린 욕설이 무슨 착오가 아닌가 싶어 얼굴을 마주하는 관중 앞에서, 어깨를 축 늘어뜨린 소녀가 앞으로 나선다. 무릎 꿇고 있는 거구의 노인과 자그마한 소녀. 그래도 아직 소녀가 위를 보는 형국이다. 그녀는 그 홍색 눈에 슬픔을 머금고 있다.

"지금 건 뭐야. 비참하고 꼴불견인 최악의 목숨 구걸이야. 난 그런 거, 아주 싫어해."

"————."

접근하는 소녀에게 아첨하는 웃음을 띠고 있던 노인의 표정이 얼어붙었다.

"이봐, 롬 영감. 우리 빈민가의 인간은 그야 답도 없을 만큼 비참한 것들이야. 위에서 업신여기는 비천한 생활을 하고 있는 것쯤이야 다 아는 거고, 나 포함해서 성깔이 썩어빠진 놈들뿐이지. 진짜 미친 장소야."

펠트는 자신까지 포함해 지독한 평가를 내린 다음에, "하지만." 하고 잠깐 쉬었다가 말을 이었다.

"확실히 시궁창에다 답도 없는 종자들의 쓰레기장이었지만 말이야……. 그런 곳에서 살았어도 최저한의 자존심만은 잃어버리지 않도록 해왔잖아. 아무리 싸게 보이더라도, 실제로 땅바닥에다 머리를 처박는 짓만은 안 하겠다고."

"펠트……."

"지금 롬 영감 낯짝, 거울이 있으면 보여주고 싶다. 비굴하고 꼴불견에, 아양 떨며 꼬리 쳐서까지 살아남고 싶다니…… 그런 건, 살아 있다고 말 못해."

펠트가 입에 올린 말에 후보자의 열 속에서 크루쉬가 묵직하게 끄덕이고 있다. 그녀가 얘기하는 이념에도 지금 펠트가 한 발언은 통하는 게 있었다.

"내게 목숨 구걸할 거라면 그 방식은 틀렸어. 난 있고 싶지 않은 장소에서 도망칠 수 있는 권리를 방기해서까지, 그런 댁을 구하지 않아."

싹둑. 펠트는 허리춤에 손을 얹고서 그렇게 단언했다.

그 말은 알고 지낸 인물을 저버린다는 의미이며, 명령의 권리를 방기한다는 의미이자——붉은 머리 청년의 눈앞에서, 왕선의 참가를 사퇴한다는 의미다.

"……펠트 님."

그녀의 단언에 라인하르트는 내심 씁쓸한 감상이 뻗치는 것을 견딜 수 없었다.

이렇게 되리라고는 예상이 갔었다. 노인의 저 행동을 보면, 자존심이 높은 소녀가 어떠한 반응을 보일지 예측이 갔었던 것이다.

그 점을 고스란히 프리실라와 노인에게—— 아니, 저 노인 한 명에게 이용당했다.

버려지는 형국이 된 노인은 어깨를 떨구고, 힘이 빠진 듯이 고개 숙이고 있다.

하지만 그 노인의 입가가 희미하게 힘없이 미소 띤 것을 라인하르트는 놓치지 않았다. 그 표정은 후회와 절망과는 다른, 하나의 행동을 성취한 달성감이 맺힌 종류의 것이었다.

노인은 목숨을 걸고, 하나의 승부에 치고 나와 훌륭하게 이를 성취한 것이다.

원래라면 지금이라도 노인의 꿍꿍이를 폭로해 펠트의 판단을 바로잡을 필요가 있었다.

그러나 라인하르트는 그럴 수 없다.

——그가 그인 까닭. 그 성질이 바로 그의 행동을 속박하고 있었다.

고개를 떨구고 있는 노인과 펠트가 서 있는 모습에 마코스는 이야기의 끝을 깨달은 것이리라. 기사는 노인의 수갑을 끌어 사슬소리를 울리며 그 자리에서 묵례했다.

"자리를 소란스럽게 만들어 대단히 실례했습니다. 지금 당장 이 자를……."

"뭐 대충 그렇게, 누가 지레짐작하기를 기다렸나 보던데."

사과하고 자리를 무르려고 하던 마코스를 별안간 펠트의 말이 가로막는다.
드물게도 머쓱한 기색으로 입을 다무는 마코스. 그 바위 같은 표정을 무너뜨린 펠트가 고소하다는 듯이 웃음을 지으며 아연해진 장내로 빙글 몸을 돌렸다.
"그런 이유로, 단장님은 그 손을 놓아 봐. 수갑 크기가 맞지 않아서 보기 애처롭다."
"몇 번씩 말씀드렸지만, 제가 펠트 님의 명령에 따를 이유는……."
"내가 왕선이란 데에 참가할 맘이 없다면 그렇다며? 그럼 간단하지. ──해줄게, 왕선. 임금님이란 걸 목표로 하면 그만 아냐?"
"────!"
덧니를 보이는 웃음과 함께 뱉은 그 발언에 홀 전체에 격진이 퍼졌다.
관중 대다수가 중대한 결단을 가볍게 입에 담은 소녀에게 반감을 품은 표정을 지었다. 하지만 가장 크게 반응한 사람은 당연히 그녀의 선언을 정면에서 받은 노인이었다.
"무, 무슨 말이냐, 펠트. 나, 난 납득했어. 임자의 말은 옳아. 궁지를 잃으면 살아가지 못해. 임자가 나를 저버리는 것도 부득이하다고……."
"같잖은 연기도 작작 하셔, 망할 영감태기. 그렇게 오래 살았으면서 지한테 연기자 재능이 없는 것도 모르냐. 오래 알고 지낸 난 댁에 대해 별걸 다 안다고. 예를 들어── 롬 영감은 거짓말하면 머리의 소용돌이무늬가 반대로 돌아가."

뺨을 치켜 올린 펠트가 자기 머리를 손가락으로 가리켰다. 그 태도에 롬 영감은 얼굴이 창백해져서 "거짓말이지?!" 하고 허둥지둥 구속당한 팔로 자기 머리를 만졌다. 그 모습을 본 펠트가 말했다.

"어, 거짓말이야. 그래서, 최고로 띨빡한 얼굴이군. 한심스럽네."

"──아."

고스란히 유도심문에 걸린 롬 영감은 망연. 펠트는 고개를 가로저었다.

"고렇게 되었으니까, 롬 영감의 수갑을 풀어줘. 방금까지의 일도, 몽땅 다 망령 난 영감의 헛소리가 되니까."

"그와 같은 명분을 밀 수는……."

"──그 할아버지는 내 가족이야. 그러니까, 지금 당장 풀어."

여전히 고사하려고 한 마코스에게 펠트는 의연한 목소리로 일렀다. 그 말을 들은 마코스의 표정이 딱 한순간 놀란 기색을 띠었다. 그는 즉시 그 동요를 표정에서 지우고 답했다.

"분부하신 대로."

예의 차린 자세로 마코스는 롬 영감의 수갑에서 손을 뗀다. 그 뒤에 그는 배후의 경비병에게 "수갑의 열쇠를." 하고 요구한다. 하지만 펠트는 치켜든 손으로 그걸 제지했다.

"못 기다리겠구만. ──라인하르트!"

"대령했습니다."

날카로운 소녀의 목소리에 즉각 호응해 라인하르트의 장신이 홀 중앙으로.

펠트는 옆에 선 붉은 머리 청년에게 눈길도 주지 않고, 그저 팔짱과 함께 턱짓하며 짧게 말했다.

"해."

"옛, 나의 주군——."

세계에서 제일 짧은 명령. 쳐든 손이 수도(手刀)를 만들고, 대기를 가르며 하늘에서 내리꽂힌다.

노인의 양팔을 구속하던 쇠고랑이 종잇조각처럼 가볍게 삭 베였다.

녹아내린 듯한 매끈한 단면을 드러낸 족쇄가 바닥에 떨어지고, 쇳소리가 홀에 울려 퍼진다.

그 소리야말로 참된 의미로, 이 두 사람의 주종의 탄생을 장내에 알린다.

"이것도 다 네 의도대로라는 거냐."

"당치도 않습니다. 그 이상의, 운명의 인도입니다."

"흥! 또 운명이라. 넌 운명의 노예냐."

"아니오. ——지금부터 저는, 펠트 님의 기사입니다."

"재미없는 놈……."

만사 몽땅 긍정당할 듯한 기세에 펠트가 학을 떼는 기색으로 그렇게 읊조렸다.

그런 대화를 나누는 두 사람 앞에서 롬 영감은 여전히 고개 숙인 상태다.

"왜냐, 펠트. ……나는, 나는 너를……."

"롬 영감이 무슨 속셈으로, 무슨 목적으로, 그런 한심한 소리 떠들어댔는지는 왠지 모르게 알아. ──내가 이 장소에 서 있는 걸 죽도록 싫어하는 티가 보였던 거 아냐. 그 등을 떠밀어주려고 했던 거겠지."

"거기까지 알고 있다면, 왜……."

물음표를 띄우는 노인에게 펠트는 쑥스럽게 웃으며 대답했다.

"가족 버리고서 염치없이 저잣거리로 돌아가란 거야? 그런 잡놈보다 못한 몰염치한 짓을 내가 어떻게 해."

그 말을 들은 롬 영감의 표정이 비통한 것에서 더 다른 것으로 바뀌었다.

노인은 소녀에게 돌아서서 그 얼굴에 팔을 문질러대며 표정을 숨겼다.

"내, 내 패인은……."

롬 영감은 천장을 쳐다보고, 잠긴 목소리로 원통함과 그 감정을 넘은 감개무량한 떨림을 담아서 소리쳤다.

"너무 착한 애로 키운 거다──!!"

9

자신의 교육방침을 한탄하고 있는지 감격하고 있는지 알기 어려운 외침의 메아리가 홀에서 사라지기를 가늠하다가, 단상의 마이크로토프가 한 번 헛기침을 준다.

노인은 그 소리만으로도 자리의 주목을 자신에게 모으고는 눈 아래의 펠트를 내려다보고 말했다.

"그럼 펠트 님, 기사 라인하르트. 두 분에게도 왕선에 참가할 의사가 있다고, 그렇게 판단해도 되겠습니까."

"아아, 그래라."

"예. 제 주군의 뜻대로."

끝까지 건방진 태도를 고치지 않는 펠트와, 그에 추종하는 라인하르트. 관대한 현로(賢老)는 그 불균형함은 언급하지 않으며, "알겠습니다."하고 가만히 끄덕였다.

"그럼 다소 소란은 있었지만 다 모였다고 판단해도 되겠군요. 마지막으로 따로 펠트 님께서 하실 말씀이 있으시다면."

다른 후보자와 마찬가지로 펠트에게도 연설의 기회를 마련하려는 것이리라.

지명받은 펠트는 "음—."하고 잠깐 생각에 잠기다가 입을 열었다.

"그럼, 딱 한 가지만."

손가락을 세우고 제안을 받아들인 펠트는 단상에서 전원의 눈길을 받으면서 얼굴을 들었다.

그 붉은 눈이 장내에 있는 사람들을 빙 둘러보고 훤히 빛난다.

한 호흡, 그 뒤에 그녀는 내뱉었다.

"——난 귀족이 싫어."

상큼한 미소로 현인회를 가리키듯이 팔을 펼치고 그렇게 내뱉었다.

"——난 기사가 싫어."

그 웃음을 유지한 채로 이번엔 근위기사단을 반대쪽 손으로 가리킨다.

"——난 왕국이 싫어."

그리고 양팔을 벌린 채로, 함박웃음 속에 독기를 숨기며 말을 자아낸다.

"——난 이 방에 있는 전원도, 서 있는 발판도, 전부 다 모조리 싫어. 그러니까 전부 박살 내주려고 생각 중이야. 어때?"

고개를 기울인 펠트. 그 태도에, 딱 한순간 멈췄던 홀의 시간이 폭발한다.

"무, 무슨 말을 하는 것이야——?!"

"애초에 국왕을 정하는 왕선의 자리에서 나라를 부수겠다고?!"

"우리가 지금까지 보낸 시간을 어떻게 알고!!"

"그렇게 빽빽 '우리' 같은 벼슬 달지 않으면 말도 못하냐? 긍지니 역사니, 같잖다는 소리야."

기세등등하게 고함을 지르는 관중 앞에서 펠트는 그 말들을 단숨에 찍어냈다.

"내가 임금님이 되면, 전부 박살 내줄게. 당장에라도 무너질 듯한 발밑이 안 뵈는 눈깔 썩은 놈들은 모조리 밑으로 내쫓아서, 조금은 바람을 잘 통하게 틔워주겠어."

해맑은 표정으로 그렇게 읊는 그녀에게 장내는 소란을 피울 도리 말고 달리 없다.

그 전대미문의 폭언을 듣고도 마이크로토프는 여전히 표정을 바꾸지 않으며 의젓하게 끄덕인 다음, 그녀 옆에 선 기사의 의중을 떠봤다.

"그대의 주군은 가열한 분이시군요. 그대는 지금 말을 듣고 어찌 여기십니까."

"——그렇군요. 펠트 님의 말씀은, 안타깝게도 지금은 아직 몽상 축에 속합니다."

"어이 얀마."

"하오나 머잖아 펠트 님의 말씀이 누구에게나 닿을 것이라고. ——그렇게 되도록 만사에 임해 지탱하는 것이 제 본분, 그렇게 파악하고 있습니다."

"한데 펠트 님께서 부수겠다고 단언하신 무리에는 그대 또한 포함되어 있는 모양입니다만."

"부순 다음의 재생에도 이분은 임하시겠지요. 그때에도 곁에 있을 수 있으면 더 이상의 숙원은 없습니다."

라인하르트는 깊이 허리를 숙이며 마이크로토프에게 흔들림 없는 태도로 답했다. 펠트는 그런 기사의 행동을 곁눈으로 보면서 금발을 난폭하게 긁었다.

"결국 넌 내 아군이냐 적군이냐. 어느 쪽인데."

"아군입니다. ——당신만의."

"……그럼 됐어. 혹사해주마."

그 수락으로 이곳에 왕선 후보자 최후의 주종이 이름을 널리 알렸다.

마이크로토프는 줄지어 선 왕 후보자들을 눈부시게 바라보며 조용히 주억거렸다.

"이번에야말로 모든 후보자가 모였군요. 그럼 다시금 현인회의 동지에게 묻겠습니다."

눈을 감은 마이크로토프의 분위기가 바뀌었다. 노인의 음색이, 강한 의지의 힘을 띤다.

"——이번의 왕선, 지금까지의 다섯 분들을 후보자로 삼아, 개시를 선언하리다. 동지들의 찬동을 바랍니다."

"——현인회의 권한에 따라, 찬동합니다."

"마찬가지로."

"마찬가지로, 찬동하지."

마이크로토프의 제안에 현인회의 구성원들이 끄덕임으로 응답하고, 그 답을 지켜본 마이크로토프가 자리에서 일어섰다. 그리고 그는 빈 옥좌 바로 옆에 서서 눈을 부릅떴다.

"——그럼, 지금부터 왕선의 규칙을 제안한다!"

칼스텐 공작가의 크루쉬 칼스텐.

크루쉬의 첫째 기사, '청' 의 펠릭스 아가일.

“후보자는 크루쉬 칼스텐. 프리실라 바리에르. 아나스타시아 호신. 에밀리아. 펠트. 이하 오 명. 전원 용의 무녀의 자격을 가진 분들로 한다!”

‘핏빛 신부’ 프리실라 바리에르.
이세계 출신의 외팔이 나그네, 용병 알.

“기한은 3년 뒤, 용과의 맹약이 갱신되는, 친룡의의 1개월 전인 금일로 한다!”

이국에서 온 젊은 상회주, 아나스타시아 호신.
아나스타시아의 첫째 기사, ‘가장 뛰어난 기사’ 율리우스 유클리우스.

“선출은 전 국민의 총의로, 용주의 광채와 용의 인도로 정해진다!”

잃어버린 왕의 혈통(미확인), 펠트.
펠트의 첫째 기사, ‘검성’ 라인하르트 반 아스트레아.

“각 사람은 왕으로서 즉위하는 날까지, 본인의 한계가 미치는 한 왕국의 유지에 매진할 것!”

은발의 하프엘프이자 '빙결의 마녀', 에밀리아.
그리고 이 자리에 부재중인 자칭 기사, 나츠키 스바루.

"이상을 최저한의 조약으로 삼으며, 왕선의 개시를 여기서 선언한다――!"

마이크로토프가 목소리를 높여 외치고, 홀이 어마어마한 열기에 휩싸인다.
말소리는 없다. 하지만 누구나 마음의 함성을 억누르지 못하고 있다.
그 열기의 여파를 등에 받으며, 마이크로토프는 구부러진 허리를 꼿꼿이 세우고 입을 크게 벌려 외쳤다.

"지금부터――왕선을 개시한다!!"

제5장 『자칭 기사, 나츠키 스바루』

1

——자기가 없을 때 이야기가 움직이기 시작해버린 사실을 스바루가 안 것은, 성내의 대기실에서 라인하르트와 페리스 두 명이 얼굴을 내밀어주어서였다.

"그런 이유로, 경사스레 왕선의 시작이란 소리. 스바루 큥도 에밀리아 님의 기사인 거잖야옹? 같이 힘내 보자."

"……어, 어어."

일의 전말을 다 얘기하고 마지막에 그렇게 덧붙인 페리스의 비꼬는 말에는 너무 예리하게 날이 서 있었다.

홀의 자초지종을 떠올리면 지금 스바루가 무슨 심경일지는 훤할 텐데.

하지만 스바루는 그런 페리스의 잔혹함을 상대할 여유가 없다. 왕선의 내용도 중요하긴 하지만, 지금의 스바루에겐 그 이상으로 확인해야만 하는 문제가 있었다.

"——그 노인이라면 무사해. 펠트 님의 조처로 신병의 안전은 확약받았어."

"——큭!"

겁먹고 좀체 말을 꺼내지 못하는 스바루를 대신해 라인하르트가 대답을 내밀었다.

"통로의 관계상, 네가 그 노인과 얼굴을 마주하지 않았다고 생각하진 않아. 나야 너와 노인에게 면식이 있는 걸 알고 있으니까. 네 불안을 짐작하는 건 어렵지 않지."

손가락을 세우고 스바루를 안심시키려 해주는 라인하르트. 그러나 제아무리 그라도 스바루가 품고 있는 죄책감의 원인까지는 알 수 없다.

롬 영감을 지나쳐 보낸 그 순간 스바루의 마음 밑바닥에 일어난 구제할 도리 없는 갈등은.

"잘됐네. 라인하르트와 펠트 님 덕분이니 감사해야겠어. ——이걸로, 스바루 큥은 아~무것도 변명하지 않아두 되니까."

"————."

오싹. 등줄기에 오한이 치달았다. 고개를 들고 페리스와 다시 마주 본다.

스바루를 보는 노란색 눈에는, 마치 마음 밑바닥까지 내다보는 것 같은 빛이 켜져 있었다.

내면을 엿보인 듯한 불쾌감. 그 느낌을 얼버무리기 위해 스바루는 굳은 뺨을 움직였다.

"아, 아아…… 잘됐어! 진짜 내 예측대로다! 내가 뭔가 저지르는 것보다, 홀의 에밀리아땅이나 펠트에게 맡기는 편이 낫다고…… 응! 바로 그건데 말이지!"

스바루는 양팔을 펼치고 호들갑을 떨며, 짐짓 익살맞은 몸짓으로 두 사람을 돌아봤다.

"그런데 그걸 이유로 펠트의 각오가 섰다는 전개라면, 실수했는데. 강력한 라이벌 출현이라 에밀리아땅에게 호되게 꾸중 들을지도 모르겠구만."

빠르게 너스레를 겹치는 스바루. 라인하르트와 페리스는 스바루의 급변한 태도에 저마다 표정을 바꾸었지만, 결국은 추궁하지 않는 쪽을 택했다.

기사 두 명의 자비에 기대고 있다. 그 자각에, 마음이 지르는 비명을 무시했다.

"그런데 대화가 끝났으면 다른 사람들은, 에밀리아땅은 어쩌고 있남?"

"후보자 분들은 홀에 남아서 왕선에 관한 세부 사항을 짚는 말씀들을 나누고 계셔. 그동안에 내가 스바루의 상황을 보러 가고 싶다고 했더니 페리스가 따라와 준 거지."

"문안 와준 건 고마운데, 그래도 되는 거야? 너도 주인 곁에 안 붙어있고."

라인하르트야 어쨌든 페리스가 얼굴을 내민 데에 대한 의문은 끝이질 않는다.

"안전에 관해서라면, 크루쉬 님은 페리보다 훨씬 더 강하신 분이니 안심이려냥—."

"가볍게 말하지 마라……. 너, 그런 폼새라도 근위기사단이잖아."

"페리의 밥줄은 그거하곤 다른 곳에 있으니 됐다구. 다 알면 서어."

추파 보내는 눈으로 스바루를 본 페리스가 세운 손가락을 좌우로 흔들었다. 그 손끝이 파랗게 빛났다.

"으…… 왠지 기분 탓인지, 어깨 · 팔꿈치 · 허리의 피로가 가시는 듯한데……?"

"스바루 큥의 몸, 왠지 노인네 같은 식으로 다쳤구냥."

"이게 네 밥줄…… 그러고 보니 엄청난 물의 마법 고수라고 들었었지."

애초에 스바루가 왕도로 동행한 이유가 자각 없는 몸의 이상을 치료하기 위해서였다. 그 치료를 담당할 사람이 분명히 눈앞의 야옹이 귀 낭자애라는 얘기였다.

"엄청나다는 걸론 표현이 모자라, 스바루. 페리스는 물 계통의 마법사로서 대륙 으뜸이라고 해도 돼. 겉멋으로 역대 최연소인데도 속성의 정점을 의미하는 '청(靑)'의 칭호를 받은 게 아니지."

"뭐, 그렇게 거창한 별칭을 받은 페리는 부르는 사람이 수도 없이 많았답니다."

라인하르트의 칭찬에 겸손을 떨지도 않고 가슴을 펴 보이는 페리스.

실제로 그가 평판과 같은 실력을 가진 치료술사라면, 부르는 사람이 수도 없이 많은 것도 수긍이 간다.

그리고 그런 그가 스바루의 치료를 담당해준다는 사실.

"……역시, 에밀리아땅이."

"역시, 에밀리아 님이었답니다."

예상이 갔던 대답인 만큼 스바루의 어조는 씁쓸하고 무겁다.

스바루의 치료를 둘러싼 대화, 그 배경이 상상 가버렸다. 그렇기 때문에 스바루는 가슴속에 무거운 게 응어리지는 걸 막을 수 없다.

크루쉬 진영인 페리스에게 스바루 몸의 치료를 의뢰한다는 것. 이는 왕선이 시작되기 전 단계에서 정적에게 빚을 지고 말았음을 의미한다.

즉, 스바루는 여기서도 또 에밀리아의 발목을 잡아끄는 결과를 내고 있었다.

"이봐, 치료란 거 꼭 받아야만 해?"

"대가는 벌써 지불받았으니까. 이대루 스바루 큥의 치료를 하지 않으면, 도리어 에밀리아 님께 헛수고시키는 결과가 돼버릴지도 모른다?"

"대가가 뭐지? 그게 물리적인 거라면, 돌려주면 그만인……."

"그건 물리적인 것이 아니구, 알아버린 이상은 물릴 수 없는 부류의 대가지롱. 그러니 스바루 큥의 요청은 안타깝게도 먹히질 않겠다."

쌀쌀맞게 무시당한 스바루는 이마에 손을 얹으며 고개 숙일 수밖에 없었다.

에밀리아의 족쇄가 되고 싶지 않은데, 스바루의 행동은 전부 다 역효과만 내고 있다.

에밀리아를 돕고 싶다. 그것이 스바루가 지금 이곳에 있는 의미. 그것만이 스바루의 존재를 지탱하고 있는 단 하나뿐인 이유인데.

"――그만큼 자기 무력함을 한탄할 바에는, 따로 선택해야 할 선택지가 있다고 본다만."

차분한 목소리가 대기실에 울리고, 스바루는 튕겨지듯이 고개를 쳐들었다. 목소리 주인은 라인하르트도 페리스도 아니라, 열린 문에 등을 기대고 있는 미남자――율리우스다.

"왜, 네놈 자식이."

적의로 얼굴을 일그러뜨리는 스바루. 율리우스는 그 눈초리를 선선한 얼굴로 받는다.

"그렇게 싫은 티를 내지 말아줬으면 하는군. 환영받는다는 생각은 없었지만, 그와 같은 태도를 겉으로 내서야."

"내서야, 어떻단 말씀이실까."

"함께 계시는 분의 품위가 의심받는다. 각골하여 명심하도록."

"윽……!"

그 어떤 말보다도 아픈 곳을 찔린 스바루의 목이 분노로 턱 막힌다.

"자, 넌 나더러 뭣 때문에 이곳에 왔느냐고 물었지."

율리우스는 입을 다무는 스바루 옆을 지나쳐 창가로.

그곳을 통해 성 밖으로 눈길을 보낸 기사는 스바루에게 돌아선 채로 바람에 눈을 살짝 감았다.

“물론 너를 만나러 왔다. 잠깐 함께 와줬으면 하는 곳이 있어서.”

어떻겠느냐고 팔을 벌리는 율리우스.

이토록 서로 가시 돋은 시선을 주고받는 판국에 그 제안이 우호적인 의도라고 여길 수도 없다.

“어떻고 자시고, 장소와 목적을 모르면 ‘노’ 라고도 ‘아니오’ 라고도 ‘사양하겠습니다’ 라고도 ‘똥 싸고 자기나 해’ 라고도 말 못하지. 말하겠지만.”

“장소는 연병장. 목적은…… 그렇군.”

너스레치고는 가시가 심하게 돋친 스바루의 말에 율리우스는 생각에 잠기듯 고개를 숙이고.

“목적은── 네게 현실을 가르쳐주는 것……이라면 어떨까?”

스바루에게 지지 않는 가시를, 아니꼬운 미소 뒤편에 숨기고 내뱉었다.

2

살벌한 비아냥을 교환하고 10여 분 뒤── 스바루는 단단히 다져진 모래땅 위에 서 있었다.

장소는 왕성의 대기실에서 옮겨 성에 인접한 기사단원의 대기소. 그곳에는 역사가 느껴지는 견고한 벽에 둘러싸인, 적갈색

흙으로 다져진 연병장이 존재한다.

부지 넓이는 평범한 학교의 교정, 그 절반가량은 될까. 뛰어다니건 검을 주고받건 간에 충분한 넓이였다.

발바닥의 감촉으로 이를 확인한 스바루는 담담히 굽혀펴기 운동을 하면서 준비를 진행 중이었다.

"율리우스, 이런 짓은 그만둬야 해. 너답지 않아."

연병장 입구에서 그런 말과 함께 율리우스를 만류하는 사람은 라인하르트다. 붉은 머리 기사의 표정에는 초조와 분노라는 감정은 없이 순수하게 스바루에 대한 우려만이 있었다.

"확실히 좀 지나친 발언이 있었던 건 나도 인정하지만, 그건 타일러서 고쳐 가면 되는 범주에 불과해. 평소라면 너도 그렇게 판단할 터잖아."

"평소라면. 공교롭게도 그 말이 맞고 말고, 나의 벗 라인하르트."

율리우스는 근위기사의 제복에서 의례용 장식을 하나하나 공들여 떼면서, 감정이 비치지 않는 눈으로 라인하르트를 바라본다.

"날짜가 오늘이 아니라면, 혹은 만난 장소가 달랐더라면, 나는 그를 내버려뒀을지도 몰라. 하나 그렇게 되진 않았지. 그는 왕에 연고가 있는 분들 앞에서 기사인 우리를 모욕하고, 또한 그 기사도까지도 경시하는 발언을 했어. 그리고 그 행동을 사과하지도 않으며 내게 모욕을 거듭했지."

조용. 그때까지 희미한 수런거림이 가득 차 있던 연병장이 고요해진다.

"——지금부터, 기사의 긍지를 더럽힌 무뢰배에게 벌을 내린다! 이의 있는가!"

"우————!!"

말이 되지 못한 거센 바람이 별안간 연병장의 대기를 강렬하게 타격했다.

귀가 아파질 정도의 바람의 정체는 근위기사와 경비병들 관중에게서 터져 나온 열기와 목소리.

자신들의 대표인 율리우스와 자신들을 싸잡아서 모욕한 스바루. 그 대립 상황을 지켜보려고 하는 것이리라.

"배당률은 백 대 영으로 내게 건 놈은 없음. 내가 봐도 너무 인기 없어서 울겠군."

이만큼 많은 인간들로부터 적개심이라고 해야 할 감정을 받는 건 난생처음이다. 솔직히 간담이 싸늘해질 대로 싸늘해져서 무릎부터 꺾이며 쓰러질 듯한 압박감에 온몸이 지배되고 있다.

그런데도 심장 박동은 잔잔하고, 손발은 무게를 느끼지만 떨고 있지 않다.

각오가 됐다는 것과도 다르다. 스바루는 잘 모를 정신 상태에 있었다.

"그럼 시작하기 전에 다시금 묻겠는데, 앞선 무례를 사과하고 용서를 청할 마음은 있나? 지금이라면 거듭된 무례에 걸맞은 사과가 있다면 널 용서하지."

"거듭된 무례란 데에 짐작 가는 게 없는데…… 예를 들어 어떻게 사과하라고?"

"눈물 흘리면서 땅바닥에 이마를 처박는다. 혹은 순종적인 개처럼 땅바닥에 뒹굴며, 배를 보이면서 아양을 떤다는 건 어떻겠나."

"둘 다 엘레강트하지 못하니 사양하겠다."

스바루가 수락하리라는 기대도 없었을 것이다. "그래." 하고 짧게 대답한 율리우스는 마지막으로 기사검을 곁의 기사에게 맡겼다. 그리고 대신에 두 자루 목검을 받아 들고는 말했다.

"본래라면 네 무례는 즉결처분 당한다고 한들 이상하지는 않아. 하나 넌 본의 아니게도 에밀리아 님의 시종에 해당해. 따라서 목검으로 상대해주지."

율리우스가 이견은 없느냐고 눈짓으로 묻자 스바루는 수화로 "문제없음." 이라고 짧게 응답한다. 율리우스는 손의 움직임보다 스바루의 표정으로 대답을 판단하고 끄덕였다.

"그럼, 입회인으로—— 페리스."

"네네, 저요—."

율리우스가 시선을 흘끗 옆으로 돌린 방향에 치켜든 손바닥을 팔랑거리는 페리스가 있다.

입회인으로 지명되고 선뜻 이를 수락한 그의 속마음은 도무지 읽을 수 없다. 말리려고 하던 라인하르트와 다르게, 지금부터 시작되는 맞상대에 그는 희희낙락해하는 표정이다.

"자아, 그럼. 서로 성심성의를 다하길. 아무리 심각하게 다쳐두 죽지 않는 한은 어떻게든 손 써줄 테니 열심히 해, 스바루 큥."

"왜 나한테만 말하는 거야. 저쪽도 걱정해둬."

"와—오, 세게 나오셔어! 다들 들었어? 하나— 둘 셋 얍."

관중을 돌아보고 양손을 크게 아래위로 흔드는 페리스의 신호에 맞추어, 연병장에 와락 웃음이—— 스바루의 무모함에 대한 조소가 쏟아진다.

스바루는 그 소리를 등에 받으며 걸어 율리우스 앞으로 간다. 두 자루 목검 중 한쪽을 내미는 그에게서 무기를 받아 손에 익도록 단단히 잡았다.

"할 생각이 들어준 것 같아서 천만다행이군. 그럼, 시작할까."

비슷하게 목검을 잡은 율리우스는 유사 결투의 개시를 선언한다.

스바루는 자연히 관중들의 열기가 높아지는 걸 실감 나게 느끼면서 받은 목검으로 자세를 잡으며 거리를 벌리고——.

"아, 타임. 뭐랄까 좀, 미묘하게 얘랑 맘이 안 맞는 것 같아."

수중의 목검을 빙글빙글 돌리던 스바루가 돌아보고 불평을 뱉었다.

"그래? 별로 달라질 것 없겠다 싶지만, 이쪽을 사용해 보겠나?"

"미안미안. 봐. 나도 요새 애니까 피부에 안 맞는 도구는 좋지 않더라."

말과 함께 율리우스가 이쪽으로 내밀어온 목검을 한 손으로 받는다. 그리고 대신 먼저 받은 쪽 목검을 율리우스에게 내밀어——.

"어이쿠."

"────."

그게 율리우스의 손끝에 닿기보다 먼저 스바루의 손에서 목검이 떨어졌다. 자연히 중력에 이끌려 목검이 떨어지고, 순간적으로 몸을 앞으로 기울인 율리우스의 손이 이를 좇는다.

똑바로 뻗어 있던 율리우스의 자세가 기울고 키 차이가 사라졌다.

"──홋."

스바루는 앞으로 파고들며 손에 든 목검을 밑에서 위로──율리우스의 턱 끝부분을 노린다.

그와 동시에 빈 왼손을 정면으로 내질러 굽혀펴기 할 적에 몰래 움켜쥐고 있던 모래를 율리우스의 눈에다── 눈가림과 기습의 2단 공격.

──잡았다며 회심의 꿍수에 스바루가 사악하게 웃는다. 그 직후.

"네게는 아무래도 정말로 긍지가 없나 보군. ──비루해서 실로 살기 쉽겠어."

귓전에 목소리가 들렸다. 그와 동시에 찾아오는 충격. 명치를 찌르고 올라오는 딱딱하고 날카로운 감촉.

가슴에 닿은 단단한 감촉에 몸이 떠오르고, 다리가 땅을 벗어난 직후에 안면부터 지면에 격돌.

모래땅에 안면이 쓸리고, 명치를 때린 고통에 토사물을 뿌리며, 고통과 열기로 뇌가 강렬한 타격을 받는다. 직후, 연병장의 열기가 폭발한다.

분수를 모르는 우행에 대한 응보가 지금, 스바루에게 사정없이 떨어지려 하고 있었다.

연병장의 높은 하늘에, 뒤늦게 터지는 고통의 절규가 길게 꼬리를 끈다.

높게, 높이. 멀게, 멀리.

3

"보고 드립니다. 현재, 연병장에서 기사 율리우스와…… 에밀리아 님의 시종인, 나츠키 스바루 님이 목검으로 모의전을 벌이고 있습니다."

"……어?"

그 보고를 들은 에밀리아의 생각이 숨이 새어 나오는 듯한 목소리와 함께 멎었다.

냉정하게, 마음을 가라앉히고, 보고받은 내용을 순차 정리한다. 말귀를 알아먹을 수 없다.

"왜, 왜 그런 일이……?! 연병장이면 성에 이웃한 기사단의 건물 안이잖아? 거기서 율리우스와 스바루가…… 싸움……이야?"

"실례를 무릅쓰겠으나, 모의전입니다. 싸움이라며 사적인 원한을 이유로 시작했다고 여겨져선 기사 율리우스의 명예 문제가 됩니다."

곤혹을 숨기지 못하는 에밀리아에게 경비병이 그것만은 양보할 수 없다고 또렷하게 단언한다.

그러나 반쯤 불경한 그의 태도를 마음에 두지 못할 만큼 지금의 에밀리아는 동요하는 중이었다.

홀에서의, 스바루와 율리우스의 설전이 저절로 떠오른다. 두 사람은 서로 좋은 인상을 품고 있지 않다. 그게 이유로 시작된 결투라면.

"좌우간, 바로 멈추러 가야겠어. 그 연병장으로 안내해……"

"아—, 그기는 좀 글타 싶은디."

서둘러 현장에 중재하러 가려는 에밀리아를 만류하는 해사한 목소리.

돌아보는 에밀리아 앞에서 거수해 주목을 모은 사람은 아나스타시아다. 대화 장소를 홀에서 회의실로 옮긴 지금, 후보자와 그 관계자들은 모두 이 방에 모여 있다.

지금의 보고도 당연히 에밀리아 외의 전원이 들은 것이다.

"좀 확인하려는디, 그 '모의전' 은 제의한 기 언 쪽이가."

"기사 율리우스라고 들었습니다. 다만 나츠키 스바루 님이 그것을 받아들였기에 현재의 상황이……."

"아, 됐다 됐다. 제의한 기 율리우스라고 알믄, 걸로 충분타."

경비병의 대답에 의젓하게 끄덕인 아나스타시아는 그다음으로 에밀리아를 돌아봤다.

"——모의전이 율리우스 쪽에서 나온 제안이라믄, 내는 말리는 기 반대다고마.”

아나스타시아의 대답은 에밀리아와 정면으로 대치되는 것이었다.

“네 기사와 나의…… 그, 친구가 부딪치고 있다고? 걱정이 되질 않아?”

“걱정? 먼? 율리우스가 막 카다가, 그쪽 아의 치료비 내야 할끼 말이고?”

이상하다는 듯이 갸웃거리는 아나스타시아의 대답에 에밀리아는 말을 잃었다.

그런 에밀리아를 대신해 프리실라가 작게 웃음을 내비쳤다.

“확실히. 고것은 소녀가 본 바로, 물러설 때를 가리지 않는 낯짝의 어리석은 것이지. 지금쯤은 오기를 지나치게 부리다가 안 그래도 못 두고 볼 얼굴이 두 번 다시 못 볼 꼴이 되어있을지도 모르겠군.”

“그라게. 홀에서 큰소리 친 그 배짱은 장하긴 한디, 장한 그대로 가볍게 날아가뿌릴 아였으니께네.”

“너, 너희는…… 그 밖에 더 할 말이 있지 않아?”

에밀리아가 심술궂은 웃음을 교환하는 둘에게 믿을 수 없는 걸 보는 눈으로 목소리를 떨었다.

하지만 그런 에밀리아의 경악에 더욱 추가타를 가하듯.

“모의전의 시비를 따지는 거라면, 나도 도중에 멈추는 건 탐탁지 않군.”

그때까지 지켜보던 크루쉬마저도 에밀리아에게 반대하는 의견을 입에 담은 것이다.

"여기서 결투를 신청한 게 에밀리아의 시종이라면, 경이 중재를 신청하는 건 옳겠지. 하나 신청한 게 기사 율리우스이며 받은 게 경의 시종이라면 경이 제지하고 나서는 건 사리가 안 맞아."

"어째서? 그게, 스바루는 나의……."

"그걸 알지 못하겠다면, 아무리 설명해 봤자 이해는 못해. ── 그리고 성급하긴 하지만 필요한 일이다."

강한 어조로 단언받은 에밀리아는 크루쉬에게 그 이상 추궁하지 않았다.

크루쉬 또한 에밀리아에게 설명할 말은 없다는 양 입술을 단단히 다물어버렸다.

"그래서 결국, 그 경비병은 뭔 소리를 하고 싶어서 이리로 온 거야?"

얘기가 진행되지 않는 데에 속이 탄다는 얼굴로, 짜증스럽게 목소리를 터트린 사람은 펠트다.

"그냥 붙고만 있을 뿐이면, 나중에 결과만 보고하면 되잖아. 시작하기 전에 보고하러 오는 거라면 몰라도 한창 뜨는 중에 겁먹고 말하러 온 이유를 모르겠네."

태도 불량하게 팔짱을 끼는 펠트의 의문에 경비병의 안색이 뚜렷하게 알 수 있을 만큼 안 좋아진다.

그 태도에 꺼림칙한 것을 느꼈는지 가만히 시립해 있던 마코스가 부하 앞으로 나섰다.

"보고해라."

"예, 옛! 기사 율리우스와 나츠키 스바루 님의 모의전이…… 너무나도 일방적이기에, 지시를 받으러 왔습니다!"

"……일방적이라 함은?"

"기사 율리우스도 조절하고 있을 터이지만…… 도저히 보고 있을 수 없을 정도라."

어지간히 처참한 현장을 보고 왔는지, 경비병은 에밀리아 쪽에 얼굴을 돌리지 못할 만큼 초췌했다. 그 태도가 도리어 이 자리의 전원에게 참상을 상기시켰다.

"말려야 해……!"

그 태도가 마지막 한 짐이 되어, 에밀리아는 그때까지의 망설임을 내던지고는 방을 뛰쳐나갔다. 기사단원 대기소, 연병장을 향해 통로를 뛰기 시작했다.

"이거, 우리도 아가씨 쫓아서 모의전 보러 가지?"

에밀리아가 뛰쳐나가 어수선해지려는 실내에서 알이 손을 들고 제안했다.

알은 열린 문을 손으로 가리키며 옆에 선 프리실라에게 어깨를 으쓱한다.

"공주도 좋아하잖아? 약한 생물이 맹수에게 시달리는 쇼 구경 같은 거."

"자의적인 상상으로 소녀를 오인하지 마라, 알. 뭐 아주 좋아하지만."

가볍게 등을 젖혀 풍만한 가슴을 흔든 프리실라는 상긋 미소 지었다.

"좋겠지. 약간, 따분한 얘기가 오래 끌어서 답답하던 참이었어. 잡다한 어리석은 놈의 꼴불견이라도 굽어보고, 조소하는 것 또한 나쁘진 않지."

프리실라는 가엾을 만큼 식은땀을 흘리고 있는 경비병에게 부채 끝을 향했다.

"그 연병장이란 곳으로 안내하여라. ——소녀의 명이다."

4

피가 찢어진 이마에서 무사한 쪽 눈으로 흘러 붉게 물든 시야를 거칠게 닦는다.

이미 몇 번이나 지면에 나동그라졌는지 기억하지 못한다. 부어오른 왼쪽 눈은 완전히 막혔고 입술이 찢어졌는지 입안이 찢어졌는지, 피맛이 너무 진해서 판단할 수 없었다.

고통은 강하게 느껴지진 않는다.

너무 강한 고통은 느끼는 기능을 빼앗는다든가, 뇌내 분비되는 아드레날린의 효과라든가. 다양한 요인을 짚으며 설명할 수 있다.

하지만 스바루에게 고통을 잊게 만들고 있는 건 순수하리만큼의 '분노' 하는 감정이었다.

"이제 그만 슬슬 자신의 한계를 인정하면 어떨까."

그런 스바루의 상궤를 벗어난 기개에 율리우스는 칭찬이 아니라 어이없는 눈치로 응수했다.

율리우스는 변함없이 모래먼지 한 점, 땀 한 방울 없이 선선한 얼굴인 채로, 오로지 스바루를 때려대기만 했다는 자취가 진한 목검 끝부분을 흔들고 있다.

"메울 수 없는 나와 네 차이를 그 몸으로 통감했을 텐데. 네가 모욕하고 경시한 '기사'란 존재가 어떠한 것인지 그 차이도 이해했겠지."

부르는 말은 스바루의 마음에 호소하는 것이 아니라 마음을 부러뜨리려 들었다.

율리우스는 그저 기사의 존재를 표현하기 위해서 스바루를 두드려대고, 또 스바루 역시 그가 들이미는 현실에 무모한 오기를 계속 피우고 있을 뿐. 거기서 뭔가가 생길 여지는 없다.

이만큼 오래 맞상대했음에도 두 사람 사이에는 아무것도 생기려 하지 않았다.

"이 이상은 생명과 관계된다고 생각한다만?"

"……이 정도로 죽을 리 있겠냐. 아는 척하지 말라고."

"마치 경험자처럼 얘기하는군."

"난 이 세계에서 누구보다도 그걸 알고 있는 남자야."

통산 7회—— 스바루가 이 세계에 온 이래, 생명이 짓밟힌 횟수다. 삼천세계 어디를 내다보더라도 스바루만큼 자신의 죽음과 마주한 존재는 있을 리 없다.

그 감각이 말하고 있다. 죽도록 아프고, 죽도록 분하고, 죽도록 죽을 지경이지만, 이런 걸로 인간은 죽진 않는다.

스바루는 상처가 쓰라린 머리를 내젓고 느릿느릿 목검을 들어 올리며 소리도 없이 돌격한다.

사정권에 율리우스가 들어온 순간, 치켜든 목검의 끝부분이 울음소리를 터트리고——.

"아름답지 않군."

내리치기 직전에 찌르기가 날아와 검을 쥔 스바루의 오른손 손목을 뚫는다. 날카로운 찌르기에 목검이 날아가고, 그걸 무심코 눈으로 좇은 직후—— 명치를 치는 충격에 나동그라졌다.

숨이 막히고 채비도 못한 채 흙 위를 구르며 다섯 번 정도나 천지가 역전하기를 맛본 다음에야 땅바닥에서 위를 바라보고 대(大) 자로 뻗는다. 글자 그대로 핏덩이를 게워내며 누운 스바루.

연병장은 변함없이 율리우스가 가하는 스바루의 공개 린치를 관전하려고 모여든 기사와 경비병들로 붐비고 있다. 하지만 지금은 소리 높여 갈채하는 사람이라곤 전무하다.

기사된 신분을 우습게 여기고 왕국의 미래를 정할 왕선 그 자체를 모욕한 무뢰배. 그놈이 근위기사의 필두인 율리우스에게 호된 맛을 보고, 고통 속에서 제 소행을 맛보며 사과한다. ——그게 이 자리에 모인 그들이 기대한 광경이었다.

실제로 시작한 뒤로 10분가량은 그들도 환성을 지르며, 혹은 조소를 띠며 스바루의 꼴불견을 내려다보고, 동배지간인 율리우스에게 아낌없는 찬사를 보내기도 했다. 그런 양상이 바뀐 건 이게 진짜 의미로 린치라고 전원이 깨달은 순간이었을 것이다.

스바루와 율리우스 두 사람 사이에는 동떨어진 실력차가 있었다.

공격이 빗나가고 반대로 치졸한 방어의 빈틈을 찔려 몇 번이나 지면에 쓰러지는 스바루.

처음 몇 번은 조소가 지배했었다. 열 번을 넘어서자 질린 한숨이 겹치기 시작한다. 그리고 헤아리는 것도 싫어지기 시작했을 무렵에는, 누구나 두고 볼 수 없다고 생각하는 것이다.

그만둬버리면 된다. 승패야 이미 누구 눈에나 명백하며, '기사' 라는 존재의 우위성을 누구나 재확인할 수 있었다. 더 이상은 무의미한 다툼이다.

그러나 율리우스는 스바루를 두드려대는 목검에 결코 자비를 얹지 않는다.

입회인으로서 그 싸움을 말릴 권리를 가진 페리스는 스바루가 아무리 상처 입더라도 말릴 시늉조차 보이지 않는다.

그리고 스바루 본인도, 기사들의 애원을 뿌리치고 여전히 일어선다.

누구나 알고 있었다. 이 다툼에 의미라곤, 의의라곤 없다.

있는 건 오로지 꼴불견에 볼썽사납고, 무가치한 오기가 있을 뿐이다.

그렇다면 하다못해 그 오기가 어떻게 되는지 결판을 지켜봐야만 한다.

그 자리에 모인 기사들이, 경비병이, 눈도 돌리고 싶어질 정경

앞에서, 그럼에도 불구하고 그 자리를 떠나려고 하지 않는 건, 눈앞에서 일어난 이 사태에 관중이라는 모양새라고는 해도 얽혀든 이로서의 책임이 부른 일이었다.

"————."

지켜보는 기사들 앞에서 스바루가 떨리는 상반신을 일으킨다. 곁에 떨어져 있던 목검을 주워 그걸 지팡이 삼아 두 다리를 혹사해 일어섰다. 기침할 때 대량의 피가 뚝뚝 떨어진다.

그 처절한 모습에 이 자리에 있는 모두가 확신했다. 자연스럽게 모두가 이해했다.

——다음 대결이, 이 무익한 다툼의 마지막 충돌이 될 것이라고.

5

——다음 일격이 마지막이겠다고, 스바루는 속으로 결론을 내리고 있었다.

얄궂게도 그건 스바루의 우스꽝스러운 몰골을 목도한 관중과 같은 결론이었다.

하지만 이미 주위의 시선 따위 눈에 차지 않는다.

스바루 안에는 지금 자신과 율리우스 둘뿐이다.

다음에 맞으면 일어서지 못한다. 가령 이쪽의 검이 닿았다고 하더라도, 다음이 없다.

그렇다면 왜 도전하는가. 나아간 앞의 결과가 똑같다면, 왜 여전히 도전하는가.

답은 보이지 않는다. 처음에 이 싸움을 시작한 이유마저도 잃은 스바루는 부은 시야 속에서 태연스레 서 있는 율리우스에 대한 증오를 끌어 올리며── 결심했다.

그 콧대를 부러뜨려주마. 그러기 위해서 무슨 짓을 해서라도 한 방 꽂아주마.

"──────."

숨을 들이켜기만 해도 폐가 아프다. 숨을 내뱉을 때에 입안이 야단스럽게 아프다.

스바루는 흐릿해질 듯한 의식을 아픔으로 맑게 하면서 남은 힘을 그러모아 때를 기다린다.

율리우스의 의식에, 찰나의 틈이 생기기를. 그 순간을, 놓치지 않기 위해서.

──아파죽어.

"우──────."

작렬하는 아픔의 의식 속. 율리우스의 시선이 한순간 헤맨 것을 스바루는 놓치지 않는다.

소리는 들리지 않는다. 전부 다 내팽개치고, 온 마음을 담아 검을 쳐든다.

아주 살짝 스바루에게서 의식을 떼어놓은 율리우스는 아직 스바루에게 반응하고 있지 않다. 무엇이 그의 주의를 끌었는지, 그 생각을 할 뇌세포마저 이 일격에 담았다.

"——!"

목소리가 들린 것 같았다.

소리도 들리지 않는 세계에, 자신과 패야 할 상대 말고 아무것도 존재하지 않을 터인 세계에.

"——루!"

목소리가 들렸다. 누군가의 목소리가 들렸다. 스바루의 귀에, 누군가의 목소리가 들렸다.

의식이 끌려가버릴 것만 같아진다. 전부 다, 이 격노로 빽빽이 칠해 잊게 해다오.

지금은 한 점에, 눈앞의 존재에 향하는 것만이 스바루의 존재 의의다.

"——바루!"

선명해지기 시작한다. 의미를 가지기 시작한다.

그 말이 또렷하게 들려버리면, 더는 돌이킬 수 없다.

그래서 스바루는 모든 것을 떨쳐내도록, 바로 옆에까지 짓쳐 들어와 있는 압도적인 공포로부터 달아나기 위해 전심전력을 쥐어짜내—— 외쳤다.

"——스바루!!"

"——샤마아아아아크!!"

스바루는 또렷하게 들린 은방울소리를 배신하고, 소리 높여 주문을 입에 담았다.

먹구름이 발생해 붉게 퇴색한 연병장의 대지를 칠흑이 메우고, 세계로부터 모든 것이 사라졌다.

몰이해의 세계가 전개된다. 스바루는 그 안을 달려 나가 말이 못 되는 소리를 지르며 이해가 미치지 않는 세계에서 뇌가 명령하는 대로 팔을 내리친다. 먹구름에 삼켜지기 전에 휘두르고 있던 팔은 이해의 유무를 무시하고 실행으로 옮겨 그 끝부분을 '뭔가' 에 닿게――.

"이게, 네 비장의 수라는 거군."

들릴 리 없는 세계에서 그 목소리는 선명하게 스바루의 고막을 때렸다.

먹구름이 갠다. ――그리고 구름이 걷힌 맞은편에서 바람을 가르는 목검이 꽂혀 들어와 스바루의 몸은 가차 없이 대지 위에 나동그라지고 있었다.

" '음(陰)' 계통 마법을 쓴다는 건 예상외였어. 의표를 찔린 건 인정하지."

위에서 날아온 목소리에, 아픔이 아니라 놀람이 있었다.

지면에 대자로 뻗어 하늘을 쳐다보는 스바루는 멍청히 그 현실을 수용할 수밖에 없다.

"하지만 숙련도가 너무 낮아. 저급 마법 따위 자신보다 수준이 낮거나, 혹은 지능이 없는 짐승이라도 아닌 한 통하지 않는다. 나는커녕, 근위기사 중 누구라도 이 작전은 통하지 않았을 거야."

가엾이 여기는 듯한 목소리가 날아오고 있다. 전부 다 포기하라며 스바루의 마음을 꺾는 목소리가.

상황을 바꿀 수 있을 줄 알았다. 이런 자신이라도 뭔가 할 수 있노라고 생각했었다.

"너는 무력하고 구제불능이야. ——저분 곁에 있어선 안 돼."

그 말만은 부정하고 싶어서, 사는 의미를 부정당하는 것만은 허용하기 어려워서, 스바루는 목을 움직여 그 말만은 철회시켜야만 한다고 남자를 노려보려다가.

"————."

——은빛 머리 소녀의, 남보랏빛 눈과 시선이 얽혔다.

왕성 중간쯤의 계층—— 연병장을 내려다볼 수 있는 난간에서 그녀는 몸을 내밀고 있었다. 그녀의 배후에는 본 적이 있는 여성진이 늘어서서 누구나 차가운 눈으로 이 결과를 보고 있었다.

그, 심드렁한 얼굴도, 어떻게 여겨지고 있는지도, 모든 게 아무래도 상관없었다.

다른 누구에게 어떻게 여겨지든 간에 스바루에겐 죄다 아무래도 상관없다.

그저 한 사람, 단 한 사람, 이 세상에서, 이 세계에서 가장 이런 장면을 보여주고 싶지 않다고 생각 중이던 사람이, 그곳에 서 있지만 않으면.

"————."

뚝. 스바루는 자신 안에서 뭔가의 실이 끊기는 듯한 소리를 들었다.

그 소리를 끝으로 의식이 단번에 멀어지기 시작한다.

그때까지 선명하던 의식이 분리되고 세계가 급속히 색깔을 잃는다. 이번에야말로 진짜 의미로 모든 걸 내팽개치고 스바루의 의식은 나락의 바닥으로 떨어져가서——

"——스바루."

들릴 리 없는 입속말에 불린 느낌과 함께, 죄다 사라졌다.

6

눈을 떴을 때, 올려다본 천장이 낯설어서 스바루는 눈살을 찡그리고 있었다.

잠에서 금방 깨곤 하는 스바루에게 갓 일어나 의식이 애매한 시간은 귀중한 것이다. 몇 초간 멍한 감각을 맛보다가 스바루는 더듬더듬 기억을 헤집었다.

자기 전에 무슨 일이 있었는지, 애당초 이 장소는 어디였는지.

관자놀이 부근이 욱신거리듯 아파서, 그 고통이 스바루에게 모든 기억을 떠올리게 했다.

"생각……났다……."

자신이 얼마나 꼴사나운 꼴을 보이고, 어떤 경위로 이곳에 재워졌던가.

이마로 뻗은 팔에 당기는 감촉이 있다. 손목 부근에 본 적 없는 화려한 상처 자국을 발견하고, 그 자국이 마법의 치료로 생긴 것임을 바로 깨달았다.

그리고 이렇게 부상의 자취를 몸에 느끼고 있다는 말은――.

"――죽지, 않았다는 뜻인가."

깨졌을 터인 이마와 부서졌던 오른 손목 등의 감촉을 확인하고, 고통이 남지 않은 치료 솜씨에 감탄의 한숨이 흐른다. 이제 가슴속에 먹먹하게 낀 굴욕감만 없애준다면, 전부 다 없던 걸로 치고 원래대로 돌아왔으리라 싶었을 정도다. 아니――.

"――스바루."

의식이 돌아온 스바루를 쳐다보는 그녀의 애절한 눈길만은 어떤 마법으로도 달랠 수 없다.

침대 옆의 의자에 앉아 남보랏빛 눈을 애수로 채운 에밀리아. 그녀는 착용할 의미를 잃은 하얀 로브를 개어서 무릎 위에 놓은 채로 스바루를 간병해주고 있었던 모양이다.

스바루는 창가로 비치는 저녁 해에 같은 날의 몇 시간 뒤 같다고 얼추 짐작했다.

"……임금님 후보의 대화라는 거, 벌써 끝났어?"

입을 비집고 나온 건, 그런 별 지장 없이 얼버무리는 소리였다. 어떤 해명이 나올지 대비하는 듯하던 에밀리아는 튀어나온 예상 밖의 화제에 가볍게 눈을 반짝 떴다.

"응, 끝났어. ……저마다 하고 싶은 말은 홀에서 거의 마쳤으니, 남은 건 정말로 세세한 왕선의 끝마무리뿐. 거의 로즈월에게 수긍하는 것만으로 끝났어."

고개를 젓는 에밀리아의 말에 자기 역부족을 한탄하는 울림을 알아들은 스바루는 거기서 안도감을 찾아내는 자신을 알아챘다. 그 왕선의 자리에서 에밀리아도 자신의 무력감을 맛보고 비탄을 느꼈다는, 그런 비참한 공감 때문에.

그런 속내를 들키지 않도록 스바루는 일부러 경박함을 가장한다.

"그렇군. 그럼 자버린 내게 붙어 있게 해서 무지 시간 아깝게 됐네. 아무튼 바로 여관에 돌아가자. 렘 회수해서 왕선의 금후 방책을 가다듬어야 하잖아?"

"스바루."

"성안이면 어디에 눈과 귀가 설치됐을지 알 수도 없고, 차분하게 얘기할 거면 저택까지 돌아가는 게 베스트일까. 아니, 우선은 왕도에서 유력자와의 교섭 같은 걸 하나?"

"스바루……."

"아니아니, 오히려 반대로 지금은 다른 왕 후보자 패거리랑 어느 정도는 부전협정이라도 맺어두는 게 정답인가? 언제 어디서, 어떻게 덤빌지 까다로운 싸움이니……."

"——스바루!"

빠르게 임시방편용 말의 탄막을 늘어놓는 스바루를 날카롭게 부르는 에밀리아.

그 목소리에 발뺌하기를 중단한 스바루는 피하고 있던 시선을 그녀에게 맞춘다.

"——얘기를, 하자."

잔잔하다. 그러나 흔들 여지가 없을 만큼, 스바루에게는 무겁게 울리는 목소리였다.

자리에서 일어난 에밀리아가 팔에 껴안은 로브의 천을 단단히 움켜쥐고 있다. 굳은 뺨이 지금부터 시작할 이야기의 내용이 결코 온당하지 않음을 말보다 더 유창하게 설명하는 것 같다.

"여러 가지로 스바루에게 묻고 싶은 게 있어……. 정말로, 많이."

"……아아, 뭐, 그렇겠지."

에밀리아는 더듬더듬 무엇부터 화제로 삼아야 할지 당혹해하듯이 입술을 떨었다.

스바루는 그런 그녀의 주저를 손에 잡힐 듯 훤히 알 수 있었다. 여태까지 스바루가 보인 행위 전부는 그녀에게 상상의 범주 바깥뿐── 그래서 일부러 말로 할 바라면, 에밀리아는 '오늘 스바루의 행동' 의, 그 참뜻을 캐물어야 하는 것이다.

그에 대한 대답이라면 스바루는 거리낌 없이 단 하나뿐인 대답을 돌려줄 수 있다. 그러나.

"저기, 응, 그러면…… 왜 율리우스와 그, 싸우게 된 거야?"

에밀리아가 입에 담은 말은 스바루가 바라는 말이기는커녕 가장 대답하기 궁한 것이었다. 그 싸움의 의의, 그딴 건──.

"뭔가 분명히 이유가 있었던 거지? 다름 아닌 스바루니까, 반드시 중요한……."

대기실에서 기력을 잃고 있던 스바루 곁에 나타난 율리우스. 그가 청한 대로 연병장에 갔을 때, 스바루는 이게 홀에서 저지른 무례에 대한 답례라고 바로 판단했다.

그리고 맞상대하는 율리우스와의 역량 차도 이해했다 싶었다.

승산 따위야 없는 건 처음부터 알고 있었다. 그런데도 스바루는 목검을 잡고, 승산이 없는 싸움에 도전했다가 때려눕혀진 것이다.

무엇을 위해서 그런 짓을 했는가. 그 답은——.

"한 방, 갚아주고 싶었어."

"……뭐?"

고개를 든다. 스바루는 눈앞에 있는 은빛의 미모를, 당혹하는 눈을 올려다보며 말을 이었다.

"증명하고 싶었어. 난 쓸 만하다고. 그놈한테 한 방 갚아주면 그럴 수 있을 줄 알았어. 눈곱만큼이라도 그것을 증명할 수 있으면, 나는…… 나란히 설 수 있다고."

말이 정리되지 않는다. 더 원활하게 말을 못하는 자기 자신이 원망스럽다. 이 가슴에 먹먹하게 낀 감정 전부를, 속마음을 발산할 수 있으면, 이런 숨 막히는 기분을 느끼지 않고 끝날 텐데.

"스바루……."

"오기……였어. 나더러 꼴사납다, 무력하다, 방해되는 존재라고…… 어울리지 않는다고, 나를 너로부터 멀리하려고 드는 그놈이 미워서…… 그래서, 도전했어."

결국은 그뿐인 얘기라고 생각한다.

에밀리아에게 어울리지 않는다며 그 자리에서 누구보다도 매섭게 스바루를 규탄한 율리우스.

하지만 그런 말은 들을 필요도 없이 스바루 본인이 가장 잘 알고 있었다.

그 사실을 깨닫지 않으려고 스바루가 꾸며온 필사적인 가면 아래를, 그 남자는 가볍게 들추어대고. 그래서 그걸 용서할 수 없어서 도전했다가 결과가 이 꼴이다.

"그런, 걸 위해서……?"

머리를 떨군 스바루의 힘없는 대답에 에밀리아는 작게 숨을 집어삼켰다.

그 말은 그녀가 바라던, 더 내실 있는 대답과는 다른 것이리라. 그녀가 믿고 싶어 하던 이상은, 스바루가 부린 시시한 오기라는 현실에 배신당했다.

그 실망이, 살짝 빠져나오듯이 그녀의 입술에서 흘러나온 소리를 들었다.

"……에밀리아, 땅은."

떨리는 말이, 무력감에 시달리는 스바루에게 자백을 다그친다.

그게 얼마나 잔혹하고 무자비한 행위였는지, 의도하지 않은 에밀리아는 알지 못한다. 그래서 스바루는 가냘픈 목소리 그대로 에밀리아를 보지도 못한 채.

"——에밀리아는 몰라."

그렇게 내뱉고 있었다.

말하자마자 스바루는 이게 억누르지 못한 화풀이의 부류임을 자각했다.

그것도 상대의 이해하려는 자세를 거절하고, 마음을 단절하는 최악의 변명임을.

"——그래."

고개를 들 수 없는 채로 있던 스바루에게 숨이 새어 나오는 듯한 목소리가 닿았다.

한숨에 가까운 그 소리에는 납득이 있으며, 스바루의 불만에 귀 기울이는 이해의 여운이 있었다.

더 이상 그 화제를 추궁하지 않겠다고 그녀 쪽이 내민 약정.

그 반응에 안도의 감각을 느껴 어깨의 힘을 빼는 스바루. 에밀리아는 그런 스바루에게 말했다.

"나와 로즈월은 내일에라도 저택으로 돌아가게 돼. 그리고 스바루는 왕도에 남아 치료에 전념해줘야겠어."

스바루는 선고받은 말의 의미를 수용하지 못해 "뭐?" 하고 의문을 그대로 소리로 뱉었다.

스바루가 몰이해로 갸웃거리자 에밀리아는 최대한 감정을 억누른 얼굴로 쳐다보았다.

"애초부터 그럴 약속이었잖아? 스바루가 왕도에 온 이유는 피폐한 게이트의 치료 때문이고. 페리스와는 약속해놨으니 앞으론 그 애의 치료를 받으며 요양하고 있어."

"아니, 잠깐 기다려."

"왕도에 남아 있는 동안은 페리스……라기보다, 크루쉬 님의 칼스텐 가문에서 사정을 봐준다고 얘기가 됐어. 렘도 함께 두고 갈 테니, 뒷바라지는 걱정하지 말고……."

"그러니까, 기다려 보라고!"

빠르게 이후 스바루의 예정을 말하는 에밀리아. 거기에 자기

의사가 전혀 반영되지 않은 걸 이해한 스바루는 언성을 높여 부른다.

순간적으로 뻗은 손끝으로 그녀의 옷자락을 잡고, 멀어지려는 에밀리아에게 매달리듯이.

"왜 그렇게 갑자기…… 나는……."

"……왜냐면 스바루는, 내가 있으면 그렇게 무리를 하잖아?"

가냘픈 스바루의 목소리에 에밀리아는 얼굴을 돌린 채로 응답했다. 그 말에 스바루는 숨을 집어삼키고, 표정을 보이지 않는 에밀리아를 돌아보게 하고자 목소리를 짜냈다.

"말을 그런 식으로, 안 해도 되잖아……."

"틀린 말 아니잖아. 처음 만났을 때부터, 저택 때도 그래. 오늘도…… 전부, 나랑 함께 있어서 그랬던 거잖아?"

글자 그대로, 그것은 명확한 반감을 머금은 말투였다.

에밀리아에겐 너무 어울리지 않는 악한 감정이 담긴 비아냥에 스바루는 고개를 가로저었다.

"내가 하고 싶은 말은 그런 게 아니라고. ……난 그냥."

"그냥?"

"난 그냥, 널 위해서, 어떻게 해주고 싶다고, 그렇게."

"날, 위해서?"

되물은 말에 스바루는 긍정의 뜻을 담아 마주 끄덕인다.

에밀리아를 위해서, 오로지 진지하게 운명에 저항해왔다. 그것만은, 그 마음만은 다름 아닌 그녀가 알아주길 바랐다. 그렇기에.

"——자신을, 위해서잖아?"

이어서 엮혀 나온 말의 그 울림에, 스바루는 말을 잃을 도리 외에 없었다.

"————."

침묵을 넘어 공백이 스바루의 머릿속을 휘어잡는다.

무슨 말을 들었는지 알 수 없다. 무슨 말을 하고 싶은지도, 알 수 없다.

"나……는…… 그저, 널, 위해서……."

서글픈지, 괴로운지, 분한지, 화내고 싶은지, 울고 싶은지.

——네가 기뻐할 일을 해주고 싶어.

——네가 바라는 일의 도움이 되어주고 싶어.

——너를 슬프게 하는 모든 요인으로부터, 너를 지켜주고 싶어.

스바루는 자신의 행동 근저에 있는 것이, 에밀리아에 대한 순수한 마음이라 여기고 있었다.

그리고 그 행동은 분명하게 말로 하지 않더라도 그녀에게 전해질 것이라고 굳게 믿고 있었다.

그런, 다른 사람의 감정을 돌아보지 않는 독선적인 억측이.

"——와웁."

부드러운 천이 안면에 부딪혀 방심 상태에 있던 스바루가 놀란 소리를 질렀다.

순간적으로 걷어낸 그것이, 매의 자수가 들어간 하얀 로브였음을 알아챘다. 그게 에밀리아의 손안에 있던 옷이며, 던진 것이라고 금방 이해했다.

하지만 그 난폭한 행동과 에밀리아의 모습이 이어지지 않는다.

던진 건 에밀리아라고 이성이 이해해도, 감정이 그 사실을 인정하고 싶어 하지 않는 것이다.

왜냐면 스바루가 아는 에밀리아는 언제나 상냥하고, 인자한 어머니 같은 배려에 넘쳐흐르고 있으며, 그 사실을 스스로는 인정하고 싶어 하지 않는 고집쟁이이긴 했지만, 그래도 남에게 베풀기를 그만둘 수 없는 호인인 여자애라서.

그래서, 어째서일까. 감정의 파도에 흔들리는 에밀리아의 남보랏빛 눈. 격정에 떨 것만 같은 입술을 깨물고 있는 굳은 얼굴. 둘 다 처음 보았다.

그런 표정도 눈초리도, 그녀에겐 전혀 어울리지 않건만.

그 두 가지 창끝이 향하고 있는 건 틀림없이 자신이건만.

스바루는 생뚱맞은 감상이라고 알면서도 그런 그녀를――아름답다고 생각했다.

"그렇게 뭐든지 다 날 위해서라고 거짓말하는 건 그만해――!"

감정의 물결이 눈물방울이 되어 그 남보랏빛 두 눈을 채우고 있다.

에밀리아는 고개를 작게 가로저으며 쌓여 있던 것을 전부 토해내듯이 말했다.

"성에 온 것도, 율리우스와 싸운 것도, 마법을 쓴 것도…… 다 날 위해서라는 거야? 난 그런 짓, 한 번도 부탁하지 않았어!"

"————으."

"내가 스바루에게 그래 달라고, 그렇게 생각했던 일은 전부 부탁해 왔단 말이야!"

"————."

"저기, 기억하고 있니? 내가, 스바루에게 부탁했던 거."

"나, 나는……."

그녀의 입으로 분명하게 자기 행동을 부정당한 스바루의 머릿속이 공포로 얼어붙었다.

그래서 그녀의 물음에 대한 대답을 혼란에 빠진 머릿속에서 찾아내지 못하고 있다.

스바루가 대답을 돌려주지 않자 에밀리아는 그 눈을 단단히 감았다.

"난 스바루에게, 렘이랑 같이 여관에서 기다리고 있으라고 부탁했어."

"————."

"마법을 더 이상 썼다간 큰일 나니까, 마법을 쓰지 말라고 부탁했었어."

어느 쪽 '부탁' 이나 들은 기억이 있었다.

모두 다 에밀리아가 스바루의 몸을 염려해 얌전하게 있어 달라고 마음을 담아서 전한 말이다. 하지만 그 양쪽 다 스바루는 독선에 빠져 이기적으로 짓밟았다.

그 약속을 저버리더라도 이를 웃도는 성과를 가지고 돌아올 수 있으면 어떻게든 수습할 수 있다. 그런 부류의 경솔한 생각은 항상 스바루의 근저에 있었다. 있었던 것이다.

하지만 결과적으로 스바루는 에밀리아의 소원을 저버린 데에다가, 멀쩡한 성과라곤 아무것도 내지 못하고 그녀의 발목만 잡는 꼴불견을 보였다.

하지만 그래도, 그 행동의 시초는, 그 마음만은 확실하게——.

"하는 말을 듣지 않은 건 미안하다고 생각해. 진짜야. 정말로 반성하고 있어. 그래도! 하지만, 아니야. 그게 아니라고. 난, 날 위해서 그런 게 아니라……."

근원에 있는 그 마음만은 진짜라고, 그 사실만은 알아주기를 바랐다.

그러나 스바루의 혀는 쥐가 난 듯이 경련하며, 그 이상 말을 나열하기를 거부했다.

에밀리아는 그렇게 말을 잇지 못하는 스바루를 슬픈 눈으로 지그시 보고 있었다.

"에밀리아는 나를…… 믿어, 주지 않는, 거야?"

그것은 구제할 도리 없을 만큼 이기적인 말이었다. 해서는 안 되는 말이었다.

그건 지금 막 상대의 이해를 거절한 인간의 입으로 해도 되는 말이 아니었다.

"믿고 싶어. ……난 스바루를 믿고 싶어."

우는 것 같은 목소리였다. 실제로 울고 있을지도 모른다.

하지만 스바루에겐 그것을 확인할 용기가 없었다. 마주할 용기가 없었다.

울고 있을지도 모르는데도. 울려버렸을지도 모르는데도. 그런 얼굴을 하게 두고 싶지 않다고 달려왔을 텐데도, 제일 중요한 장면에서 나츠키 스바루는——.

"믿고 싶은데…… 믿게 해주지 않은 건 스바루 쪽이잖아!"

감정이 폭발한다.

온화하고 이성적이어서. 여태껏 화낸 적이 없던 것만은 아니지만, 그래도 감정적이 되어 고삐가 풀린 적은 한 번도 없었을 텐데.

그 고삐가 풀려서 넘치는 감정을 그대로 입에 담는 에밀리아는.

"스바루는 약속을 하나도 지켜주지 않았잖아. 약속……했었는데, 그걸 전부 간단히 깨버리고, 이런 곳까지 와버렸잖니?!"

짓밟아왔다. 주고받은 약속을. 요컨대 신뢰를.

모든 건 그녀를 위해서라고, 자기 자신에게만 의미가 있는 대의명분을 내세우며.

"나와의 약속은 지켜주지 않는데, 그러고도 자기는 믿어 달라니……. 그런 소리 들어봤자, 못해. 못한단 말이야……."

'그게 아냐.' 라고 소리 높여 외치고 싶었다.

그러나 현실에서 스바루의 목은 떨기만 하지 말을 지어내지 못하고, 고개는 마치 납으로 굳힌 것처럼 아래를 본 상태로 움직이지 못하고 있다.

떨고 눈물을 흘리며, 감정에 희롱당하면서도 성실한 답변을 바라고 있었을 소녀에게, 스바루는 등을 돌리고 계속 배신하고 있다.

“……있지, 스바루. 왜 스바루는 그렇게 나를 도와주려 하고 그래?”

그건 분명, 에밀리아가 몇 번씩 입에 담으려다가 주저해왔던 의문이었으리라.

그녀는 몇 번이고 상처투성이로 달리며, 실실 웃으면서, 혹은 아픈 것을 앙버티면서 사지로 뛰어드는 스바루의 모습에 그 의문을 꾹 참아 왔던 것이리라.

그렇기에 여기서 그 의문이 마침내 겉으로 나와버렸다고 하더라도 이는 필연이었다.

여기서 뱉어내버리지 않으면, 에밀리아는 한없이 의문을 가슴에 갈무리한 채로, 변함없이 자신에게 헌신하는 스바루에게 이유를 알지 못한 채로 마음을 계속 아파할 수밖에 없었던 것이다.

그리고 그 물음은 에밀리아가 스바루에게 내밀어준 마지막 구원의 손길이었다.

모든 말이 얄팍하며 약속을 짓밟은 자신으로선 아무것도 가닿지 못한다고 믿었지만, 그래도 진지하게 전해질 물음이었다.

——어째서, 스바루는 이렇게 되어서까지 에밀리아에게 헌신하는가.

——어째서, 이 세계에 오고 나서 그녀에게 이만큼 집착하고 있는가.

“내가 널 위해서 어떻게 해주고 싶어 하는 이유는, 네가 날 구해줬기 때문이야…….”

“내가…… 스바루를?”

“그래.”

이세계에 갑자기 불려와 앞뒤 분간도 못하고 어쩔 줄 몰라 하다가, 피할 수도 없는 폭력에 휩쓸리고. 행여 그대로 끝날지도 몰랐던 세계에서.

“네가 내게 해준 일이 얼마나 내 구원이 되어주었는지, 모를 거야. 하지만 난…… 말로 할 수 없을 만큼 그걸로 구원받았어.”

에밀리아가 그 자리에서 구해준 건 목숨이 아니라 스바루 그 자체였다.

시작은 스바루부터가 아니다. 시작은 에밀리아 쪽부터 스바루에게 준 것이다. 스바루의 행위 전부는 그녀에게 받은 걸 갚겠다는, 그뿐인 것에 불과하다.

“모르겠어, 스바루…….”

“모르는 것도 별수 없어. 하지만 사실이야. 난 네게 구원받았어. 그래서 내가 하는 일은 구원받은 데에 대한 보은이고…… 하지만 지금은.”

‘그것만이 아냐.’ 라고, 그렇게 잇고 싶었던 말은.

“——모르겠다고, 하잖아!”

고개를 저어 은빛 머리를 흐트러뜨리며 감정을 폭발시키는 에밀리아에겐 닿지 않았다.

에밀리아는 눈물지은 채로 스바루를 보고, 격정 때문에 숨을 헐떡이고 어깨를 들썩이면서 말했다.
"내가 스바루를 구해줬어? 그런 일이 있을 리 없어. 나랑 네가 처음 만난 건 장물 창고 때고, 그곳 외에서 스바루와 접점이 있었을 리 없는걸!"
"아냐, 얘기를 좀……."
"그곳보다 전에 접점이 있었으면, 그게 사실이라면, 나는…… 나도……."
손바닥으로 얼굴을 덮으며 스바루를 거절하는 에밀리아는 귀 기울이지도 않는다. 그녀는 완전히 껍질을 틀어박히려는 중이며, 스바루의 말에 이를 막을 힘은 없었다.
대관절 무엇이 그녀의 약한 부분을 건드리고 만 것인지 알 수 없다. 알 수 없더라도 말을 계속 걸어야 한다. 그래서 스바루는 감정에 촉구당하는 대로 입을 열었다.
"이해할 수 없을지도 모르지만, 그래도 들어줘. 이 얘기는 사실이야! 나는 네게, 이 세계에 와서 처음으로 네게――"
순간―― 세계의 정지가 찾아오고, 스바루는 자신이 금기를 건드렸음을 깨달았다.
시간이 얼어붙고, 온갖 존재의 움직임이 정체하는 세계.
자신의 격한 심장 고동 소리조차도, 지금까지 들리고 있던 에밀리아의 목소리도 멀어지고, 날카로운 이명의 자취조차도 사라지는 무음의 세계가 찾아온다.
자신의 섣부른 실수와 상황을 따지지 않는 집행자의 그림자에 스바루는 분노를 참을 수 없다.

스바루가 가진 특이성을 얘기하려고 할 때, 그림자는 스바루에게 끝없는 고통을 선사한다.

정체한 세계는 금기를 범하려던 스바루에게 경고를 주고, 시간의 일렁임을 되찾았다.

——왈칵. 스바루는 온몸에 비지땀이 흐르는 걸 깨달았다.

그림자의 변덕인지 고통의 페널티는 오지 않았다. 하지만 지금 상태로 입을 잘못 놀렸다간 그림자는 정체된 세계에서 가차없이 스바루의 심장을 학대한다. 그 고통을 떠올린다.

입에 담으려 했을 말이 목 안으로 굴러 떨어지고, 전할 수 있었을 진지한 마음은 갈 곳을 잃고 묵직한 짐이 되어 스바루의 두 어깨에 얹혔다.

"……또, 아무 말도 해주지 않는구나."

체념한 듯, 실망한 듯. 에밀리아의 감정이 얼어붙은 목소리가 고막을 때렸다.

뜬금없는 분노가 치밀어 올라왔다.

갈 곳 없는 슬픔이 가슴을 찢어발기겠다는 양 부풀어 오르고 있었다.

뭘 어쩌라는 말인가.

진지하게 마음을 전하려고 하면, 에밀리아는 이에 귀담아주지 않는다.

여태까지 걸어온 길 전부를 설명하려고 하면, 저주의 그림자가 이를 막고 훼방 놓는다.

"왜, 알아주지 않는 건데……."

"……스바루."

"난, 에밀리아라면…… 너라면 알아줄 거라고, 생각해서……!"

"스바루 마음속의 난 대단하구나."

그 한마디에 서글플 정도의 단절이, 마음의 벽이 담겨 있었다.

멍하니 고개를 드는 스바루 앞에서 에밀리아는 눈을 피하고 옆을 보았다.

입가에 떠오르는 외로운 미소는 스바루와 그녀 자신, 어느 쪽을 향하고 있던 것일까.

"뭐든지 다, 모조리 다, 듣지 못하더라도 알아줄 수 있어. 스바루의 괴로움이든 슬픔이든 분노든, 자기 일처럼 생각해줄 수 있어."

"……아으."

"——스바루. 말해주지 않으면, 몰라."

부정당했다. 깨부숴졌다. 환상은 산산이 무너진다.

이렇게 이 세계에 떨어져 온 뒤로, 믿고 기댈 곳으로 삼아왔을 것이 없어진다.

"내……."

생명을 쥐어짜고 아파도 이를 악물고 참아서, 슬픔도 눈물을 닦으면서 극복하고. 그것도 이것도 전부 다 마음속에 그려온 우상을 지켜나가기 위해서였는데.

그, 있지도 않았던 이기적인 이상향이 소리를 내며 무너지는 걸 깨달은 바람에.

"여태까지, 전부……."

입술이 떨린다. 눈시울이 뜨겁다. 혀가 경련하고, 심장 고동이 시끄러울 만큼 거세다.

고개를 든다. 에밀리아와 눈이 마주친다. 남보랏빛 눈이, 슬픔만 띠고 보고 있다. 그 눈에 비치는 자신의 얼굴이 너무나도 비참하고, 너무나도 희망이 없었기에.

"——내 덕분에, 어떻게든 되어왔잖아?!"

째지는 목소리로, 대기실을 흔들리는 듯한 노성을 터트리고 있었다.

"휘장을 도둑맞았던 장물 창고에서도! 빌어먹게 위험한 살인귀로부터 구했어! 몸 바쳤어! 전부, 네가 소중했기 때문이야!"

시트를 잡는 손끝이 와들거리고, 손톱이 박히는 손바닥에 피가 배이기 시작한다.

"저택에서의 일도 그래! 여기저기 물리고, 필사적이었어! 머리 깨지고, 목 날아가고, 그런데도 마을의 모두를 구했었잖아! 렘도, 람도, 분명히 가장 좋은 형태가 됐을 거라고! 내가, 내가 있었기 때문이잖아?!"

머리에 그릴 수 있는 한 자기 공적을 나열하고, 멀어지려는 그녀의 그림자를 쫓아간다.

"내가 없으면 더 지독한 꼴이 났었어! 아무도 못 살았어! 아무도 아무도 아무도! 전부 전부 전부 다! 다들 내가! 내가 있었기 때문이야!"

장물 창고의 일도, 저택의 일도, 모두가 구원받은 건 내 행동의 결과다.

자랑해야 할, 보답받아야 할 나츠키 스바루의 공적이다.

이만한 일을 해왔으니까. 이렇게까지 헌신해왔으니까.

"넌 내게 갚지도 못할 만큼의 빚이 있을 거라고——!!"

자기 행동의 근원이 되었을 터인 마음마저 배신하고 외쳐버렸다.

보답을 받지 못한 마음이, 칭찬을 바라는 허영심이, 채워지기를 바라는 갈망이, 사랑받기를 비는 이기심이, 혼미의 극치에 있는 스바루를 그렇게 이끌었다.

그리고 그건 서로에게 결정적인 한마디였다.

"그렇……지."

나직이, 떨리는 목소리가 이마에 땀이 맺혀 거칠게 숨 쉬는 스바루에게 닿았다.

그 소리는 납득이고, 체념이며, 결의이고—— 요컨대, 종말이었다.

"난 스바루에게, 대단히, 잔뜩, 많은, 빚이 있으니까."

"그래, 맞아. 그러니 나는……."

"그러니 그걸 전부 갚고, 끝내도록 하자."

분명하게 선고된 말에 스바루는 튀어 오르듯 고개를 들었다.

그리고 이쪽을 바라보는 에밀리아의 눈에 공허가 퍼져 있는 걸 보고 자신이 기세에 맡겨 해서는 안 되는 말을 했음을 간신히 깨우쳤다.

자신의, 가장 순수한 마음까지 짓밟아서 어린아이의 발작으로 모든 걸 망쳐버렸다.

자신과 그녀의 관계를, '빚' 으로 맺어진 관계라고 해버리면 그건.

"그만, 됐어. ——나츠키 스바루."

'빚' 의 천칭이 평행을 이루면 그걸로 끝나는 관계라는 뜻이다.

뭔가를 해주고 싶다고, 무상의 마음을 계기로 하고 있었을 행위에 타산을 들고 와버리면 그리될 수밖에 없다.

그녀는 친밀하게, 처음 만났을 때부터 퍼스트 네임으로 스바루를 부르고 있었다. 그 친애를 잃은 순간, 스바루는 더 이상 어쩔 도리도 없노라고 너무 늦은 이해를 얻었다.

"나중에 렘이 올 테니 그 애를 따라. 뒷일은 전부 부탁해둘 테니."

대답할 수 없다. 그리고 그걸 요구받지도 않았다.

걸어가는 에밀리아가 멀어진다. 지금의 스바루에겐 그 등에 손가락을 뻗기는커녕, 그 등을 지켜볼 용기조차 솟아오르질 않았다.

물리적으로 멀어지는 거리. 그리고 그 이상으로 멀어진 마음의 거리가 있다.

"나, 있지……."

문득 문고리를 잡은 에밀리아의 발이 멈추고 그런 중얼거림이 실내에 내려앉았다.

그녀는 스바루에게 들려준다기보다 자기 자신에게 들려주는 것처럼 자그마한 목소리로 뇌까렸다.

"기대……했었어. 어쩌면 스바루는 나를…… 스바루만은 나를 특별 대접 안 하지 않을까 하고. 다른, 보통 사람이랑 똑같이, 보통 여자애와 똑같이, 구별하지 않고 봐주지 않을까 하고……."

왕선의 홀에서 공평한 대우를 요구한 그녀다.

하프엘프라는 사실은 그런 사소한 것조차 소원으로 만들 만큼 그녀에게 고통스러운 시간을 강요해왔던 것이리라. 하지만.

"그런 건, 무리야."

나직이, 스바루 또한 자그마한 중얼거림으로 답했다.

에밀리아의 혼잣말은 스바루에게 대답을 바라는 듯한 느낌은 아니었다. 그러니 스바루의 중얼거림 또한 그녀의 말에 대한 대답이 아니라 자기 자신에게 들려주기 위한 것이다.

스바루는 에밀리아가 입에 올린 말을 되새기고, 가냘프게, 힘없이 고개를 가로저으며 뇌까렸다.

"설령 온 세계의 모든 인간을 끌고 나왔더라도, 못해. 에밀리아를…… 너만은, 다른 인간과 같은 눈으로 보는 것 따위, 불가능해."

그 말만은 틀림이 없는, 진짜 본심이었다.

문이 닫히는 소리가 나고 공기가 훅 조용해진다.

방 안에 홀로 남겨져 침대 위에 웅크린 스바루의 시선이 사방을 헤맨다.

문득 침대 끝에 걸려 바닥에 떨어질락 말락 하는 로브가 눈에 들어왔다.

손을 뻗어 그것을 슬금슬금 끌어당겨 안아든다. 아직 그곳에 그것을 안고 있던 사람의 온기가 남아 있는 듯한 느낌이 들어서. 사라질 듯한 그 온기를 유지하려는 것처럼 스바루는 그것을 가슴에 껴안고.

――그리고 이날, 나츠키 스바루는 처음으로 이세계에서 진정 혼자만 남았다.

에필로그『기사들의 의도』

1

“그래서 뭔가 해명할 말은 있나, 기사 율리우스.”

“아니오, 아무것도 없습니다. 모든 건 보고 드린 내용과 같습니다.”

햇살이 들지 않는 어둑한 실내에서 두 남자가 말을 나누고 있다.

장소는 왕성에 인접한 기사단 병영, 단장실이다. 집무용 책상에 앉은 마코스와 책상 앞에 등을 바로세우고 선 율리우스다.

“근위기사에게 있을 수 없는 행동이었다고 처벌받아도 불만은 없습니다. 모쪼록 단장님의 뜻대로 처분하시기 바랍니다.”

율리우스는 허리춤에서 칼집째 검을 풀고 그것을 책상 위에 내밀었다.

검을 맡기는 율리우스의 태도에 마코스는 깊이 한숨을 내쉬었다.

“왕선의 대화 한중간에, 후보자의 관계자를 구류. 연병장으로 데리고 나가 난타해서 치료원 행인가. 문맥만 따지면 도저히 웬만한 처벌로 끝낼 수 있는 내용은 아니로군."

그러나 '가장 뛰어나다' 고 하는 기사가 무슨 생각으로 이런 짓을 일으켰는가. 짐작을 못할 만큼 마코스의 '기사' 로서의 피가 옅은 것도 아니다.

"정상참작의 여지는 있다. 연병장에 있던 다른 기사들로부터도, 네 소행을 옹호하는 탄원이 여럿 올라왔을 정도야. 그렇다고는 해도 지나친 건 지나친 것이다."

연병장에서 소년이 입은 부상의 수준은 '모의전' 으로 끝날 수준을 일찌감치 넘고 있었다.

"기사의 긍지를 깎아내린 걸 그토록 용서할 수 없었나."

"어떻게 말을 꾸며내도 사적인 원한에 불과합니다. 모든 건 제 몸이 부덕한 소치. 모쪼록 단장님, 그 이상의 말씀은 접어주십시오."

율리우스는 차분하게, 한사코 벌을 받고자 하는 자세를 고수했다. 그 완강한 자세에 마코스는 어떻게 말을 고를지 고민스럽게 눈을 내리깔았다. 그럴 때.

"네에—, 기다리셨습니다. 페리의 귀환이에요옹—."

싹싹한 태도로 문을 밀어젖히고 근위의 제복을 느슨하게 입은 페리스가 방에 들어왔다.

그는 마주 보고 있는 마코스와 율리우스를 보자 입가에 손을 대고 수상쩍게 웃었다.

"어머머, 그렇게 열렬하게 맞선 보고 있다니, 페리가 방해꾼이라거냥?"

"……저 같은 소리나 하지 말고, 냉큼 보고나 해. 되바라진 꼬마가."

"잉잉. 단장님. 본성이 나오신다구요."

"부하 앞에선 공인이어야 한다만…… 아무렴 어때. 좌우간 보고해."

마코스가 설렁설렁 손을 흔들자 페리스는 율리우스 옆에 나란히 섰다.

"단장님의 명령대로, 스바루 큥에겐 전력으로 치료를 때려부었습니다. 상처도 꼬매 놓구 뼈도 붙여놓구, 이빨도 재생했구, 이제 괜찮지 않으려냐옹."

"수고했다. 미진한 점은 없겠지?"

"페리가 못 보고 놓친다면 이 세상의 아무도 못 찾는다구요. 몸 쪽의 상처는 문제없습니다. ――마음 쪽은 어떨지 모르겠지만요."

페리스는 야옹이 귀를 까닥이며 심술궂은 눈매로 옆의 율리우스에게 은근한 눈길을 보냈다.

"그으건 그렇구, 율리우스도 참 정말로 착하다니까. 그 배려와 마음씨로 도대체 얼마나 많은 여자애를 포로로 삼아왔어? 페리두 가슴앓이 하겠더라."

"발언의 의도를 모르겠는데, 페리스."

"그렇게 재지 않아두 감 좋은 애는 눈치챘고, 눈치채지 못할 놈에겐 효과 직방이었으니 뭐 어때. 아니면 페리랑 단장님이 율리우스 생각을 눈치채지 못할, 머리 빈 못난이로 보이냥?"

율리우스가 침묵을 관철하고 있으려니 페리스는 더욱 유쾌하게 눈을 가늘게 떴다.

"후후, 입 다물고 귀여버라. 하지만 안심이지. ——율리우스가 저토록 때려줬으니, 인제 자제심 모자란 무리가 손을 댈 염려도 없을 테구."

"————."

심술부리는 페리스의 말에 율리우스가 살짝 쓴웃음을 띠었다.

"기사의 신분을 얕보는 발언을 한 그 애송이에게, 젊은 것들은 꽤 약이 올랐을 테지. 근위에 소속된 놈들은 검술 실력하고 자존심 높은 데에는 보증이 붙었으니까."

둘의 대화를 말없이 듣고 있던 마코스가 끄덕이고 율리우스의 판단에 이해를 표시했다.

왕선의 자리에서 벌인 스바루의 행동——. 기사들의 불만은 폭발할 곳을 찾고 있었을 터다.

"주제넘게 나선 누군가가 그 애송이와 접촉했더라면 최악의 경우 무례하다며 베였을 가능성도 있었어."

"그래서 더 일찍, 스바루 쿵은 기사의 손으로 때려 눕혀질 필요가 있단 말씀."

마코스의 말을 물려받아 결론을 읊은 페리스가 율리우스를 가리켰다.

"율리우스가 없었으면, 페리가 해야 하냥— 하고 생각했었지."

"적재적소라는 것이지. 치료해야 하는 너 본인이 적대할 수도 없지 않나. 그리고 내게는 그렇게 해도 부자연스럽지 않을 만한 이유도 있었어. 그리고 이렇게 말하긴 뭐하지만…… 내가 제일 능숙히 할 수 있을 자신도 있어서 말이지."

"수준 낮은 상대라면 율리우스에게 맡기는 게 정답일 테지. 너도 평소부터 더 검을 휘둘러둬라."

"싫어용. 땀투성이로 검 따위 휘둘러대구, 페리의 하얗고 뽀얀 손바닥에 물집이라두 잡히면, 크루쉬 님께 얼굴을 못 들게 돼버리는걸요."

단장 명령을 페리스가 거리낌 없이 넘겨버리자 마코스는 포기한 얼굴로 한숨을 쉬었다.

그 뒤에 그는 지금도 분부를 기다리는 율리우스를 다시 돌아봤다.

"기사 율리우스 유클리우스, 처분을 고한다. ——5일의 근신 처분으로 하여 병사 및 왕성으로의 등성을 금지한다. 그동안 네 검은 맡아두기로 하겠다."

"——명 받았습니다."

선고된 내용을 음미하듯이 눈을 감은 율리우스는 기사검을 마코스에게 건넸다.

기사의 긍지 그 자체인 기사검을 받은 마코스는 조용히 고개를 저었다.

"미안하다. 본래라면 네가 져야 할 것도 아닌 책임을 지게 했어."

"단장님은 본인이 할 수 있는 최선을 다하셨습니다. 한 번은 와해되었던 근위기사단이, 오늘도 정강하고 용감할 수 있는 건 단장님의 존재가 있기 때문입니다."

"그래요. 페리가 크루쉬 님 외에 이렇게 말 잘 듣는 건, 단장님 정도밖에 없구요. 더 자신감 가져주시라구요."

"그렇게 말해줄 거면 착실하게 남자 제복이나 입으란 말이다."

어깨를 으쓱인 페리스는 그 명령만은 들을 수 없다는 말이라도 하고 싶은 듯하다. 마코스는 율리우스의 검을 정중하게 책상 위에 누이고, 다시금 의자에 앉았다.

"용건은 이상이다. 나도 처리하지 않으면 안 되는 잡무가 많이 있다. 퇴실을 명한다."

말투가 바위처럼 변한 것이, 마코스가 사인에서 공인으로 돌아온 증거였다.

율리우스가 공손히, 페리스가 간략하게, 각자 경례를 남기고 방을 나선다.

둘이 나란히 방을 나가자 고요한 분위기 속에 홀로 남은 마코스는 등받이를 삐걱거리며 천장을 노려봤다. 그 골머리를 썩이고 있는 건 지금의 모의전과는 다른 문제다.

회의의 종료 후, 성의 경비를 담당하던 경비병이 올린 보고.

"성에 온 침입자의, 매의 문장을 확인하는 대로 홀로 보내라……라고."

정문의 경비병이 구슬림받은 내용으로, 펠트의 관계자인 노인이 붙잡힌 뒤에 경비병이 마코스에게 지시를 청한 것도 그 때문이다.

즉, 침입자가 있는 것 자체가 처음부터 정해졌다는 뜻이기도

하다.

“도대체, 뭘 꾸미고 자빠졌냐……. 로즈윌.”

마코스는 경비병에게 지시를 내린 인물—— 광대 차림의 남자를 떠올리며 이를 갈았다.

그 기인이 무엇을 꾀하는지, 그 답답한 심정에 바위 같은 표정은 딱딱하게 굳어 있었다.

2

“그건 그렇고, 단장님은 참 융통성이 없다니까. 뒤 사정까지 자알— 보였더라면 무죄방면 해두 괜찮지 않느냐아구. 그치?”

“대외적으로도 그럴 수 없는 얘기야. 무죄방면이라니 나도 바라지 않아.”

병사의 통로를 나란히 걸으면서 페리스는 율리우스의 태연한 옆얼굴을 바라본다.

율리우스의 만족스럽게 보이는 기색에 입술을 삐죽였다.

“그래서, 율리우스는 이제부터 어떡할 거야?”

“당연히 단장님의 명령에 따라 저택에서 보내야지. 아나스타시아 님께 사정을 설명하고…… 얌전히 계실 분이 아닌 게 마음에 걸리지만.”

“하지만 그런 점을 좋아하는 거지? 페리두 안다냥—.”

율리우스의 말을 독자해석해서 황홀하게 뺨을 붉히는 페리스.

그런 페리스에게 율리우스는 생각이 난 듯이 얼굴을 돌렸다.
"그건 그렇고 페리스, 아까 그 남자 말이다만."
"지금은 에밀리아 님께서 함께 계셔. 그다음은…… 칼스텐의 저택에서 요양할걸."
질문 내용이 전부 나오기 전에 페리스의 입에서 온도가 사라진 대답이 나온다. 그 답변을 받은 율리우스도 눈을 감고서 잠시 생각에 잠겼다.
"요양……이라. 아무래도 그 남자 몸의 안팎에 입은 상처는 겉보기 이상으로 중상인가 보군."
"페리스는 아—무 소리두 안 할 거니까."
뺀들뺀들한 페리스의 태도에 율리우스는 스바루의 신병이 맡겨진 배경을 추측했다.
그리고 총명한 그는 금세 대답에 도달했다.
"——에밀리아 님은 정말 손해를 보는 성품인 분이시군."
"더 영리하게 살면 되는데…… 그렇게 여겨?"
"아니. 그러시기에 그분은 그분으로서 존귀하게, 아름답게 사실 수 있는 거겠지. 난 그걸 바꾸길 바라진 않아. 그렇기 때문에 우리에게 할 수 있는 일은 소원하는 것뿐이다. 누구나 올바르게, 자신답게, 부끄럼 없이 살 수 있으면 좋겠다고."
율리우스는 고개를 들고 앞을 바라보며 행진을 재개한다. 반 발짝 늦게 따르는 페리스는 뒷짐을 지고 몸을 앞으로 기울이면서 율리우스를 쳐다봤다.
"거기에, 그 애두 들어가 있어?"

"누구나라고 했어, 페리스. 우리는 그러기 위해서 검을 드는 것이므로."

——꺾여버릴까. 율리우스는 생각한다.

꺾여버린다면 여기서 꺾이는 편이 그에게도 다행한 일이다.

그렇지만, 만약 이만한 일이 있는데도 꺾이지 않았다면.

"이상을 내거는 어리석은 자와, 또 저렇게 검을 주고받는 것도 나쁘진 않아."

"뭐—, 율리우스가 그렇게 생각해줘도, 스바루 큥 쪽은 다시는 사양하겠다구 생각하지 않을까냥—. 저토록 공공연히 때려 눕혀놓으면. 있지, 근데."

"왜 그러지."

"여러모로 의도나 뒷사정 있었지만, 역시 조금은 열 받기두 했었어?"

시험하는 듯한 페리스의 말에 율리우스는 발을 멈추고는 돌아봤다.

"섭섭하군. 페리스. 난 기사다. 부족한 몸이나마 자신에게 그 의무를 부과하고 있어."

율리우스는 자신의 행동에 부끄러워 할 점 따위 없다고, 똑바로 페리스를 바라보며 말했다.

"짜증 났던 건, 조금뿐이야."

"페리는 꽤 났었는데."

최대급의 농담을 주고받은 것처럼 둘이 함께 웃음을 교환한다.

그대로 병영 입구에 도착하자 두 사람은 다시금 손을 마주 내밀어 악수를 나누었다.

“그럼 또 한동안 못 보겠군. 너와 네 주군이 건강하기를 진심으로 빌지.”

“율리우스두, 아나스타시아 님께 우— 우— 소리 듣겠지만 힘내. 율리우스가 한 일의 뒤처리는…… 뭐, 이쪽에서 이어받아줄게.”

악수한 손을 살랑살랑 흔든 페리스는 율리우스에게 돌아서서 걷기 시작했다.

율리우스는 그 등을 배웅하면서 멀어지는 벗—— 그리고 적을 응시하며 입을 열었다.

“왕위에 오르는 분은 아나스타시아 님이시다.”

“음—음. 크루쉬 님이야말루 왕좌에 어울리시지.”

그런 선전포고를 함께 주고받고, 기사들은 각자의 주군 슬하로 돌아간다.

저녁때의 하늘에서 내리쬐는 햇살이 왕도에 사는 사람들을 평등하게 붉게 물들인다.

——각자의 왕선이 지금 시작하려 하고 있었다.

《끝》

후기

안녕하세요, 나가츠키 탓페이입니다! 네즈미이로네코이기도 합니다! 본명은 따로 있습니다!

이름이 여럿 있으면 번거로울 것 같겠지만, 안심해주세요. 중학교 2학년 때 저는 이름 셋은커녕 여섯은 있었습니다. 전생에서 이어받은 수많은 이명들, 그리고 진정한 자신—— 그만둬! 그 흑역사를 펼치지 마! 이데가 깨어난다!

자, 이번 권부터 시작된 『다시 찾은 왕도 편』은 인터넷 연재로는 3장의 내용이 됩니다. 지금까지 무대가 좁았던 리제로에선 등장인물도 한정됐지만, 이번 권부터는 그 레귤러 멤버가 단번에 곱절로 증가!

특히 여자애의 비주얼이 얄미울 만큼 화려해 오츠카 선생님의 디자인력에 굴복해서, "제기랄, 신난다!" 하고 문장 쪽을 이리저리 건드리는 전말에 이르렀죠.

그나저나 4권 작업은 가혹하기 짝이 없었습니다. 본업도 죽음의 행진에 들어갈 시기여서 작업은 주로 인근에 있는 패밀리 레스토랑에서 했습니다.

요새는 계산할 적에 직원분에게서 "늘 수고하십니다."라는 말을 듣는 지경이에요. 요거 완전히 뒤에서 별명 붙었어. 야채 주스라고 불리고 있을 거야.

나가츠키 탓페이에 네즈미이로네코에 야채 주스에 본명……그만둬! 이데가 깨어난다!

멋지게 마무리 익살에 도달한 시점에서, 늘 하는 감사의 말로 옮기겠습니다.

우선, 지옥 같은 스케줄을 함께 극복한 이케모토 씨. 새벽 네 시 즈음에 문자 받으면 이케모토 씨가 죽지 않을까 걱정됩니다. 수고하셨습니다.

그리고 3권까지 나온 등장인물 숫자를 4권에 와서 배로 늘려도 싫은 티 하나 없이 디자인해주신 오츠카 선생님. 어느 캐릭터도 참으로 정녕 훌륭한 완성도입니다. 그들 및 그녀들이 활약하는 장면을 쓸 것이 벌써부터 즐거워 못 견디겠어요!

마법사를 달리 불러 쿠사노 선생님, 이번에도 마술을 펼쳐 매혹시켜주셨습니다. 아슬아슬할 때까지 버티다가 최고의 작품으로 마무리해주시는 정열, 늘 감사하고 있습니다.

그 밖에 교정 담당님과 영업 담당님. 점포 특전 등으로 각 서점 등, 많은 분들께서 지탱해주시기에 나온 작품입니다. 정말로 감사합니다.

무엇보다 4권에 돌입한 이 작품에 따라와 주고 계신 여러분,

여러분 덕분에 진짜 쓰고 싶은 내용을 쓸 수 있습니다. 감사합니다.

그럼 이만, 스바루가 고생하는 다음 5권에서 만나요.

2014년 5월, 나가츠키 탓페이《열두 시간 체재해 직원에게 차가운 눈총을 사면서》

후기
정신 차려보니 벌써 4권!
이번 권부터 왕선이 시작되어
주요 캐릭터가 대번에
늘었습니다.
고고고ooo
바루스놈~
고급 홍차
살짝
빤ooo
그 때문에 삽화로 그려지지 못한
캐릭터도 언뜻언뜻. 이번에는
람과 베아코가 나올 차례가
없었기에 이 자리를
빌려 그려봤습니다!
오츠카 신이치로

"공주, 그런 이유로 다음 권 예고를 해야 하는데, 어떡할래?"

"어쩌고저쩌고할 게 없지 않느냐, 알. 가엾게도 범용범우한 범속들이 소녀의 자비를 받고자 함이야. 위광을 보여주어 조아리게 하는 것 또한 재미 아니겠느냐?"

"다시 말해 순순히 해준단 거군. 안심했다. 해서 다음 권 내용 말인데."

"독선적이라 반마에게도 버림받은 범우는 왕도에 남아, 후회와 짜증으로 그 몸에 답답한 속내를 쌓는다. 갈 데 없는 감정이 흘러나올 방향을 찾아서……라는군."

"하—, 형제도 어렵게 살고 있군그래."

"고로 범우, 범속인 것이야. 소녀는 도무지 이해 못할 부류의 추한 생난리지."

"저 꼴이 날 때까지 뭔 일이 있었는지 원. 그쪽 사정을 만화에서 읽을 수 있다나 뭐라나 하던데."

"월간 코믹 얼라이브의 만화화에 더해 데카 문고와 단편 소설의 게재 등, 범부에겐 과한 대우로더구나."

"빅 간간에서도 만화화 결정. 리제로 프로젝트도 기세를 더해 가는데다 아직 뒤쪽 움직임이 있단 얘기도 많으니. 심심치 않다고, 진짜로."

"핫, 당연하지. 소녀가 본격적으로 나설 차례까지 힘껏 세인의 시선을 끌어다가 복종할 아둔한 것들을

고아두어라."

"변함없이 멋지셔, 공주."

"이 세계는 소녀에게 편리하게 만들어졌다. ——그것이 하늘의 뜻이야."

"그럼 뭐, 하늘의 뜻에게 내버려진 모양인 형제가 이 뒤에 어찌 될까 하는 건."

"Re: 제로부터 시작하는 이세계 생활 5권에서. 발매는 10월 경…… 이봐라, 퍽이나 나중이로고. 알, 어떻게든 하여라."

"공주식으로 말하면 그게 하늘의 뜻이고, 그게 공주에게 편리한 것 아냐?"

"과연, 마땅한 말이로군. 분수 한번 잘 깨치고 있지 않느냐, 알. 그렇게 소녀에게 마음껏 봉사하도록."

"예이, 예이. ……생각보다 유도하기 쉬운 점을 보면, 귀여운 구석도 있는데 참……."

"이걸 보고 있는 범우들도 마찬가지다. 소녀를 위해서 봉사해라, 발버둥 쳐. 그것만이 너희 범속의 의무로다."

※ 미디어믹스 및 발매일은 일본판 기준입니다.

Re:제로부터 시작하는 이세계 생활 4

2014년 12월 25일 제1판 인쇄
2021년 11월 15일 제16쇄 발행

지음 나가츠키 탓페이 | **일러스트** 오츠카 신이치로

옮김 정홍식

발행 영상출판미디어(주)
등록번호 제 2002-000003호
주소 21311 인천광역시 부평구 평천로 132 (청천동)
전화 032-505-2973(代) | **FAX** 032-505-2982

ISBN 979-11-319-0444-2
ISBN 979-11-319-0097-0 (세트)

Re : ZERO KARA HAJIMERU ISEKAI SEIKATSU volume 4

노블엔진(NOVEL ENGINE)은 영상출판미디어(주)의 라이트노벨 및 관련서적 브랜드입니다.

NOVEL ENGINE

나가츠키 탓페이 작품리스트

Re : 제로부터 시작하는 이세계 생활 1
Re : 제로부터 시작하는 이세계 생활 2
Re : 제로부터 시작하는 이세계 생활 3
Re : 제로부터 시작하는 이세계 생활 4

알콩러브코미디 제2권, 시작할게!

나와 그녀가 알콩달콩 알콩달콩 2

초판한정 특별부록

고급 일러스트 책갈피

Illustration : Yuka Takashina
© Meguru Kazami 2013

외모는 화사한 미녀인데……
속은 완전 고지식?!
강철의 선도위원 사테라 등장!

시도 후부키와 아스카이 마나비라는 미소녀 두 사람과 공공연히 알콩달콩한 학원생활을 보내게 된 나, 사와타리 유고. 그런 내 앞에 또다시 이상한 여자애, 사테라 히스이가 나타난다. 외모는 완전 섹시하고 화사한 금발벽안의 미소녀인 주제에 속은 터무니없이 고지식한 선도위원. 사람들이 부르길 《강철의 처녀(아이언 빗치)》(너무나도 지독한 호칭이다…… 땀). 그녀는 나를 엄중하게 단속하겠다고 말하고……?

연인과 미소녀,
이중으로 알콩달콩하는 학창생활에
또 다른 파문이?!

카자미 메구루 지음 | 타카시나 유카 일러스트 | 사자군 옮김

청춘의 상상, 시동을 걸어라!

충성스러운 스카디 씨에게 뜻밖의 사태가?!
자신의 본심을 깨달아가는 신감각 피카레스크 배틀 제5막!

악당이 되었더니 미소녀 천국이라 대승리!! 5

초판한정 특별부록
고급 일러스트 책갈피

**"제……
MT능력이 소실되었단 말입니다……!"**

갑자기 엉덩이단을 그만둔 스카디를 쫓아, 마사토와 나미미는 그녀의 본가인 토고 가문의 저택을 찾는다. 소중한 가족이 상처를 입은 것에 분노하는 토고 가문의 군인들에게 마사토는 목숨을 걸고 성의를 보이지만, 뜻밖에도 스카디는 그때 이미 MT능력을 상실한 뒤였다!
──MT능력 개발에 숨겨진 역사의 매듭이 풀리는 제5권!

**MT능력은 마음의 힘,
마사토는 스카디의 마음을 치유할 수 있을까?**

오카자와 로쿠쥬용 지음 | 무츠미 마사토 일러스트 | MOEX 옮김

청춘의 상상, 시동을 걸어라!